FOLIO SCIENCE-FICTION

Robert Silverberg

# L'oreille interne

*Traduit de l'américain*
*par Guy Abadia*

Gallimard

Né en 1936, Robert Silverberg passe son enfance new-yorkaise entouré de livres et de revues. Découvrant précocement la science-fiction, il devient rapidement un auteur très prolifique, publiant entre 1956 et 1958 plus de deux cents textes, seul ou en collaboration.

Après une parenthèse d'une dizaine d'années, durant laquelle il se consacre à des ouvrages de vulgarisation pour la jeunesse, il débute à la fin des années soixante une nouvelle carrière littéraire, écrivant désormais une science-fiction exceptionnellement intelligente et ambitieuse : *Les monades urbaines*, *L'oreille interne*, *Les ailes de la nuit*, *L'homme dans le labyrinthe* appartiennent incontestablement au panthéon du genre.

*... à B., à T., C. et à moi...*
*qui en avons bavé*

## CHAPITRE PREMIER

Donc, il faut que je descende à la fac pour essayer de gratter à nouveau quelques dollars. Il ne m'en faut pas tellement pour vivre — 200 par mois font parfaitement l'affaire — mais les fonds sont en baisse, et je n'ose plus emprunter à ma frangine. Bientôt, les étudiants auront besoin de remettre leur premier devoir du semestre, et ça rapporte toujours. Le cerveau fatigué, érodé, de David Selig est une fois de plus à louer. Je devrais me faire au moins 75 dollars par cette matinée dorée d'octobre. L'air est sec et limpide. Une zone de haute pression recouvre la ville de New York, d'où l'humidité et la brume sont bannies. Par un tel temps, mes pouvoirs déclinants font encore merveille. Allons-y donc sans plus attendre, toi et moi, tandis que le matin s'étale dans le ciel. Direction Broadway-I R T. Préparez vos jetons, s'il vous plaît.

Toi et moi. De qui donc est-ce que je parle ? Je vais seul en ville après tout. *Toi et moi.*

Naturellement, je parle de moi et de cette créature qui vit en moi, tapie sournoisement dans son antre, épiant les mortels qui ne se doutent de rien.

Ce monstre intérieur, ce monstre malade, en train de mourir encore plus vite que moi. Yeats un jour a écrit un dialogue entre le moi et l'âme. Pourquoi ne serait-il pas possible à Selig, divisé contre lui-même d'une manière que ce pauvre paumé de Yeats n'aurait jamais pu comprendre, de se référer à son unique et périssable don comme s'il était un intrus encapsulé logé dans son crâne ? Pourquoi pas, je vous le demande ? Sortons donc, toi et moi. Descendons le corridor. Appuyons sur le bouton. Entrons dans l'ascenseur. Ça pue l'ail là-dedans. Ces paysans, ces Portoricains envahissants, ils laissent partout leurs odeurs agressives. Mes voisins. Je les aime. On descend. On descend encore.

Il est 10 h 43, Heure Économisée de l'Est. La température actuelle à Central Park est de 14°, l'humidité de 28 % et le baromètre est en baisse. Vent de nord-est se déplaçant à 18 kilomètres à l'heure. On prévoit un temps beau et ensoleillé pour la journée, ce soir et demain, avec des maximales pouvant aller jusqu'à 18. Les probabilités de précipitations sont de 0 aujourd'hui, et de 10 % demain. La qualité de l'air est dans la catégorie bonne. David Selig a 41 ans, et le compte à rebours continue. Taille un peu au-dessus de la moyenne. Il a la silhouette efflanquée du célibataire habitué à sa propre cuisine, et l'expression habituelle de son visage est un froncement de sourcils légèrement étonné. Il cligne souvent des yeux. Avec son blouson en toile de jean décoloré, ses grosses godasses et son pantalon à rayures modèle 1969, il présente une apparence superficiellement jeune, tout au moins en descendant à partir du cou ; mais en fait, il aurait plutôt l'air d'une espèce de rescapé d'un laboratoire de recherches illicites où les têtes au front dégarni et ridé de quadragénaires angoissés sont greffées sur les corps réticents de jeunes adolescents. Comment une telle chose a-t-elle pu lui arriver ? À partir de quel moment son visage et son crâne ont-ils commencé à vieillir ? Les câbles pendants de l'ascenseur lui lancent des rires grinçants tandis qu'il descend de son petit deux-pièces du douzième étage. Il se demande si ces câbles rouillés ne seraient pas plus vieux que lui. Il est de la classe 1935. Cet immeuble, calcule-t-il, doit dater de 1933 ou 1934. Sous le règne de Fiorello H. La Guardia comme maire. Mais peut-être qu'il est plus récent. Disons juste avant la guerre. (Tu te souviens de 1940, Duv ? C'est l'année où on t'a emmené à l'Expo mondiale. Le trylon, la périsphère.) De toute manière, il faut bien que les immeubles vieillissent. Qu'est-ce qui ne vieillit pas ?

L'ascenseur s'arrête en grinçant au 7e étage. Avant même que la porte coulisse, je détecte un rapide effluve mental de vitalité hispanique féminine qui danse à travers les poutrelles. Bien sûr, il y a toutes les chances pour que l'ascenseur ait été appelé par une jeune Portoricaine — l'immeuble en est rempli, et leurs maris sont au travail à cette heure de la journée — mais je suis quand même certain de recevoir ses émanations psychiques et pas simplement de jouer à l'intuition. Oui. Elle est petite, brune, dans les vingt-trois ans, et en état de grossesse avancée. Je reçois clairement la double activité neurale : l'impulsion de vif-argent de son esprit superficiel et sensuel, et les coups étouffés, feutrés, du fœtus, environ six mois, enfermé dans le ventre rebondi et dur. Elle a la figure plate et les hanches larges ; les yeux petits et brillants et la bouche pincée. Un deuxième enfant, une petite fille sale qui doit avoir deux ans, agrippe le pouce de sa mère. La petite glousse en me voyant, et la mère m'octroie un bref regard suspicieux quand elles entrent dans l'ascenseur.

Elles me tournent le dos. Silence épais. *Buenos días, señora.* Il fait beau aujourd'hui, n'est-ce pas ? Quelle charmante enfant vous avez. Mais je demeure muet. Je ne la connais pas ; elle ressemble à toutes les autres qui vivent dans cet ensemble, et même ses émissions cérébrales sont le truc standard, anonyme, sans individualité : vagues pensées de bananes vertes et de riz, résultats de la loterie de cette semaine, programmes de la télévision de ce soir. C'est une pauvre conne, mais elle est humaine, et je l'aime. Comment s'appelle-t-elle ? Peut-être Mrs. Altagracia Morales. Mrs. Amantina Figueroa. Mrs. Filomena Mercado. J'adore leurs noms. Pure poésie. J'ai été élevé avec des grosses filles pataudes appelées Sondra Wiener, Beverly Schwarts, Sheila Weisbard. Madame, êtes-vous Mrs. Inocencia Fernandez ? Mrs. Clodomira Espinosa ? Mrs. Bonifacia Colon ? Peut-être Mrs. Esperanza Dominguez. Esperanza, Esperanza ; je vous aime, Esperanza. Esperanza veille, éternelle, dans le cœur de chaque homme. (J'y étais à Noël dernier, pour les courses de taureaux, à Esperanza Springs, dans le Nouveau-Mexique. Je suis même descendu à l'Holiday Inn. Non, je vous charrie.) Rez-de-chaussée. Agile, je fais un pas en avant pour tenir la porte à la chiquita. La mignonne ne me fait même pas un sourire en sortant.

Direction le subway, maintenant, hip, hop, deux rues plus loin. Dans cette partie de la ville, il est encore aérien. Je grimpe quatre à quatre les marches craquelées, fendues, et j'arrive au quai presque pas essoufflé. Le résultat d'une vie saine, je suppose. Alimentation simple, pas de cigarette, presque pas d'alcool, pas d'acide, ni de mesc, ni de speed. Le quai à cette heure-ci est pratiquement désert. Mais quelques instants plus tard, j'entends la plainte de roues qui foncent, métal contre métal, et simultanément je reçois l'impact vigoureux et subit d'une myriade d'esprits qui se précipitent sur moi en arrivant du nord, entassés dans les cinq ou six voitures que comporte le train. Les âmes compressées des voyageurs forment une masse informe qui m'agresse. Elle tremble comme des morceaux de plancton ayant la consistance de la gelée, réunis brutalement dans le filet de quelque océanographe pour créer un organisme complexe où les identités séparées de chacun sont perdues. Tandis que la rame glisse dans la station, je perçois quand même çà et là quelques bribes d'identité discrète : une impulsion de désir impérieux, un crissement de haine, une vibration de regret, un brusque ronchonnement intérieur qui s'élèvent de la totalité confuse exactement comme de petits bouts de mélodies disparates surgissent du ténébreux barbouillage orchestral d'une symphonie de Mahler. Mon pouvoir est étonnamment fort aujourd'hui. Je reçois des tas de choses. Il y a des semaines qu'il n'a pas été aussi fort. Sans doute le faible taux d'humidité y est-il pour quelque chose. Mais je ne me laisse pas aller à penser que le déclin de ma faculté connaît un coup d'arrêt. Au début, quand je commençais à perdre mes cheveux, il y eut une période heureuse où le processus d'érosion sembla s'interrompre et s'inverser, et où de nouvelles plaques de duvet fin et noir commencèrent à pousser sur mon front dégarni. Mais après un débordement d'espoir initial, je dus me rendre à l'évidence : il ne s'agissait pas d'un reboisement miraculeux, mais simplement d'un caprice hormonal, d'une cessation temporaire à laquelle on ne pouvait pas se fier. Et le moment venu, la ligne de mes cheveux reprit son recul. Il en est de même dans le cas présent. Quand on sait que quelque chose est en train de mourir en dedans de soi, on apprend à ne pas trop faire confiance au regain de vitalité d'un instant très vite passé. Aujourd'hui, le pouvoir est fort, mais demain je n'entendrai peut-être plus rien d'autre que de lointains murmures insaisissables.

Je trouve une place dans un coin de la deuxième voiture, j'ouvre mon livre et j'attends d'arriver en ville. Je lis Beckett encore : *Malone meurt.* Cela correspond exactement à mon humeur du moment qui, vous l'avez peut-être remarqué, est à l'auto-apitoiement. *Je suis pressé. C'est de là que surgit un jour, alors que tout sourit et brille, la grande chevauchée des nuages noirs et bas, inoubliable, emportant l'azur pour toujours. Ma situation est vraiment délicate. Que de belles choses, de choses importantes, je vais rater par crainte, par crainte de tomber dans l'ancienne erreur, par crainte de ne pas finir à temps, par crainte de jouir, une dernière fois, d'un dernier flot de tristesse, d'impuissance et de haine. Les formes sont variées où l'immuable se soulage d'être sans forme.* Sacré vieux Samuel : toujours un mot sinistre ou deux pour vous réconforter.

Quelque part vers la 180e Rue, je lève les yeux et je vois une fille assise en diagonale face à moi, apparemment en train de m'étudier. Elle a à peine vingt ans passés, une beauté pâle, de longues jambes, une poitrine correcte et une touffe de cheveux auburn. Elle a aussi un livre : l'édition de poche d'*Ulysse*. Je reconnais la couverture. Le livre est posé, négligé, sur ses genoux. S'intéresse-t-elle à moi ? Je ne lis pas dans sa pensée. Quand je suis monté dans le métro, j'ai automatiquement fermé les écoutilles au maximum. C'est un truc que j'ai appris quand j'étais tout gosse. Si je ne m'isole pas contre les bruits de foule dans le métro ou dans les endroits publics, je ne peux pas me concentrer. Sans essayer de détecter ses signaux, je spécule sur ce qu'elle doit être en train de penser sur moi. C'est un jeu auquel je joue souvent. *Comme il a l'air intelligent… Il a dû souffrir beaucoup, son visage fait beaucoup plus vieux que son corps… cette tendresse dans ses yeux… ce regard triste… un poète, un érudit… je suis sûre qu'il est passionné… qu'il déverse toute son énergie accu-*

*mulée dans l'acte physique, quand il fait l'amour... Qu'est-ce qu'il lit ? Beckett ? Oui, un poète, un écrivain... c'est peut-être quelqu'un de connu... Je ne dois pas me montrer trop agressive, cependant. Il doit avoir horreur d'être brusqué. Un sourire timide pour attirer son attention... Une chose en amenant une autre... je l'inviterai à déjeuner chez moi...* Et puis, pour vérifier l'exactitude de mes perceptions intuitives, je me règle sur son esprit. Tout d'abord, aucun signal. Mes maudits pouvoirs déclinants me trahissent encore ! Mais cela commence à venir. D'abord, des parasites. Je perçois les ruminements confus de tous les voyageurs assis autour de moi, puis le murmure doux et clair de son âme. Elle songe à un cours de karaté auquel elle va assister ce matin dans la 96^e^ Rue. Elle est amoureuse de son instructeur, un Japonais musclé au visage tavelé. Elle sort avec lui ce soir. Confusément dans son esprit danse le souvenir du goût du saké et de l'image de son corps nu et puissant se dressant au-dessus d'elle. Il n'y a rien sur moi dans ses pensées. Je fais seulement partie du paysage, au même titre que le plan du réseau du subway accroché au-dessus de ma tête. Selig, ton égocentrisme te tue à tous les coups. Je remarque qu'elle sourit à présent timidement, en effet, mais ce sourire n'est pas pour moi, et quand elle voit que je la dévisage il disparaît abruptement. Je reporte mon attention sur mon livre.

La rame du subway nous octroie une longue halte suffocante et imprévue entre deux stations souterraines au nord de la 137^e^ Rue. Finalement, elle se remet en branle et me dépose à la 116e Rue, à l'Université Columbia. Je grimpe vers le soleil. J'ai monté pour la première fois cet escalier il y a un bon quart de siècle, en octobre 51. J'étais alors un élève de terminale terrifié, boutonneux et aux cheveux courts, qui venait de Brooklyn passer un examen en vue d'entrer à l'université. Sous les lumières crues de la grande salle, mon examinateur était terriblement impressionnant de maturité — il avait bien vingt-quatre ou vingt-cinq ans. Ils m'ont quand même admis. Et chaque jour c'est devenu ma station de subway, depuis septembre 52 jusqu'au jour où j'ai fini par déménager de chez mes parents pour prendre une chambre située plus près du campus. À cette époque-là, il y avait une vieille bouche de métro ornée de fer forgé et située au niveau de la rue entre deux files de circulation ; de sorte que les étudiants, l'esprit distrait et plein de Kierkegaard, Sophocle ou Fitzgerald, étaient sans cesse en train de passer entre les voitures au risque de se faire tuer. Aujourd'hui, la bouche en fer forgé a disparu, et les entrées du subway sont placées, plus rationnellement, sur les trottoirs.

Je marche dans la 116e Rue. À ma droite, la vaste pelouse de South Field ; à ma gauche, les marches plates conduisant à la Bibliothèque. Je me souviens de South Field quand c'était un stade au milieu du campus : enceintes grillagées, terrains de base-ball. La première année, j'y ai joué au softball. Nous allions jusqu'aux vestiaires de la grande salle de l'université pour nous changer, puis, avec nos baskets, nos polos et nos shorts gris qui nous donnaient l'impression d'être nus au milieu des autres étudiants en complet de ville ou en uniforme d'officier de réserve, nous dévalions les innombrables marches qui menaient à South Field pour passer une heure d'activités de plein air. Je me débrouillais pas mal au soft-ball. Pas beaucoup de muscle, mais de bons réflexes et le coup d'œil ; sans compter l'avantage que me donnait la connaissance de ce qui était dans l'esprit du lanceur. Je le voyais en train de penser : *Ce gars-là est trop maigre pour frapper, je vais lui envoyer une balle haute et rapide.* Et moi, j'étais prêt et je la déviais dans le champ gauche, puis je me mettais à courir pour faire le tour des bases avant que qui que ce soit ait réalisé ce qui se passait. Ou bien l'autre camp essayait une stratégie sans malice, genre je tire et je me sauve, et je ramassais sans effort la balle en rase-mottes. Naturellement, ce n'était que du soft-ball et mes camarades étaient pour la plupart de gros lourdauds incapables de courir, et à plus forte raison de lire dans la pensée, mais j'aimais bien cette sensation peu familière d'être un athlète hors pair, et je me complaisais dans des rêves où je jouais interbase dans l'équipe des Dodgers. Les Brooklyn Dodgers, ça vous dit quelque chose ? Quand j'étais en deuxième année, ils ont supprimé South Field et l'ont transformé en une magnifique pelouse avec des allées en l'honneur du deux centième anniversaire de l'Université. C'était en 1954. Il y a si longtemps déjà. Je vieillis… je vieillis…

Je grimpe les marches quatre à quatre et je m'assois à cinq mètres environ à gauche de la statue de bronze d'Alma Mater. C'est mon lieu de travail, qu'il pleuve ou qu'il vente. Les étudiants savent où me trouver. Quand je suis là, la nouvelle se répand rapidement. Il y a cinq ou six autres types qui fournissent le même service que moi : diplômés impécunieux, pour la plupart, ou qui traversent une mauvaise passe. Mais je suis le plus rapide, et le plus sûr. J'ai une clientèle enthousiaste. Aujourd'hui, cependant, les affaires sont dures à démarrer. J'attends vingt minutes, impatient, feuilletant mon Beckett, reluquant Alma Mater. Il y a quelques années, un terroriste radical a déposé une bombe à côté d'elle, mais il ne reste plus aucune trace des dommages. Je me souviens que la nouvelle m'avait fait un choc, puis que j'avais été choqué d'avoir eu un choc. Qu'est-ce que j'avais à foutre d'une statue à la con symbolisant une université à la con ? Ce devait être en 69. La période néolithique.

« Mr. Selig ? »

Un type énorme est penché sur moi. Épaules colossales, visage de chérubin. Il est profondément embarrassé. Il suit les cours de littérature comparée et il a besoin d'urgence d'un papier sur les romans de Kafka, qu'il n'a pas lus. (C'est la saison de rugby ; il joue demi d'ouverture, et il est très occupé.) Je lui indique les conditions, et il accepte avec empressement. Pendant qu'il est là devant moi, je le sonde discrètement pour prendre la mesure de son intelligence, son vocabulaire probable, son style. Il est plus intelligent qu'il ne le paraît. C'est le cas pour la plupart. Ils pourraient très bien faire leur travail eux-mêmes, si seulement ils en avaient le temps. Je prends des notes pour fixer l'impression rapide que j'ai de lui, et il s'en va content. Après ça, les affaires vont rondement. Il m'envoie un camarade de sa fraternité, qui m'envoie un copain, qui m'envoie un membre de sa fraternité à lui, différente. La chaîne s'allonge ainsi jusqu'au début de l'après-midi, où je m'aperçois que j'ai assez de boulot comme ça. Je sais combien je peux en prendre. Tout va bien. Je mangerai régulièrement pendant deux ou trois semaines sans avoir à mettre à contribution la générosité réticente de ma frangine. Judith sera contente de ne plus entendre parler de moi. À la maison, maintenant, pour faire mon travail de nègre. Je sais avoir juste le ton qu'il faut, je suis sérieux et convaincant et je varie mes styles. Je m'y connais en littérature, psychologie, anthropologie, philosophie, toutes les matières « légères ». Dieu merci, j'ai conservé mes devoirs du temps où j'étais étudiant. Même après vingt ans et des poussières, il y en a qui peuvent encore être utilisés. Je prends trois dollars et demi la page dactylographiée, quelquefois plus si mes sondages révèlent que mon client a de l'argent. B + note minimum garantie, ou je n'accepte pas d'argent. Je n'ai jamais eu à rembourser personne.

# II

Comme il avait sept ans et demi et qu'il causait du souci à son instituteur, le petit David fut envoyé au psychiatre de l'école, le Dr. Hittner, pour être examiné. L'école était une boîte privée et onéreuse située dans une avenue bordée d'arbres d'un quartier tranquille de Brooklyn. Sa tendance était socialo-progressive, avec des relents pédagogiques plus ou moins réchauffés de marxisme-léninisme, de freudisme et de john-deweyisme. Quant au psychiatre, spécialiste des troubles des gosses de la bourgeoisie, il venait tous les mercredis après-midi pour scruter l'âme des enfants à problèmes. C'était maintenant le tour de David. Ses parents avaient donné leur consentement, bien sûr. Ils étaient profondément inquiets au sujet de son comportement. Tout le monde s'accordait à penser que c'était un enfant brillant : il était extraordinairement précoce, avec le niveau de compréhension-lecture d'un enfant de douze ans, et les adultes trouvaient son intelligence presque inquiétante. Mais il était insupportable en classe, insolent et indiscipliné. Le travail scolaire, élémentaire pour lui, l'ennuyait

Ses seuls amis étaient les inadaptés de sa classe, qu'il persécutait avec cruauté. La plupart des autres enfants le détestaient, et ses maîtres craignaient son caractère imprévisible. Un jour, il avait retourné un extincteur mural simplement pour voir s'il répandrait de la mousse comme le promettait la notice. Et il en répandit. Il amenait des couleuvres à l'école et les lâchait dans l'auditorium. Il imitait ses camarades, et même ses maîtres, avec une ressemblance frappante. « Le Dr. Hittner aimerait bavarder un peu avec toi, lui avait dit sa mère. Il a entendu dire que tu étais un petit garçon un peu spécial, et il aimerait faire ta connaissance. » David ne voulut pas se laisser faire, et il fit un grand tapage autour du nom du psychiatre. « Hitler ? Hitler ? Je ne veux pas bavarder avec Hitler ! » C'était l'automne 1942, et le jeu de mots enfantin était inévitable, mais il s'y accrochait avec une obstination irritante. « Le Dr. Hitler veut me voir. Le Dr. Hitler veut faire ma connaissance. » Et sa mère lui disait : « Mais non, Duv ; c'est *Hittner*, *Hittner* avec un *n*. » Il y alla quand même. Il entra résolument dans le bureau du psychiatre, et quand le Dr. Hittner lui adressa un sourire bénin et lui dit : « Ah, salut, David », il lança en avant un bras rigide et cria : « *Heil* ! »

Le Dr. Hittner gloussa de rire. « Tu te trompes de bonhomme, mon garçon, dit-il. Moi, c'est *Hittner*, avec un *n*. » Peut-être avait-il déjà entendu cette plaisanterie. C'était un homme énorme au profil chevalin, aux lèvres épaisses et au front haut et bombé. Ses yeux bleus mouillés clignaient derrière des verres non cerclés. Il avait la peau douce et rose, et il se dégageait de sa personne une odeur astringente mais non désagréable. Il faisait tout ce qu'il pouvait pour avoir l'air sympathique et bon enfant, mais David ne pouvait s'empêcher d'éprouver l'impression que c'était juste une attitude factice. D'ailleurs, c'était quelque chose qu'il ressentait face à la plupart des adultes. Ils vous faisaient des tas de sourires, mais en dedans ils pensaient des trucs comme : *L'horrible petit mouflet, sale morveux de gamin*. Même sa mère et son père pensaient parfois des choses comme ça. Il ne comprenait jamais pourquoi les adultes disaient une chose avec leur visage et une autre avec leur pensée, mais il en avait pris l'habitude. C'était une chose qu'il en était venu à attendre et à accepter.

« Veux-tu que nous jouions à un petit jeu ? » lui demanda le Dr. Hittner.

De la poche du gilet de son complet en tweed, il sortit un petit globe en plastique suspendu au bout d'une chaîne en métal. Il le fit osciller sous les yeux de David, puis il tira d'un coup sec sur la chaîne et le globe se défit en huit ou neuf morceaux de couleurs différentes. « Regarde bien, maintenant, je vais le remettre en place », dit le Dr. Hittner. Et de ses doigts épais, il rassembla expertement le globe. Puis il tira de nouveau sur la chaîne, et tendit les morceaux à David. « À ton tour. Voyons si tu es capable de refaire la boule ? »

David se souvenait que le docteur avait commencé par prendre le morceau blanc en forme d'E pour insérer le morceau bleu en forme de D dans une de ses rainures. Puis il avait mis en place le morceau jaune, mais David ne se rappelait pas comment. Il resta un moment indécis, jusqu'à ce que le Dr. Hittner lui transmette complaisamment une image mentale de la position adéquate. Il fit les mouvements nécessaires, et le reste ne posa pas de problème. Une fois ou deux, il se trompa, mais il puisa chaque fois la réponse dans l'esprit du Dr. Hittner. Comment peut-il s'imaginer qu'il est en train de me tester, s'étonnait David, s'il me donne tout le temps des indications ? Que cherche-t-il à prouver ? Lorsque le globe fut reconstitué, David voulut le rendre. « Aimerais-tu le garder ? lui demanda le Dr. Hittner.

— Je n'en ai pas besoin », fit David ; mais il le mit néanmoins dans sa poche.

Ils jouèrent à quelques autres jeux. Il y en avait un avec de petites cartes de la taille des cartes à jouer, couvertes de dessins d'animaux, d'oiseaux, d'arbres et de maisons. Il fallait que David les dispose de façon qu'elles racontent une histoire, et qu'il raconte ensuite cette histoire au docteur. Il les éparpilla au hasard sur la table, et inventa l'histoire au fur et à mesure. « C'est un canard qui va dans une forêt, et il rencontre le loup, alors il se transforme en grenouille et saute par-dessus le loup juste dans la bouche de l'éléphant. Mais il arrive à échapper à l'éléphant et tombe dans un lac ; et quand il ressort de l'eau, il voit une ravissante princesse qui lui dit viens chez moi et je te donnerai du pain d'épice, mais il sait lire dans sa pensée et il s'aperçoit qu'en réalité c'est une méchante vieille sorcière qui… »

Dans un autre jeu, il y avait des feuilles de papier avec de grosses taches d'encre bleue dessus. « Est-ce que ces formes te font penser à quelque chose de réel ? lui demanda le Dr. Hittner. — Oui, répondit David, ça c'est un éléphant, avec la queue ici et ici, toute froissée, et ça c'est son ventre, et là c'est par où il fait pipi. » Il s'était aperçu que le Dr. Hittner était très intéressé chaque fois qu'il parlait de ventre ou de pipi, aussi pour lui faire plaisir il découvrit des choses de ce genre dans toutes les taches d'encre. C'était un jeu qui paraissait stupide à David, mais apparemment il était d'une grande importance pour le Dr. Hittner, qui griffonnait des notes sur tout ce qu'il disait. David sonda l'esprit du psychiatre pendant que celui-ci écrivait. La plupart des mots qu'il trouva étaient incompréhensibles, mais il en reconnut quelques-uns qui étaient les termes utilisés par les grandes personnes pour décrire les parties du corps dont sa mère lui avait parlé ; *pénis*, *vulve*, *rectum*, des choses de ce genre. Il était visible que le Dr. Hittner aimait beaucoup ces mots, et David commença à les utiliser. « Là, c'est un aigle qui attrape un agneau et qui s'envole en l'emportant dans les airs. On voit le pénis de l'aigle, ici, et ça c'est le rectum de l'agneau. Et sur celle-là, il y a un homme et une femme, tout nus, et l'homme essaie de rentrer son pénis dans la vulve de la femme, seulement il est trop gros, et… » David regarde courir le stylo sur la feuille de papier, et sourit au Dr. Hittner avant de passer à la tache suivante.

Ensuite, ils jouèrent avec des mots. Le docteur disait un mot, et il demandait à David de prononcer la première parole qui lui venait à l'esprit. David trouva qu'il était plus amusant de dire ce qui venait à l'esprit du Dr. Hittner. Il ne lui fallait qu'une fraction de seconde pour savoir ce que c'était, et le Dr. Hittner ne sembla pas s'apercevoir de ce qui se passait. Le jeu donna ceci :

« Père.

— Pénis.

— Mère.

— Lit.

— Bébé.

— Mort.

— Eau.

— Ventre.

— Tunnel.

— Pelle.

— Cercueil.

— Mère. »

Est-ce que c'étaient bien les mots qu'il fallait dire ? Qui était le gagnant à ce jeu ? Et pourquoi le Dr. Hittner paraissait-il si étonné ?

Finalement, ils cessèrent de jouer à des jeux et ils discutèrent simplement.

« Tu es un petit garçon très intelligent, lui dit le psychiatre. Je ne crains pas de tout gâcher en te le disant, parce que tu le sais déjà. Que voudrais-tu faire quand tu seras grand ?

— Rien.

— *Rien ?*

— Je veux seulement jouer et lire beaucoup de livres et nager.

— Mais comment gagneras-tu ta vie ?

— Je prendrai de l'argent aux gens quand j'en aurai besoin.

— J'espère que tu me diras ton secret quand tu en auras trouvé le moyen, fit le Dr. Hittner. Es-tu heureux à l'école ?

— Non.

— Pourquoi pas ?

— Les maîtres sont trop sévères. Le travail est trop ennuyeux. Les enfants ne m'aiment pas.

— T'es-tu parfois demandé pourquoi ils ne t'aiment pas ?

— Parce que je suis plus malin qu'eux. Parce que… » Mince. Il avait failli le dire : *Parce que je vois ce qu'ils pensent.* Il ne faut jamais le dire à personne. Le Dr. Hittner attendait que David finisse sa phrase. « Parce que je crée des tas d'histoires en classe.

— Et pourquoi fais-tu ça, David ?

— Je ne sais pas. Pour passer le temps, je suppose.

— Peut-être que si tu ne créais pas toutes ces histoires, les autres t'aimeraient davantage. Tu ne veux pas que les autres t'aiment ?

— Ça m'est égal. Je n'en ai pas besoin.

— Tout le monde a besoin d'amis, David.

— J'ai des amis.

— Mrs. Fleischer dit que tu n'en as pas beaucoup, et que tu les bats tout le temps, ce qui les rend malheureux. Pourquoi bats-tu tes amis ?

— Parce que je ne les aime pas. Parce qu'ils sont stupides.

— Alors, ce ne sont pas vraiment des amis si c'est cela que tu penses d'eux. »

David haussa les épaules : « Je peux m'en passer. Je m'amuse très bien tout seul.

— Et à la maison, es-tu heureux ?

— Je pense.

— Tu aimes bien ton papa et ta maman ? »

Un moment de silence. Un sentiment de grande tension émane de l'esprit du Dr. Hittner. C'est une question importante. Tâche de donner la bonne réponse, David. Donne-lui la réponse qu'il attend.

« Oui, dit David.

— Aimerais-tu parfois avoir un petit frère ou une petite sœur ? »

Aucune hésitation, cette fois-ci : « Non.

— Vraiment pas ? Tu préfères rester tout seul ? »

David hocha la tête. « L'après-midi, c'est le meilleur moment. Quand je rentre de l'école et qu'il n'y a encore personne à la maison. Est-ce que je vais avoir un petit frère ou une petite sœur ? »

Le Dr. Hittner glousse : « Ça, je n'en sais rien. C'est l'affaire de ton papa et de ta maman, tu ne crois pas ?

— Vous ne leur direz pas d'en avoir, n'est-ce pas ? Je ne voudrais pas que vous alliez leur dire que ce serait bon pour moi d'en avoir, et qu'ils en fassent venir à cause de ça, parce que réellement… » Là, ça va mal, comprit soudain David.

« Qu'est-ce qui te fait supposer que j'irais dire à tes parents que ce serait bon pour toi d'avoir une sœur ou un frère ? demanda doucement le psychiatre, soudain grave.

— Je ne sais pas. Juste une idée, comme ça. » Que j'ai trouvée dans votre tête, Docteur. Et maintenant, sortir d'ici le plus vite possible. Je n'ai plus envie de discuter avec vous. « Dites, votre vrai nom, ce n'est pas Hittner, n'est-ce pas ? Avec un *n*. Je parie que je sais comment vous vous appelez vraiment. *Heil !* »

# III

Je n'ai jamais pu envoyer mes pensées dans la tête de quelqu'un d'autre. Même quand mon pouvoir était à son point culminant, j'étais incapable d'emettre. Je ne pouvais que recevoir. Peut-être qu'il existe des gens qui ont ce pouvoir, même s'ils ne possèdent pas celui de recevoir, mais je n'en ai jamais fait partie. J'étais condamné à être le crapaud de la société, son plus horrible voyeur. Vieux proverbe anglais :

CELUI QUI REGARDE PAR
LE TROU DE LA SERRURE
S'EXPOSE À VOIR DES CHOSES
DÉPLAISANTES POUR LUI

Oui, dans ces années où j'étais particulièrement désireux de communiquer avec les autres, je me mettais dans des états de sueur effrayants à essayer de leur transmettre mes pensées. Assis en classe, je fixais la nuque d'une fille et je me concentrais : *« Hello, Annie, c'est David Selig qui t'appelle, me reçois-tu ? Me reçois-tu ? Je t'aime, Annie. Terminé Terminé, c'est fini.* Mais Annie ne me recevait jamais, et les courants de son esprit se déroulaient comme un fleuve placide, indifférent à l'existence de David Selig.

Impossible pour moi de communiquer avec d'autres esprits. Tout ce que je pouvais faire, c'était les épier. La manière dont le pouvoir se manifeste en moi a toujours été extrêmement variable. Je n'ai jamais exercé sur lui de contrôle conscient, à part le fait de pouvoir diminuer le volume et supprimer quelques interférences. À la base, j'étais obligé de capter tout ce qui venait. Le plus souvent, je recevais les pensées superficielles d'une personne et les subvocalisations de ce qu'elle était sur le point de dire. Elles me parvenaient exactement comme une conversation, comme des paroles qui avaient été réellement prononcées, sauf que le ton était différent et sans rapport avec l'appareil vocal. Je ne me souviens d'aucune période, même dans ma plus tendre enfance, où j'aie confondu la communication parlée et la communication mentale. Cette faculté de lire la pensée superficielle ne m'a jamais failli : je suis toujours capable d'anticiper une formulation verbale, surtout lorsqu'il s'agit d'une personne qui a l'habitude de penser en mots ce qu'elle a l'intention de dire.

Je pouvais aussi, et j'en suis encore capable dans une certaine mesure, prévoir une intention immédiate, comme de lancer un coup de poing brusque à la mâchoire. Ma manière de percevoir ces choses-là est variable. Parfois, je capte une formulation verbale intérieure tout à fait cohérente : *Je vais lui envoyer un coup de poing du droit à la mâchoire.* Mais dans d'autres cas, si mon pouvoir se trouve travailler à des niveaux plus profonds ce jour-là, je capte simplement une série d'instructions non verbales à l'appareil musculaire, qui en une fraction de seconde ont pour résultat la mise en mouvement du bras vers la mâchoire. Appelez ça le langage corporel télépathique, si vous voulez.

Une autre chose que je suis capable de faire, bien que de manière erratique, c'est de me brancher sur les niveaux les plus profonds de l'esprit, là où siège l'âme, disons. Là où la conscience est environnée par un brouillard épais de phénomènes inconscients indistincts. C'est à cet endroit que sont tapis l'espoir, la peur, les perceptions, les motivations, les passions, les souvenirs, les positions philosophiques, les convictions morales, les désirs, les chagrins, tout le fouillis d'événements et d'attitudes qui définissent la personnalité. Ordinairement, une grande partie de ces informations filtre jusqu'à moi, même quand j'établis un contact très superficiel. Je ne peux pas m'empêcher de me faire une idée de la coloration d'une âme. Mais à l'occasion — de plus en plus rarement, maintenant — je croche dans l'essence, au cœur de la personne. On éprouve une sorte d'extase à faire cela. Le contact est électrifiant. Accompagné, naturellement, d'un sentiment cuisant de culpabilité, à cause de cet aspect de voyeurisme intégral. Incidemment, le langage de l'âme est universel. Quand je sonde l'esprit de Mrs. Esperanza Dominguez, disons, et que j'en ressors un chapelet de jacasseries en espagnol, je ne sais pas vraiment à quoi elle pense parce que je ne comprends pas l'espagnol. Mais si je descends dans les profondeurs de son âme, alors la compréhension est totale. Peut-être que l'esprit pense en espagnol, ou en basque, ou en finlandais, mais l'âme s'exprime en un langage qui est accessible au premier voyeur venu capable de percer ses mystères.

Tout cela n'a d'ailleurs plus d'importance, car le pouvoir me quitte.

# IV

Paul F. Bruno
Littérature comparée 18
Professeur Schmitz
15 octobre 1976

## LES ROMANS DE KAFKA

Dans l'univers de cauchemar du *Procès* et du *Château*, une seule chose paraît certaine : le personnage central, désigné de manière significative par sa seule initiale K., est irrémédiablement voué à la frustration. Tout le reste est incertain et baigne dans une atmosphère de rêve. Des tribunaux surgissent en plein milieu d'immeubles d'habitation, de mystérieux gardiens dévorent votre petit déjeuner, quelqu'un que l'on croit s'appeler Sordini est en réalité Sortini. Le fait central ne laisse cependant aucun doute : K. échouera dans sa tentative d'obtenir sa grâce.

Les deux romans sont bâtis sur le même thème et possèdent à peu de chose près la même structure de base. Dans l'un comme dans l'autre, K. est à la recherche de sa grâce, et se trouve progressivement amené à la conviction finale qu'elle lui sera refusée. (*Le Château* reste inachevé, mais sa conclusion paraît évidente.) Kafka confronte ses héros avec leur situation de deux manières opposées : dans *Le Procès*, Joseph K. demeure passif jusqu'au moment où l'arrivée des deux geôliers le projette dans l'action du roman. Dans *Le Château*, K. nous est tout d'abord présenté comme un personnage actif qui fait des efforts de son propre chef en vue d'atteindre le mystérieux Château. Certes, il a déjà été à l'origine sommé de se rendre au Château ; ce n'est pas en lui que l'action prend son origine, et par conséquent il a également commencé par être, comme Joseph K., un personnage passif. Mais la différence réside en ce que *Le Procès* débute à un point situé plus tôt dans la chronologie de l'action — en fait, le plus reculé possible. *Le Château* se conforme davantage à l'ancienne règle du commencement *in medias res*, en nous montrant un K. déjà appelé au Château et s'efforçant de s'y rendre.

Les deux romans débutent sur un rythme rapide. Joseph K. est arrêté dès la première phrase du *Procès*, et son homologue K. arrive à ce qu'il croit être sa dernière étape avant le Château dès la première page de ce roman. À partir de là, les deux K. vont déployer une longue série d'efforts futiles en vue d'atteindre leur but (dans *Le Château*, atteindre simplement le sommet de la colline ; dans *Le Procès*, d'abord comprendre la nature de sa culpabilité, et ensuite, désespérant d'y arriver, obtenir sa grâce sans comprendre). Mais les deux personnages s'éloignent progressivement de leurs buts respectifs avec chaque nouvelle phase de l'action. *Le Procès* atteint son point culminant dans l'extraordinaire scène de la cathédrale, sans doute le passage le plus terrifiant de toute l'œuvre de Kafka, où K. est amené à se rendre compte qu'il est coupable et n'a aucun espoir d'être acquitté. Le chapitre suivant, qui décrit l'exécution de K., ne représente guère plus que son anticlimax. *Le Château*, moins complet que *Le Procès*, souffre de l'absence d'une contrepartie à la scène de la cathédrale (peut-être Kafka n'a-t-il pas pu en trouver une) et nous satisfait moins sur le plan artistique que *Le Procès*, plus court, plus intense et à la structure plus dense.

Malgré leur simplicité apparente, les deux romans paraissent bâtis selon la structure de base en trois temps du rythme tragique, définie par le critique Kenneth Burke par les termes : « motivation, passion, perception ». *Le Procès* se conforme à ce schéma avec plus de bonheur que l'imparfait *Château* ; la motivation, obtenir l'acquittement, est dépeinte à travers une aussi poignante passion qu'ait jamais connue un héros de roman. À la fin, lorsque Joseph K. troque son attitude de défi et de confiance en soi contre un état d'esprit plus défensif et qu'il apparaît clairement prêt à capituler devant les forces du Tribunal, le moment est venu d'acquérir l'ultime perception.

Le moyen mis en œuvre pour l'amener au point culminant du récit est une figure typiquement kafkaïenne : le mystérieux « collègue italien qui venait dans cette ville pour la première fois et possédait des relations influentes qui le rendaient important auprès de la Banque ». Le thème sous-jacent à l'œuvre de Kafka tout entière, l'impossibilité de la communication humaine, est de nouveau souligné à cette occasion : bien qu'il ait pris la précaution de passer la moitié de la nuit à réviser son italien en prévision de cette visite, avec pour résultat d'être à moitié endormi, Joseph K. s'aperçoit que l'étranger parle un dialecte méridional inconnu dont il ne comprend pas un mot, puis — comble de comique — se met à s'exprimer en français, mais d'une manière tout aussi hermétique, sa moustache en broussaille empêchant Joseph K. de suivre le mouvement de ses lèvres.

Une fois atteinte la cathédrale, qu'il doit faire visiter à l'Italien (lequel ne se montre pas au rendez-vous, comme de bien entendu), la tension monte brusquement. Joseph K. erre dans la cathédrale déserte et froide, éclairée seulement par des bougies à l'éclat lointain et vacillant, tandis qu'inexplicablement la nuit commence rapidement à tomber au-dehors. Puis le prêtre vient le voir et lui expose l'allégorie du Gardien de la porte. Ce n'est que quand l'histoire est terminée que nous nous rendons compte que nous n'y avons rien compris. Loin d'être aussi simpliste qu'elle semblait être au début, elle se révèle complexe et ardue. Joseph K. et le prêtre la commentent à profusion, à la manière de deux étudiants rabbiniques discutant un point délicat du Talmud. Lentement, ses implications se précisent, et nous comprenons en même temps que Joseph K. que la lumière qui filtre de la porte de la Loi ne lui sera visible que lorsqu'il sera trop tard.

D'un point de vue structurel, le roman s'achève là. Joseph K. a acquis la perception ultime que son acquittement est impossible. Sa culpabilité est définitivement établie, et il ne recevra pas encore la grâce. Sa quête est terminée. L'élément final du rythme tragique, la perception qui met un terme à la passion, est atteint.

Nous savons que Kafka prévoyait d'autres chapitres décrivant divers stades ultérieurs du procès de Joseph K. jusqu'à son exécution. Le biographe de Kafka, Max Brod, a émis l'opinion que le roman aurait pu être prolongé indéfiniment. Ce qui est vrai, naturellement : de par la nature même de sa culpabilité, Joseph K. ne peut espérer arriver un jour devant ses juges, pas plus que l'autre K. ne pouvait arriver au Château même en errant toute l'éternité. Mais structuralement parlant, le roman se termine dans la cathédrale. Rien de ce que Kafka pouvait avoir l'intention d'ajouter n'aurait apporté de modification décisive à la connaissance de soi de Joseph K. La scène de la cathédrale nous montre ce que nous soupçonnions depuis la première page : qu'il ne peut pas y avoir d'acquittement. C'est cette perception qui conclut l'action.

*Le Château*, beaucoup plus long et beaucoup moins construit que *Le Procès*, est loin de posséder toute la puissance de cette dernière œuvre. L'action se dilue. La passion de K. est moins clairement définie, et K. est un personnage moins cohérent, moins intéressant sur le plan psychologique que son homologue du *Procès*. Alors que dans cette œuvre il prend activement sa défense en main dès qu'il se rend compte du danger où il se trouve, dans *Le Château* il devient rapidement la victime de la bureaucratie. L'évolution du personnage dans *Le Procès* se fait de la passivité à l'activité, avec retour à la résignation passive après la révélation de la cathédrale. Dans *Le Château*, K. ne subit pas de changements aussi marqués. C'est un personnage actif au début du roman, mais il se perd bientôt dans la brume cauchemardesque du village au-dessous du Château, et se dégrade de plus en plus. Joseph K. est presque un personnage héroïque, tandis que K. dans *Le Château* est tout au plus un héros pathétique.

Les deux œuvres représentent des tentatives différentes en vue de raconter la même histoire, celle d'un homme existentiellement désengagé soudain pris au piège d'une situation sans issue et qui, après avoir vainement tenté d'obtenir la grâce libératoire, finit par succomber. Tels que les deux romans se présentent aujourd'hui, *Le Procès* est sans doute la plus grande réussite artistique, faisant la preuve de la maîtrise technique de son auteur, tandis que *Le Château*, ou du moins le fragment que nous possédons, reste potentiellement le roman le plus grand. Tout ce qui se trouvait dans *Le Procès* aurait été dans *Le Château*, et bien plus encore. Mais on a l'impression que Kafka a abandonné la rédaction du *Château* parce qu'il sentait qu'il n'aurait pas suffisamment de ressources pour la mener à bien. Il était incapable de maîtriser cet univers et son arrière-plan brueghelien de vie rustique avec la même assurance que pour l'univers urbain du *Procès*. Il y a une certaine absence de tension dans *Le Chateau* : le destin qui accable K. ne nous émeut jamais, car nous savons qu'il est inévitable. Tandis que Joseph K. se bat contre des forces plus tangibles, et nous gardons jusqu'à la fin l'illusion que la victoire est possible pour lui. *Le Château*, par ailleurs, est trop lourd. Comme une symphonie de Mahler, il s'écroule sous son propre poids. On peut se demander si Kafka avait en tête un artifice structural qui lui aurait permis de donner une fin au *Château*. Peut-être n'avait-il pas du tout l'intention de clore le roman et voulait-il laisser son personnage tourner en cercles de plus en plus larges sans jamais arriver à la tragique perception finale qu'il ne pourra jamais arriver au Château. Peut-être est-ce là la raison de l'absence relative de structure de l'ouvrage : la découverte par Kafka que la véritable tragédie de K., sa figure archétype du héros en même temps victime, ne réside pas tant dans sa perception finale de l'impossibilité d'acquérir la grâce que dans le fait qu'il n'atteindra jamais même le stade de cette perception finale. Nous sommes ici en présence du rythme tragique, structure courante dans toute la littérature, tronqué pour décrire avec plus d'efficacité la condition humaine contemporaine, qu'abhorrait tellement Kafka. Joseph K., qui réussit en fait à atteindre une forme de grâce, acquiert par la même occasion une véritable stature magique. Alors que K., sombrant progressivement, pourrait symboliser aux yeux de Kafka l'individu contemporain, si écrasé par la tragédie générale de l'époque qu'il est incapable de connaître la tragédie sur le plan individuel. K. est une figure pathétique, et Joseph K. une figure tragique. Joseph K. est plus intéressant en tant que personnage, mais c'est peut-être K. que l'auteur comprenait le plus profondément. Quant à l'histoire de K., elle n'a aucune fin possible, à part peut-être celle, libératrice, de la mort.

Ce n'est quand même pas si mal. Six pages dactylographiées à double interligne. À trois dollars et demi la page, ça me fait vingt et un dollars net pour moins de deux heures de travail. Et pour Paul F. Bruno, c'est un B + certain de la part du professeur Schmitz. Pour cela, j'ai confiance, car la même dissertation, à quelques menues différences stylistiques près, m'a valu un B du très exigeant professeur Dupee en mai 1955. Compte tenu de la baisse de niveau d'aujourd'hui, après deux décennies d'inflation académique, Bruno pourrait bien décrocher un A — pour cette étude sur Kafka. Elle possède les qualités d'intelligence voulues, avec juste le bon dosage estudiantin d'intuition sophistiquée et de dogmatisme naïf. En 1955, Dupee l'avait trouvée, selon l'annotation dans la marge, « claire et bien exposée ». Enfin. Une petite pause maintenant pour déguster un bon chow mein, avec peut-être un rouleau de printemps en entrée. Ensuite, je m'attaquerai à *Ulysse en tant que symbole de la société*, ou peut-être à *Eschyle et la tragédie aristotélicienne*. Je ne peux pas m'aider de mes vieilles dissertations pour traiter ces deux sujets, mais ça ne devrait pas être trop difficile. Fidèle machine à écrire, vieux compagnon, assiste-moi comme tu l'as toujours fait.

## V

Aldous Huxley pensait que l'évolution a construit notre cerveau de manière à lui faire jouer le rôle d'un filtre face à l'afflux de tout ce qui nous est inutile dans notre lutte pour le pain quotidien. Visions, expériences mystiques, phénomènes *psi* tels que des messages télépathiques en provenance d'autres cerveaux — toutes sortes de choses dans ce genre envahiraient perpétuellement notre esprit s'il n'y avait l'action de ce que Huxley a nommé, dans un petit livre appelé *Le Ciel et l'Enfer*, « la soupape de réduction cérébrale ». Bénie soit la soupape de réduction cérébrale ! Si l'évolution ne nous en avait dotés, nous serions sans cesse distraits par des visions d'une incroyable beauté, par des intuitions spirituelles d'une grandeur écrasante et par des contacts brûlants, sans dissimulation possible, d'esprit à esprit avec nos semblables. Heureusement que l'action de la soupape nous protège — presque tous — de ces choses-là, et nous rend libres de vaquer à nos existences quotidiennes consistant à acheter bon marché pour revendre le plus cher possible.

Bien sûr, il semble que certains d'entre nous naissent de temps à autre avec une soupape défectueuse. Je veux parler d'artistes tels que Bosch ou le Greco, dont les yeux ne voyaient pas le monde comme il apparaît aux vôtres et aux miens. Je veux parler des philosophes visionnaires, des extatiques et des chercheurs de nirvâna. Je veux parler aussi des pauvres couillons de paumés capables de lire dans la pensée des autres. Des mutants. Des accidents génétiques.

Huxley croyait cependant que l'efficacité de la soupape de réduction cérébrale pouvait être diminuée par l'utilisation de différents moyens artificiels, afin de donner ainsi au commun des mortels accès aux matériaux extrasensoriels habituellement réservés à une poignée d'élus. Les drogues psychédéliques, pensait-il, avaient cette propriété. La mescaline, selon lui, contrarie la production d'enzymes qui régularisent la fonction cérébrale, et ce faisant « diminue l'efficacité du cerveau en tant qu'instrument orientant l'esprit sur les problèmes de la vie à la surface de notre planète. Ce qui [...] semble permettre l'accès à la conscience claire d'un certain nombre de catégories d'événements mentaux, normalement exclues parce qu'elles ne possèdent aucune valeur de survie. Des intrusions similaires de matériaux biologiquement inutiles mais esthétiquement, et parfois spirituellement, précieux peuvent se produire comme conséquence de la maladie ou de la fatigue ; ils peuvent également être provoqués par le jeûne, ou par une période de confinement dans un endroit totalement obscur et silencieux ».

En ce qui le concerne, David Selig ne peut pas dire que les drogues psychédéliques lui aient tellement réussi. Il n'en a fait qu'une seule fois l'expérience, et elle n'a pas été heureuse. C'était pendant l'été 1968, quand il vivait avec Toni.

Si Huxley accordait beaucoup d'importance aux substances psychédéliques, il ne les considérait pas comme la seule voie d'accès aux expériences visionnaires. Le jeûne et la mortification physique y conduisaient aussi. Il parlait de mystiques qui « utilisaient régulièrement sur eux-mêmes le martinet de cuir à nœuds, ou même le knout à pointes d'acier. Ces autoflagellations équivalaient à une opération chirurgicale avancée sans anesthésie, et leur effet sur la chimie corporelle du pénitent était considérable. De grandes quantités d'histamine et d'adrénaline étaient libérées par l'action du fouet proprement dite, et lorsque les blessures infligées commençaient à s'infecter (la chose était à peu près inévitable avant l'apparition du savon), diverses substances toxiques provenant de la décomposition des protéines se mêlaient au sang. Mais l'histamine produit un choc, et ce choc affecte l'esprit non moins profondément que le corps. En outre, de grandes quantités d'adrénaline peuvent engendrer des hallucinations, et l'on sait que certains des produits de sa décomposition provoquent des symptômes rappelant ceux de la schizophrénie. Quant aux toxines libérées par les plaies, elles bouleversent la production d'enzymes régularisant l'activité du cerveau, et réduisent son efficacité en tant qu'instrument permettant de trouver sa voie dans un monde où survivent les créatures biologiquement les plus aptes. C'est peut-être la raison pour laquelle le Curé d'Ars répétait, à l'époque où il était libre de se flageller sans merci, que Dieu ne pouvait rien lui refuser. En d'autres termes, là où le remords, l'aversion de soi et la peur de l'enfer libèrent l'adrénaline, là où l'autochirurgie libère l'histamine en même temps que l'adrénaline, et où les plaies infectées déversent dans le flux sanguin des protéines en décomposition, l'efficacité de la soupape de réduction cérébrale est diminuée, et des aspects inhabituels de l'Esprit Élargi (comprenant des phénomènes *psi*, des visions et, s'il est suffisamment préparé sur les plans éthique et philo sophique, des expériences mystiques) envahissent la conscience de l'ascète.

Le remords, l'aversion de soi et la peur de l'enfer. Le jeûne et la prière. Le fouet et les chaînes. Les plaies infectées. À chacun son trip, je suppose. Libre à vous d'essayer. À mesure que le pouvoir s'estompe en moi et que meurt le don sacré, je caresse l'idée d'essayer de le raviver par des moyens artificiels. L'acide, la mescaline, la psilocybine ? Je ne sais pas si j'ai tellement envie de recommencer. La mortification de la chair ? Le moyen me paraît un peu archaïque, comme de partir pour les croisades ou de porter des guêtres. Ce n'est pas ce qui convient en 1976. Je doute d'ailleurs de pouvoir m'avancer bien loin dans la voie de la flagellation. Que me reste-t-il alors ? Le jeûne et la prière ? Je suppose que je pourrais jeûner. Prier ? Qui ? De quoi ? je me sentirais idiot. Cher Dieu, rendez-moi mon pouvoir. Moïse de mon cœur, aide-moi je t'en supplie. Des conneries, tout ça. Les Juifs ne prient jamais pour demander une faveur, parce qu'ils savent qu'ils n'auront pas de réponse. Qu'est-ce qu'il me reste ? Le remords, l'aversion de soi et la peur de l'enfer ? J'ai déjà ces trois choses, et elles ne m'aident pas. Il faudra essayer une nouvelle méthode. Inventer quelque chose. La flagellation de l'esprit, peut-être ? Oui, je vais essayer. Je vais fourbir mes gourdins métaphoriques. La flagellation de l'esprit déclinant, vacillant, tremblotant. L'esprit traître et haïssable.

## VI

Mais pourquoi David Selig tient-il à retrouver un pouvoir ? Pourquoi ne pas le laisser s'éteindre ? Il a toujours été une malédiction pour lui. Il l'a coupé de ses semblables, il l'a voué à une vie sans amour. Laisse tomber, Duv. Laisse-le partir. Laisse-le te quitter. Mais d'un autre côté, sans ton pouvoir, qu'est-ce que tu es ? Sans cet unique, sans ce faible, sans ce périssable, sans cet inconsistant moyen de contact avec eux, comment pourras-tu les atteindre ? Ton pouvoir te relie à l'humanité, pour le meilleur et pour le pire, et c'est la seule attache que tu aies. Avoue-le. Tu ne peux pas te permettre de le laisser filer. Tu l'aimes et tu le méprises en même temps, ce don que tu possèdes. Tu as peur de le perdre, malgré tout le mal qu'il t'a causé. Tu es prêt à te battre pour te raccrocher à ses derniers lambeaux, même si tu sais d'avance que le combat est perdu. Lutte donc. Relis Huxley. Essaie l'acide, si tu l'oses. Essaie la flagellation. Essaie au moins le jeûne. Je renonce au chow mein. Je renonce au rouleau de printemps. Glissons une nouvelle feuille dans la machine et attaquons-nous à Ulysse en tant que symbole de la société.

## VII

C'est la sonnerie argentine du téléphone. Il commence à se faire tard. Qui peut bien appeler ? Aldous Huxley de sa tombe, pour me conjurer d'avoir du courage ? Le Dr. Hittner, pour me poser une question sur le pipi ou le caca ? Toni, pour m'annoncer qu'elle est dans le quartier avec mille microgrammes d'acide, de la vraie dynamite, et est-ce qu'elle peut monter ? Bien sûr, bien sûr. Je regarde le téléphone, hébété, sans la moindre idée. Mon pouvoir, même quand il était à son sommet, ne m'a jamais permis de pénétrer la conscience de l'American Telephone & Telegraph Company. Avec un soupir, je soulève l'écouteur à la cinquième sonnerie et j'entends la douce voix de contralto de ma sœur Judith.

« Est-ce que j'interromps quelque chose ? » Introduction typique de Judith.

« Une soirée tranquille à la maison. Je suis en train de faire le nègre sur une dissertation sur *L'Odyssée*. Tu n'aurais pas quelques brillantes idées à me refiler, Jude ?

— Ça fait quinze jours que tu n'es pas venu.

— J'étais fauché. Après la scène de la dernière fois, je n'avais plus envie de reparler argent, et comme en ce moment c'est le seul sujet que j'aie dans la tête, j'ai préféré ne pas passer.

— Tu croyais que j'étais fâchée ?

— Tu avais l'air furax.

— Tu m'as prise au sérieux ? J'ai gueulé un bon coup, c'est tout. Je ne crois pas vraiment que je te considère comme... comment est-ce que je t'ai appelé ?

— Un foutu parasite, ou quelque chose comme ça.

— Un foutu parasite. Quelle connerie. J'étais énervée ce soir-là, Duv. J'avais des problèmes personnels, et en plus c'était le moment de mes règles. J'ai dit n'importe quoi. La première idiotie qui me passait par la tête. Mais pourquoi m'as-tu crue sur parole ? Surtout toi, tu aurais dû savoir que je ne disais pas ça sérieusement. Depuis quand prends-tu ce que les gens disent avec leur bouche comme de l'argent comptant ?

— Tu le disais avec ta pensée aussi, Jude.

— Tu es sûr ? » Sa voix était soudain faible et contrite. « Avec ma pensée ?

— C'était on ne peut plus clair.

— Oh, Seigneur, aie pitié, Duv ! Dans le feu du moment, je pouvais penser n'importe quoi. Mais en dessous, Duv. À part ce moment de fureur... tu as bien dû voir que je ne le pensais pas. Que je t'aime, que je ne veux pas te perdre. Tu es tout ce que j'ai, Duv. Le bébé et toi. »

Son amour ne m'intéresse pas, et son sentimentalisme est encore moins à mon goût. Je réponds : « Je ne reçois plus ce qu'il y a en dessous, Jude. Depuis quelque temps, il n'y a plus grand-chose qui me parvient. Mais écoute, ça ne sert à rien de se chamailler. C'est vrai que je suis un foutu parasite. C'est vrai que je t'ai emprunté beaucoup plus que tu ne peux donner. Ta brebis galeuse de grand frère se sent assez coupable comme ça. Que je sois damné si je te demande encore du fric.

— Coupable ? C'est toi qui parles d'être coupable, alors que je t'ai...

— Pas ça, l'avertis-je. Tu ne vas pas t'embarquer dans un trip de culpabilité maintenant, Jude. » Son remords pour sa froideur passée a une odeur encore plus puante que son amour nouvellement découvert. « Je ne me sens pas d'humeur à répartir les blâmes et les culpabilités ce soir.

— Ça va, ça va. Mais question fric, tu te débrouilles quand même en ce moment ?

— Je te l'ai dit, je fais le nègre pour les devoirs de fin de trimestre. Ça peut aller.

— Veux-tu venir dîner demain soir ?

— Je crois qu'il vaut mieux que je travaille. J'ai un tas de dissertations à faire, Jude. C'est la saison.

— Il n'y aurait que nous deux. Et le gosse, bien sûr, mais je le mettrais au lit de bonne heure. Rien que toi et moi. On pourrait discuter. On a tant de choses à se dire. Pourquoi est-ce que tu ne veux pas venir, Duv ? Tu n'as pas besoin de travailler toute la journée et toute la nuit. Je te ferai quelque chose que tu aimes. Des spaghettis à la sauce piquante. Tout ce que tu voudras. Tu n'as qu'à demander. » Elle me supplie, ma frangine glaciale qui n'a rien eu d'autre à me donner que de la haine pendant vingt-cinq ans. Viens dans mes bras et je serai une maman pour toi, Duv. Viens, laisse-moi t'aimer, mon grand frère.

« Peut-être après-demain soir. Je t'appellerai.

— Tu ne peux vraiment pas pour demain ?

— J'ai bien peur que non », dis-je. Le silence se fait. Elle ne veut pas me supplier. Dans le vide grinçant, je reprends : « À part ça, qu'est-ce que tu deviens, Judith ? As-tu fait la connaissance de quelqu'un d'intéressant ?

— Je ne vois personne. » Il y a un éclat de silex dans sa voix. Elle a eu son divorce il y a deux ans et demi. Elle couche un peu partout. Il y a des fluides qui fermentent dans son âme. Elle a trente et un ans. « Je suis entre deux hommes en ce moment. Peut-être que c'est fini entièrement avec les hommes. Je m'en fiche si je ne baise plus jamais de ma vie. »

J'émets un rire sombre du fond de la gorge. « Et ce type d'une agence de voyages avec qui tu sortais. Mickey... ?

— Marty. C'était juste une commodité. Il m'a fait faire le tour de l'Europe pour 10 % du tarif. Autrement, je n'aurais pas pu me payer ça. Je me servais de lui.

— Et alors ?

— J'en avais marre. Le mois dernier je l'ai laissé tomber. Je ne l'aimais pas. Je ne crois pas l'avoir jamais aimé.

— Mais tu es restée avec lui assez longtemps pour pouvoir visiter l'Europe.

— Ça ne lui a rien coûté, Duv. J'ai couché avec lui. Tout ce qu'il avait à faire, c'était remplir un formulaire. Mais qu'est-ce que tu veux insinuer ? Que je suis une putain ?

— Jude…

— D'accord. Je suis une putain. Mais au moins, pour une fois, j'essaie de me ranger. Beaucoup de jus d'orange et de lectures sérieuses. Je suis en train de lire Proust en ce moment. Qu'est-ce que tu dis de ça ? Je viens de finir *Du côté de chez Swann*, et demain…

— J'ai encore du boulot à faire ce soir, Jude.

— Excuse-moi. Je ne voulais pas m'imposer. Tu viens dîner dans la semaine ?

— Je verrai. Je te téléphonerai.

— Pourquoi me détestes-tu tellement, Duv ?

— Je ne te déteste pas. Je crois que nous allons raccrocher.

— N'oublie pas d'appeler », dit-elle. En s'accrochant à une paille.

# VIII

Il faut que je vous parle de Toni, maintenant.

J'ai vécu sept semaines avec Toni, un été il y a huit ans. C'est le plus longtemps que j'aie vécu avec qui que ce soit, excepté mes parents et ma sœur, que j'ai quittés dès que j'ai pu le faire décemment, et aussi moi-même, que je ne peux pas quitter du tout. Toni a été l'un des deux grands amours de ma vie, l'autre étant Kitty. Je vous parlerai de Kitty une autre fois.

Puis-je reconstruire Toni ? Essayons en quelques touches rapides. Elle avait vingt-quatre ans cette année-là. Une longue fille souple, un mètre soixante-six, un mètre soixante-sept. Mince. Agile et maladroite en même temps. De longues jambes, de longs bras, les poignets et les chevilles minces. Des cheveux d'un noir brillant, raides, tombant en cascade sur ses épaules. Le regard vif et chaud, les yeux marron, alertes et étonnés. Une fille maligne, pleine d'esprit, pas tellement bien éduquée mais extraordinairement sensée. Un visage d'une beauté pas du tout conventionnelle : trop de bouche, trop de nez, des pommettes trop hautes, mais dégageant un charme érotique certain, suffisant en tout cas pour faire tourner pas mal de têtes lorsqu'elle entre quelque part. La poitrine lourde et ample. J'aime les femmes qui ont de gros nénés. J'ai besoin d'un endroit où reposer ma tête fatiguée. Si souvent fatiguée. Ma mère faisait un pauvre 22-A. Pas d'oreillers confortables, ça. Elle n'aurait pas pu me nourrir au sein même si elle l'avait voulu, et elle ne voulait pas. (Lui pardonnerai-je jamais de m'avoir laissé échapper de son ventre ? Ah, Selig, un peu de piété filiale, pour l'amour du Ciel !)

Je n'ai regardé dans l'esprit de Toni que deux fois, la première le jour où je l'ai rencontrée et la deuxième deux semaines plus tard, plus une troisième fois il est vrai le jour où nous avons rompu. La troisième était un accident désastreux. La deuxième avait été plus ou moins un accident également, mais pas tout à fait. Seule la première fois était entièrement délibérée. Après m'être rendu compte que je l'aimais, j'avais pris bien soin de ne plus jamais l'épier dans sa tête. *Celui qui regarde par le trou de la serrure s'expose à voir des choses déplaisantes pour lui.* Une leçon que j'ai apprise très jeune. De plus, je ne voulais pas que Toni se doute de mon pouvoir. J'avais peur que cela ne la fasse fuir. Ma malédiction.

Cet été-là, je travaillais à quatre-vingt-cinq dollars par semaine, dernier en date de mon infinie série d'emplois de toutes sortes, comme assistant d'un écrivain professionnel bien connu qui préparait un énorme livre sur les machinations politiques qui avaient précédé la fondation de l'État d'Israël. À raison de huit heures par jour, je parcourais pour lui les collections de vieux journaux dans les entrailles de la bibliothèque de Columbia. Toni était secrétaire de rédaction dans la maison d'édition qui publiait son livre. Je la rencontrai un après-midi vers la fin du printemps dans l'appartement sophistiqué de l'écrivain situé dans East End Avenue. J'y allais pour remettre une pile de notes sur les discours de la campagne présidentielle d'Harry Truman en 1948, et elle se trouvait là, en train de discuter de certaines coupures à faire dans les premiers chapitres. Sa beauté me frappa vivement. Je n'avais pas eu de femme depuis des mois. Je supposai automatiquement qu'elle était sa maîtresse — coucher avec les directeurs d'édition est, dit-on, une pratique courante à certains niveaux élevés de la profession littéraire — mais mon vieil instinct de voyeur me mit rapidement au courant. Je lançai une sonde rapide vers lui, et je constatai que son esprit était un cloaque de désirs frustrés. Il la convoitait ardemment, mais il était clair qu'elle ne répondait pas du tout à ses avances. Puis je lançai un coup de sonde dans son esprit à elle. Je m'enfonçai profondément dans un terrain riche et chaud. Rapidement, je m'orientai. Quelques fragments épars d'autobiographie me bombardèrent, d'une manière incohérente et non linéaire : un divorce, quelques bonnes expériences sexuelles et quelques mauvaises, un voyage aux Caraïbes, tout cela flottant n'importe comment à la manière chaotique habituelle. Je laissai cela de côté, et je cherchai ce qui m'intéressait. Non, elle ne couchait pas avec l'écrivain. Physiquement, il représentait pour elle le zéro absolu. (Étrange. J'aurais cru au contraire qu'il possédait un attrait romantique, pour autant qu'une âme strictement hétérosexuelle comme la mienne soit capable de juger de ces choses-là.) Elle n'aimait même pas ce qu'il écrivait, constatai-je. Puis, sondant toujours au hasard, je découvris une autre chose, beaucoup plus surprenante : je ne semblais pas la laisser indifférente. Une pensée explicite me frappa : *Je me demande s'il est libre ce soir.* Son regard se posait sur l'assistant déjà plus tout jeune (trente-trois ans, et déjà un peu dégarni au sommet de la tête), et elle ne le trouvait pas si repoussant que ça. Je fus si secoué par cette découverte — ses yeux noirs expressifs, ses jambes érotiques, tout cela dirigé vers *moi* — que je me dépêchai de sortir de sa tête.

« Voilà les notes sur Truman, dis-je à mon employeur. Il y en a d'autres qui arrivent de la Bibliothèque Truman, dans le Missouri. »

Nous discutâmes encore quelques minutes sur le prochain travail qu'il voulait me confier, puis je fis mine de prendre congé, avec un rapide regard en coulisse dans sa direction à elle.

« Attendez, dit-elle. Nous pouvons faire un bout de chemin ensemble. J'ai terminé ici. »

L'homme de lettres me lança un regard envieux et empoisonné. Oh, merde, encore un emploi de perdu. Mais il nous dit au revoir fort courtoisement. Dans l'ascenseur, nous restâmes chacun dans notre coin, avec un mur vibrant de tension et de désir qui nous séparait et nous unissait en même temps. Je devais lutter contre moi-même pour m'empêcher de lire dans sa pensée. J'étais terrorisé à l'idée de trouver non pas la mauvaise réponse, mais la bonne. Dans la rue, nous restâmes un instant indécis, nerveux. Finalement, je déclarai que j'allais arrêter un taxi pour me diriger vers Upper West Side — moi, un taxi, avec quatre-vingt-cinq dollars par semaine ! — et si je pouvais la déposer quelque part… Elle déclara qu'elle habitait à l'intersection de la 105$^{e}$ Rue et de West End Avenue. Pas trop loin. Quand le taxi s'arrêta devant chez elle, elle m'invita à monter boire un verre. Trois pièces, meublées de manière ordinaire : surtout des livres, des disques, des carpettes un peu partout, des posters. Elle nous servit un peu de vin, et je la saisis aux épaules et la fis pivoter contre moi pour l'embrasser. Elle tremblait dans mes bras ; ou était-ce moi ?

Un peu plus tard dans la soirée, devant un bol de soupe chinoise au Great Shanghai, elle m'annonça qu'elle devait déménager trois jours plus tard. L'appartement était à un garçon avec qui elle avait rompu quelques jours plus tôt. Elle n'avait pas d'autre endroit où aller. « Je n'ai qu'une pièce pas formidable, lui dis-je, mais il y a un lit à deux places. » Sourires timides. C'est ainsi qu'elle est venue vivre chez moi. Je ne croyais pas qu'elle était amoureuse de moi, pas du tout, et je n'avais pas l'intention de le lui demander. Si ce qu'elle ressentait pour moi n'était pas de l'amour, cela me suffisait quand même. C'était le mieux que je pouvais espérer. Et dans le secret de ma propre tête, je ressentais de l'amour pour elle. Elle avait eu besoin d'un abri dans la tourmente. Je le lui avais offert. Si c'était tout ce que je représentais pour elle, tant pis. Il y avait tout le temps pour que les choses mûrissent.

Nous ne dormîmes pas beaucoup les deux premières semaines. Pas parce que nous baisions tout le temps, non, bien qu'il y eût aussi de ça, mais nous parlions. Nous étions nouveaux l'un à l'autre, et c'est le meilleur moment d'une liaison, quand il y a tout un passé à partager, quand les choses se déversent d'elles-mêmes et qu'il n'y a pas besoin de chercher quoi dire. (Tout ne s'extériorisait pas, cependant. L'unique chose que je lui cachai était le fait central de ma vie, celui qui conditionnait tout ce que j'étais.) Elle me raconta son mariage — très jeune, à vingt ans, et aussi éphémère que vide — suivi de nombreux hommes, d'une incursion dans l'occultisme et la thérapeutique de Reich, puis de la découverte de sa vocation nouvelle dans l'édition. Semaines vertigineuses.

Trois semaines s'écoulèrent avant ma deuxième incursion dans ses pensées. C'était un soir de juin accablant de chaleur et illuminé par l'éclat froid de la pleine lune qui filtrait entre les lattes de notre store baissé. Elle était assise à cheval sur moi — sa position favorite — et son corps pâle était auréolé d'un éclat blanc dans la pénombre irréelle. Je voyais sa silhouette longue qui me surplombait, son visage à moitié caché par ses cheveux pendants, ses yeux fermés, ses lèvres entrouvertes. Ses seins, vus d'en bas, paraissaient encore plus gros qu'ils ne l'étaient en réalité. Cléopâtre au clair de lune. Elle se dirigeait peu à peu vers l'extase à grands roulements saccadés, et sa beauté et l'étrangeté qui émanait d'elle m'impressionnaient tellement que je ne pus résister à la tentation de la regarder au moment culminant, de la regarder sur tous les niveaux, en abaissant la barrière que j'avais scrupuleusement dressée. Au moment où elle jouissait, mon esprit entrouvrit son âme d'un doigt curieux, et reçut toute l'intensité volcanique de son plaisir surgissant. Il n'y avait pas une seule pensée dirigée vers moi. Rien qu'une frénésie animale qui jaillissait de chaque nerf. J'ai vu cela chez d'autres femmes, avant et après Toni, au moment où elles jouissent : ce sont des îles solitaires dans le vide de l'espace, qui n'ont connaissance que de leur corps, et peut-être de cette tige rigide sur laquelle elles s'empalent. Le moment où le plaisir les emporte est un phénomène curieusement impersonnel, quel que soit le caractère titanique de l'impact. Il en était ainsi avec Toni. Je n'avais pas à m'en offusquer ; je savais à quoi je devais m'attendre, et je ne me sentais pas trompé ni rejeté. En fait, le contact de son âme en ce moment terrifiant servit à déclencher ma propre jouissance et à décupler son intensité. À ce moment-là, je perdis le contact avec elle. Les soulèvements de l'orgasme désintègrent le fragile lien télépathique. Après, je me sentis un peu mal à l'aise de l'avoir épiée, sans toutefois éprouver un sentiment de culpabilité exagéré. Quelle expérience magique, après tout, d'avoir pu me trouver de la sorte uni à elle en cet instant. D'avoir pu être témoin de sa joie, pas seulement sous forme de spasmes aveugles dans ses flancs, mais sous forme d'éclairs brillants parcourant le ciel noir de son âme. Un instant de beauté et d'émerveillement impossible à oublier. Mais à ne pas renouveler, non plus. Je résolus, une nouvelle fois, de garder notre liaison pure et honnête. De ne pas profiter de ma supériorité. De rester désormais pudiquement à l'écart de ses pensées.

En dépit de quoi je me retrouvai, quelques semaines plus tard, faisant irruption pour la troisième fois dans la conscience de Toni. Par accident. Un accident ignoble, abominable. Oh, la troisième fois !

Le désastre.

La catastrophe.

# IX

Au début du printemps 1945, quand il avait dix ans, ses parents attentionnés lui offrirent une petite sœur. C'est exactement ainsi qu'ils lui annoncèrent la chose : sa mère, arborant son plus chaud sourire bidon, le cajolant, lui dit de sa plus belle voix c'est-comme-ça-qu'il-faut-parler-aux-enfants : « Papa et moi, nous avons une magnifique surprise pour toi, Duv. Nous allons t'offrir une petite sœur. »

Naturellement, cela n'avait rien d'une surprise. Cela faisait des mois, peut-être des années, qu'ils en discutaient entre eux, toujours en partant du principe fallacieux que leur fils, malin comme il l'était, ne comprenait pas de quoi ils parlaient. Ils le croyaient incapable de faire le rapprochement entre un fragment de conversation et un autre, incapable de mettre une image derrière leurs mots couverts. Et naturellement, il avait lu dans leur pensée. À cette époque-là, le pouvoir était net et distinct ; couché dans sa chambre, entouré de ses livres cornés et de ses albums de timbres, il pouvait sans effort se régler sur tout ce qui se passait dans la chambre à coucher, à douze mètres de là. C'était comme un programme de radio ininterrompu, sans annonces publicitaires. Il pouvait capter WJZ, WHN, WEAF, WOR et toutes les stations du cadran, mais celle qu'il écoutait le plus souvent était WPMS, Paul et Martha Selig. Ils ne possédaient pas de secret pour lui. Il n'éprouvait aucune honte à les espionner. Adulte avant l'heure, partageant leurs anxiétés privées, il avait l'occasion de méditer quotidiennement sur les hauts et les bas de la vie conjugale : les anxiétés financières, les paisibles moments d'amour indifférencié, les instants de haine envers l'autre coupablement refoulés, les joies et les déceptions copulatoires, les mystères des érections défaillantes et des orgasmes ratés, l'intense et terrifiante concentration sur la croissance et le développement adéquat de l'Enfant. Leur esprit déversait un torrent d'écume riche, et il absorbait tout. Capter leur âme était son jeu, sa religion, sa vengeance. Jamais ils ne soupçonnèrent ce qu'il faisait. C'était un point qu'il vérifiait constamment, en les sondant avec anxiété, et constamment il était rassuré : ils n'avaient pas idée que son pouvoir pût exister. Ils pensaient simplement qu'il était d'une intelligence anormale, et ne lui demandèrent jamais comment il faisait pour être au courant de tant de choses de manière si improbable. S'ils avaient soupçonné la vérité, ils l'auraient peut-être étouffé dans son berceau. Mais ils n'avaient pas le moindre soupçon. Il continua à les espionner, année après année, tranquillement, tandis que ses perceptions s'élargissaient et qu'il comprenait de mieux en mieux les matériaux qu'à leur insu ses parents lui offraient.

Il savait que le Dr. Hittner — complètement désorienté par le cas du jeune Selig — pensait que tout irait mieux pour tout le monde si David avait un germain. C'est le mot qu'il avait utilisé, *germain*, et David dut en chercher la signification dans la tête de Hittner comme si c'était un dictionnaire. Germain : un frère ou une sœur. L'hypocrite salaud ! La seule chose que David lui avait demandé de ne pas suggérer à ses parents. Mais pouvait-il s'attendre à autre chose ? La nécessité d'un germain se trouvait établie depuis le début dans la tête de Hittner, où elle gisait comme une grenade. En sondant sa mère un soir, David avait trouvé le texte d'une lettre écrite par le psychiatre : *L'enfant unique est un enfant émotionnellement frustré. En l'absence du contact naturel de ses germains, il n'a pas le moyen d'apprendre à se situer par rapport à des pairs et se voit rejeté dans un type de relations dangereuses envers ses parents dont il devient le compagnon au lieu d'être placé sous leur dépendance.* La panacée de Hittner : des tas de petits germains. Comme si les névrosés n'existaient pas dans les grandes familles.

David n'ignorait rien des tentatives frénétiques de ses parents pour se conformer aux recommandations du psychiatre. Il n'y avait pas de temps à perdre. Le petit grandit tous les jours, privé de germains et des moyens de se situer par rapport à des pairs. Chaque nuit, les pauvres corps usés de Paul et de Martha Selig se frottent au problème. Ils transpirent pour arriver à des prodiges de luxure, et chaque mois le verdict tombe dans un jaillissement de sang : il n'y aura pas encore de germain cette fois-ci. Mais finalement la semence prend racine. Ils ne lui disent rien, honteux peut-être d'avouer à un garçon de huit ans qu'il existe une telle chose dans leur vie que des rapports sexuels. Mais il le savait déjà. Il savait pourquoi le ventre de sa mère commençait à enfler, et pourquoi elle hésitait à en parler. Il savait également que la mystérieuse crise d'« appendicite » de juillet 1944 était en fait une fausse couche. Il savait la raison pour laquelle ils avaient tous les deux des têtes d'enterrement pendant les mois qui avaient suivi. Il savait que le médecin de Martha lui avait déclaré, cet automne-là, qu'il n'était pas sage de vouloir un bébé à trente-cinq ans, et que si elle insistait pour avoir un deuxième enfant la meilleure chose était d'avoir recours à l'adoption. Et la réponse traumatisée de son père lorsqu'elle lui avait fait part de cette suggestion : *Hein ? Ramener à la maison un bâtard abandonné par n'importe quelle shiksa ?* Le pauvre Paul en avait perdu le sommeil pendant des semaines, et il n'osait même pas avouer à sa femme ce qui le tracassait. Sans le savoir, cependant, il faisait profiter son fils de tous ses états d'âme. Ses insécurités. Ses irrationnalités. *Faut-il que j'élève n'importe quel morveux simplement parce qu'un psychiatre prétend que ça fera du bien à David ? Qui sait quelle ordure je vais ramener à la maison ? Comment aimer un enfant qui n'est pas à moi ?*

*Comment lui apprendre à être un bon Juif alors qu'il a peut-être été fabriqué par un sale Irlandais, ou un cireur de bottes italien, ou un menuisier?* Tout cela, le petit David aux aguets le perçoit. Finalement, le papa Selig fait part de ses griefs, non sans avoir pratiqué quelques coupures prudentes, à sa tendre épouse en arguant que peut-être le Dr. Hittner se trompe, peut-être que c'est juste une période que David traverse, et qu'un autre enfant n'est pas du tout la réponse. Il faut considérer les dépenses que cela entraînerait, les changements que cela apporterait à leur manière de vivre — ils ne sont plus tout jeunes, ils ont leurs habitudes, un bébé a des exigences. Se réveiller à quatre heures du matin, les pleurs, les langes. Et David d'encourager silencieusement son père. Qui a besoin de cet intrus, ce germain, ce troubleur de paix? Mais Martha contre-attaque, le visage baigné de larmes, citant la lettre de Hittner, lisant les passages clefs de son imposante bibliothèque sur la psychologie des enfants, avançant des statistiques sans réplique sur les proportions de névroses, inadaptation, homosexualité et pipi au lit chez les enfants uniques. Le vieux cède aux alentours de Noël. *D'accord, d'accord, on va adopter un enfant, mais pas n'importe lequel, hein? Je veux qu'il soit juif.* Semaine après semaine on fait le tour des agences d'adoption en s'efforçant de faire croire à David que toutes ces excursions à Manhattan ne sont motivées que par d'innocentes emplettes. Mais il n'est pas dupe. Comment quiconque pourrait-il duper ce gosse omniscient? Il n'a qu'à regarder derrière leur front pour voir ce qu'ils recherchent. Son seul espoir est qu'ils n'en trouvent pas. C'était encore l'époque de la guerre : si on ne trouvait pas de voitures neuves, peut-être qu'on ne trouvait pas d'enfants non plus. Pendant plusieurs semaines, ce fut effectivement le cas. Il y avait très peu de bébés disponibles, et ceux qui l'étaient avaient toujours un défaut grave : pas assez juifs, ou trop fragiles d'aspect, ou moches, ou du mauvais sexe. Il y avait quelques garçons, mais Paul et Martha s'étaient décidés pour une petite sœur. Déjà, ça limitait considérablement le choix car les gens ont tendance à abandonner les garçons davantage que les filles. Mais une nuit de mars où il neigeait, David décela une inquiétante nuance de satisfaction dans l'esprit de sa mère, qui venait de rentrer d'une nouvelle excursion à Manhattan. En la sondant d'un peu plus près, il constata que les recherches étaient terminées. Elle avait découvert une splendide petite fille de quatre mois. La mère, âgée de dix-neuf ans, n'était pas seulement garantie juive, c'était aussi une étudiante, décrite par l'agence comme étant d'une « grande intelligence ». Pas assez grande, visiblement, pour éviter de se faire fertiliser par un beau capitaine de l'U.S. Air Force, également juif, qui était rentré en permission en juillet 1944. Bien qu'éprouvant du remords pour son acte inconsidéré, il ne se sentait pas disposé à réparer en épousant la victime de sa concupiscence, et était reparti pour le Pacifique où, à en croire les parents de la fille, il méritait de se faire descendre en flammes dix fois. Ils l'avaient forcée à mettre l'enfant en adoption. David se demandait pourquoi Martha n'avait pas ramené le bébé avec elle le soir même, mais il s'aperçut bientôt que plusieurs semaines de formalités légales les attendaient encore. Ce n'est que lorsque avril fut bien avancé que sa mère lui annonça finalement : « Papa et moi, nous avons une magnifique surprise pour toi, Duv. »

Ils l'appelèrent Judith Hannah Selig, d'après le nom de la mère récemment décédée de son père adoptif. David conçut pour elle une haine immédiate. Il redoutait qu'ils ne la mettent dans sa chambre, mais au lieu de cela ils installèrent un berceau dans leur chambre à coucher. Ce qui n'empêchait pas ses cris de remplir tout l'appartement chaque nuit. C'était incroyable, la quantité de bruits qu'elle pouvait émettre. Paul et Martha passaient pratiquement tout leur temps à la nourrir ou à jouer avec elle ou à changer ses langes. David n'y trouvait rien à redire, car ça les occupait et leur attention était détournée de lui. Mais il haïssait la présence de Judith. Il ne trouvait rien de mignon à ses membres potelés, à ses cheveux bouclés et à ses petites fossettes. Lorsqu'il regar dait quand on la changeait, il éprouvait un intérêt purement académique devant la petite fente rose si étrangère à son expérience. Mais une fois qu'il l'eut observée, sa curiosité se trouva étanchée. *Elles ont une fente à la place d'un machin. Et puis après ?* En général, elle représentait un facteur de gêne irritant. Elle l'empêchait de se concentrer sur un livre à cause de tout le bruit qu'elle faisait, et la lecture était son unique distraction. La maison était toujours pleine de parents ou d'amis qui s'acquittaient de la visite d'usage en venant voir le bébé, et leurs esprits stupides et conventionnels envahissaient les lieux de leurs pensées bornées qui résonnaient dans la conscience vulnérable de David comme autant de coups de maillet. De temps à autre, il essayait de capter les émissions du bébé, mais il n'y avait rien d'autre que de vagues et brumeuses sensations informes. C'était bien plus intéressant de capter la pensée des chats et des chiens. De pensée, elle paraissait n'en avoir aucune. Tout ce qu'il recevait, c'étaient des impressions de faim, de somnolence et de libération vaguement orgastique quand elle mouillait ses couches. Dix jours après son arrivée environ, il décida d'essayer de la tuer télépathiquement. Pendant que ses parents étaient occupés autre part, il alla dans leur chambre, plongea son regard dans le berceau et se concentra aussi fort qu'il put pour vider le petit crâne de son esprit encore informe. Si seulement il réussissait à aspirer l'intellect naissant, à attirer à lui sa conscience, à la transformer en coquille vide de sensations. Elle mourrait sûrement. Il cherchait à enfoncer ses serres dans son âme. Il la transperçait de son regard, les vannes de son pouvoir ouvertes en grand, absorbant son mince filet d'émission. *Viens... Viens... ton esprit vient à moi... je l'engloutis, je le dévore entièrement... gloup ! Il n'en reste plus rien !* Sans s'émouvoir de ses abjurations, elle continuait à gazouiller et à gigoter dans tous les sens. Il se concentra de plus belle, redoublant la vigueur de son regard perçant. Le sourire du bébé vacilla et s'éteignit. Son petit visage se plissa. Comprenait-elle les attaques qu'elle subissait ? ou était-elle simplement troublée par les grimaces qu'il faisait ? *Viens... viens... ton esprit glisse vers moi...*

L'espace d'un instant, il crut qu'il était sur le point de réussir. Mais à ce moment-là, elle lui jeta un regard de malveillance glacée, incroyablement violente, véritablement terrifiante venant d'un bébé, et il eut un mouvement de recul, épouvanté, craignant il ne savait quelle contre-attaque. Un moment plus tard, elle était de nouveau en train de gazouiller. Elle l'avait battu. Il continua de la détester, mais plus jamais il ne tenta de lui faire du mal. Lorsqu'elle fut assez grande pour savoir ce que le concept de haine signifiait, elle se rendit compte de ce qu'éprouvait son frère à son égard. Et elle lui rendit son aversion. En fait, elle se révéla bien plus efficace dans ce domaine qu'il ne l'était lui-même. Une véritable experte

# X

Le sujet de la dissertation présente est : mon premier voyage à l'acide.

Mon premier et aussi mon dernier. Il y a huit ans de cela. En fait, ce n'était pas moi qui trippais, mais Toni. L'acide lysergique diéthylamide n'a jamais franchi les limites de mon tube digestif, s'il faut vous dire la vérité. Je n'ai fait que monter en marche dans le trip de Toni. En un sens, j'y suis toujours, dans ce trip, un trip on ne peut plus raté, croyez-moi.

C'était pendant l'été 68. Un été qui était déjà en soi un trip raté. Vous vous souvenez de 1968 ? C'est l'année où nous avons tous pris conscience que l'édifice était en train de s'écrouler. La société américaine. Ce sentiment de pourrissement et d'effondrement imminent que nous avons tous... il date de 68, en fait. L'année où le monde qui nous entoure est devenu la métaphore du violent processus entropique qui dévorait nos âmes — la mienne, en tout cas — depuis quelques années.

Cet été-là, Lyndon Baines MacBird était encore à la Maison-Blanche, de justesse, faisant l'intérim après son abdication en mars. Bob Kennedy avait finalement rencontré la balle qui portait son nom, ainsi que Martin Luther King. Aucun des deux assassinats n'avait été une surprise : la seule chose étonnante, c'est qu'ils aient tellement tardé à venir. Les Noirs brûlaient les villes — à cette époque-là, c'étaient leurs propres quartiers qu'ils brûlaient, vous vous souvenez ? Les gens normaux, les gens comme tout le monde, se mettaient à porter des fringues complètement dingues pour aller au travail, pantalons à rayures et tricots de corps et mini-mini-jupes. Les chevelures devenaient abondantes, même au-dessus de vingt-cinq ans. C'était l'année des favoris et des moustaches à la Buffalo Bill. Gene McCarthy, sénateur… d'où, au fait ? Minnesota ? Wisconsin ? faisait des citations de poésie aux conférences de presse, en partie pour essayer de décrocher l'investiture démocrate pour les présidentielles, mais personne ne doutait que ce serait Hubert Horatio Humphrey qui l'emporterait à la convention de Chicago. (Cette même convention qui fut un chef-d'œuvre de patriotisme bien-pensant.) Dans l'autre camp, Rockefeller se démenait pour battre au poteau notre Tricky Dick[1] mais personne n'ignorait où cela le mènerait. Des bébés mouraient chaque jour de malnutrition dans un endroit appelé Biafra, que vous avez déjà oublié, et les troupes russes entraient en Tchécoslovaquie pour faire une nouvelle démonstration de fraternité socialiste. Dans un autre endroit appelé Viet-

1. Dick le fourbe : surnom de Richard Nixon. *(N.d.T.)*

nam, que vous aimeriez sans doute avoir oublié aussi, nous déversions du napalm sur tout ce qui bougeait sous prétexte de promouvoir la paix et la démocratie, et un lieutenant nommé William Calley venait de superviser la liquidation d'une centaine de sinistres et dangereux vieillards, enfants et femmes au village de Mi-laï, seulement nous n'en avions pas encore entendu parler. Les livres que tout le monde lisait étaient *Couples*, *Myra Breckinridge*, *The Money Game* et *Les Confessions de Nat Turner*. J'ai oublié les films. *Easy Rider* n'était pas encore sorti, et *Le Lauréat* était de l'année précédente. Peut-être que c'était l'année de *Rosemary's Baby*. Oui, ça correspond tout à fait : 1968 avait été une année diabolique. C'est aussi l'année où des tas de gens de la classe moyenne et d'âge moyen commencèrent à utiliser, avec affectation, des termes comme « herbe », ou « hach », quand ils voulaient parler de marihuana. Certains ne parlaient pas seulement, ils fumaient. (Moi, par exemple. J'y suis venu finalement, à l'âge de trente-trois ans.) Voyons, qu'est-ce qu'il y avait encore ? Le Président Johnson avait nommé Abe Fortas en remplacement d'Earl Warren comme chef de la Cour suprême. Où êtes-vous maintenant, Juge Fortas, alors que nous avons besoin de vous ? La Conférence de la paix avait débuté à Paris, croyez-le ou pas, juste cet été-là. Par la suite, il devait sembler qu'elle remontait au commencement des temps et qu'elle était aussi immuable et éternelle que le Grand Canyon ou le Parti Républicain, mais non, elle fut créée en 1968. Denny

McLain était parti pour remporter trente et un matches cette année-là. Sans doute que McLain fut l'unique être humain à trouver que 1968 valait la peine d'être vécue. Son équipe perdit les World Séries, cependant. (Mais non. Qu'est-ce que je raconte ? Les *Tigers* ont gagné, quatre parties à trois, mais c'est Mickey Lolich qui était la vedette, et pas McLain.) Voilà quel genre d'année c'était. Oh, Seigneur, j'oubliais une tranche d'histoire significative. Au printemps 68, nous avons eu des manifestations à Columbia. Les étudiants radicaux avaient occupé le campus (*Kirk, démission !*), et les cours avaient été suspendus (*Fermez la boîte !*). Les examens avaient été reportés, et il y avait chaque nuit des affrontements avec la police au cours desquels un grand nombre de crânes d'étudiants étaient ouverts, répandant un sang de qualité dans le caniveau. Comme c'est drôle que ce soit cet événement-là qui me soit sorti de la tête, alors que de tous ceux que j'ai énumérés il est le seul auquel j'aie assisté en personne. Debout parmi la foule au carrefour de Broadway et de la 116^e^ Rue, regardant les pelotons de flics à l'œil glacé s'élancer au pas de charge en direction de la Butler Library. (On les appelait encore « fuzz » à ce moment-là ; c'est plus tard dans la même année qu'on a commencé à leur donner le nom de « pigs ».) Je tenais ma main en l'air avec les doigts recourbés en V en signe de paix, et je hurlais des slogans idiots avec les autres. Je fuyais le long des couloirs de Furnald Hall devant la marée dévastatrice des uniformes bleus au bidule brandi. Je discutais stratégie avec un gauleiter barbu du SDS, qui finit par me cracher à la figure en me traitant de sale indicateur bourgeois. Je regardais les douces filles de Barnard déchirer leur corsage et agiter leurs seins nus devant des flics à la libido exaspérée, tout en hurlant de féroces expressions anglo-saxonnes que les filles de Barnard de mon époque reculée n'avaient jamais entendues. Je regardais un groupe de jeunes étudiants chevelus de Columbia pisser rituellement sur une pile de documents qu'ils venaient de tirer de l'armoire d'un malheureux assistant qui préparait son doctorat. C'est à ce moment-là que je compris qu'il ne pouvait plus y avoir d'espoir pour l'humanité, quand les meilleurs d'entre nous étaient capables de perdre la tête pour la cause de l'amour et de la paix et de l'égalité des hommes. Ces soirs-là, j'entrai dans beaucoup de pensées, et je n'y trouvai rien d'autre que folie et hystérie. Une fois, de désespoir, après avoir réalisé que je vivais dans un monde où deux factions de fous se livraient bataille pour prendre le contrôle de l'asile, j'allai vomir à Riverside Park après une échauffourée particulièrement sanglante et je me laissai prendre par surprise (imaginez un peu, moi, me laisser surprendre !) par un jeune voyou noir de quatorze ans qui me soulagea avec le sourire des vingt-deux dollars que j'avais dans la poche.

J'habitais alors près de Columbia, dans un hôtel meublé sordide où j'avais une chambre de grandeur moyenne, plus une cuisine et des w.-c., avec les cafards en prime. C'était là que j'avais passé mes deux dernières années d'étudiant, en 1955 et 1956. L'hôtel était déjà sur la mauvaise pente à cette époque-là, et c'était devenu un abominable taudis quand j'y retournai douze années plus tard. La cour était jonchée de seringues hypodermiques brisées, comme elle aurait pu l'être de mégots de cigarettes. Mais j'ai la sale habitude — peut-être par masochisme — de toujours me raccrocher aux bribes de mon passé, même si elles sont infâmes, et quand j'ai eu besoin de chercher une piaule c'est ici que je suis venu. En plus, ce n'était pas cher — quatorze dollars et demi par semaine — et la proximité de l'université était pratique. Bon, vous me suivez toujours ? J'étais en train de vous parler de mon premier trip à l'acide, qui fut en réalité celui de Toni.

Nous partagions cette chambre crasseuse depuis près de six semaines : un petit morceau de mai, tout juin et une partie de juillet. Nous étions installés dans notre train-train quotidien de hauts et de bas, de tempêtes et de réconciliations. Mais j'étais heureux, peut-être plus que je ne l'avais jamais été dans ma vie. Je l'aimais, et je crois qu'elle m'aimait aussi. Je n'ai jamais eu beaucoup d'affection dans la vie. Je ne dis pas ça pour me faire plaindre. C'est juste une constatation froide et objective. La nature de ma condition diminue ma capacité d'aimer et d'être aimé. Un homme qui se trouve placé dans la situation où je suis, grand ouvert aux pensées les plus intimes de tout le monde, ne peut réellement faire l'expérience de beaucoup d'amour. Il ne peut pas en prodiguer, parce qu'il ne fait pas confiance à ses semblables. Il connaît trop de leurs petits secrets sordides, et cela étouffe l'amour qu'il pourrait leur donner. Incapable de donner, il ne peut recevoir. Son âme durcie par l'isolement et l'incommunication devient inaccessible, et il est difficile aux autres de l'aimer. La boucle se referme et il est pris au piège à l'intérieur. Cependant, j'aimais tout de même Toni, car j'avais pris tout particulièrement soin de ne pas regarder trop profondément en elle, et j'étais convaincu que mon amour était payé de retour. Quelle est la définition de l'amour, de toute façon ? Nous préférions notre compagnie réciproque à celle de n'importe qui d'autre. Nous nous accordions de toutes les manières imaginables. Nous ne nous ennuyions jamais ensemble. Nos corps reflétaient l'harmonie de nos âmes. Jamais je ne ratais une érection, jamais elle ne manquait de lubrification. Nos unions nous menaient immanquablement à l'extase. Tels sont, à mon avis, les paramètres de l'amour.

Le vendredi de la septième semaine de notre cohabitation, Toni rentra du bureau avec deux petits carrés de buvard blanc dans son sac. Au milieu de chaque carré, il y avait une auréole bleu-vert. Je les contemplai un instant sans comprendre.

« C'est de l'acide, me dit-elle finalement.

— De l'acide ?

— Tu sais bien. Du LSD. C'est Teddy qui me les a donnés. »

Teddy était son patron, le rédacteur en chef. Du LSD. Oui, je connaissais. J'avais lu ce qu'avait écrit Huxley sur la mescaline en 1957. J'avais été fasciné et tenté. Pendant des années par la suite, j'avais flirté avec les drogues pyschédéliques, et une fois j'avais essayé de me porter volontaire pour un programme de recherches au centre de médecine expérimentale de Columbia, mais j'étais arrivé trop tard pour me faire inscrire. Ensuite, à mesure que la drogue devenait à la mode, commencèrent à apparaître les horribles histoires de suicides, de psychoses et de trips ratés. Ne connaissant que trop bien ma propre vulnérabilité, je jugeai plus sage de laisser l'acide aux autres, bien que ma curiosité fût toujours aussi forte. Et maintenant, voilà que Toni s'amenait avec ces petits carrés de buvard.

« C'est de la marchandise réputée extra, me dit elle. Garantie pure et contrôlée en laboratoire. Teddy a déjà trippé avec une dose de la même cuvée, et il dit qu'il n'y a pas de problème. Pas de speed dedans, ni aucune cochonnerie. J'ai pensé qu'on pourrait passer la journée de demain à faire le trip, et dormir dimanche.

— Tous les deux ?

— Pourquoi pas ?

— Tu crois que c'est prudent d'abandonner en même temps notre raison ? »

Elle me lança un étrange regard. « Tu crois que l'acide nous fait perdre la raison ?

— Je ne sais pas. J'ai entendu dire des tas de choses.

— Tu n'as jamais trippé ?

— Non, répondis-je. Et toi ?

— Non plus. Mais j'ai assisté à des séances où des amis à moi ont trippé. » Cette évocation de sa vie passée me causa un pincement de cœur. « On ne perd absolument pas la raison, David. Il y a un moment où l'on plane, pendant une heure ou plus, et où tout s'embrouille parfois, mais fondamentalement, quelqu'un qui est en train de faire un trip demeure aussi calme et aussi lucide que... disons, Aldous Huxley. Imagines-tu Huxley devenant fou furieux ? Bavant du coin de la bouche et cassant tout autour de lui ?

— Et ce type qui a tué sa belle-mère pendant qu'il était sous l'effet de l'acide ? Ou cette fille qui s'est jetée par la fenêtre ? »

Toni haussa les épaules. « Ils étaient déjà instables, dit-elle avec humeur. Peut-être que l'idée de meurtre ou de suicide était déjà en eux, et que le LSD n'a fait que donner le coup de pouce dont ils avaient besoin pour agir. Ça ne veut pas dire que toi et moi nous ferions obligatoirement comme eux. Ou bien peut-être que les doses étaient trop fortes, ou le produit adultéré par une autre drogue. Qui sait ? Ces choses-là arrivent une fois sur un million. J'ai des amis qui ont trippé cinquante, soixante fois, et jamais ils n'ont eu le moindre pépin. » Elle paraissait sur le point de perdre patience avec moi. Il y avait quelque chose de paternaliste et de sermonneur dans sa voix. Son estime pour moi semblait nettement diminuée par mes hésitations de vieille fille. Nous étions au bord d'un véritable conflit. « Que se passe-t-il, David ? Tu as peur de faire le trip ?

— Je ne sais pas si c'est une bonne chose de le

faire ensemble, voilà tout. Alors que nous ne savons pas où ça peut nous mener.

— Tripper ensemble est le plus bel acte d'amour que deux personnes puissent accomplir ensemble, dit-elle.

— Mais c'est une chose risquée. On ne peut pas savoir. Écoute, tu peux te procurer encore de l'acide, si tu veux, n'est-ce pas ?

— Je suppose que oui.

— D'accord. Faisons les choses rationnellement, dans ce cas. Pas à pas. Pourquoi se presser ? Tu trippes demain, et je te regarde. Je trippe après-demain, et tu me regardes. Si chacun de nous aime ce que l'acide lui fait éprouver, on fait le trip ensemble la prochaine fois. Qu'est-ce que tu en dis, Toni ? Tu es d'accord ? »

Elle n'était pas tellement d'accord. Je vis qu'elle était sur le point de répondre, de formuler des objections, mais qu'elle se ravisa, reconsidérant sa position, renonçant à la défendre. Bien qu'à aucun moment je n'aie pénétré son esprit, l'expression de son visage suffisait à m'en dire long sur ce qu'elle pensait. « D'accord, fit-elle. Ce n'est pas la peine d'en faire une histoire. »

Le samedi matin, elle ne prit pas de petit déjeuner — on lui avait dit qu'il valait mieux avoir le ventre vide pour faire son trip — et lorsque j'eus fini de manger, nous restâmes assis quelque temps dans la cuisine avec un des carrés de papier innocemment posé sur la table entre nous. Nous faisions comme s'il n'y était pas. Toni semblait un peu fâchée. Je ne sais pas si elle m'en voulait parce que je la laissais tripper toute seule, ou si elle était simplement troublée à l'idée de faire ça pour la première fois. Aucun de nous ne parlait. Elle remplit tout un cendrier de cigarettes à moitié fumées. De temps à autre, elle souriait nerveusement. Je lui prenais alors la main et je souriais à mon tour pour l'encourager. Au cours de cette scène touchante, divers locataires avec qui nous partagions la cuisine de cet étage de l'hôtel entrèrent et sortirent. D'abord Éloïse, la belle prostituée noire. Puis Miss Theotokis, l'infirmière au visage sinistre, qui travaillait à St. Luke. Mr. Wong, le mystérieux petit Chinois grassouillet que l'on voyait toujours se promener dans les couloirs en maillot de corps. Aiken, le pédé érudit de Toledo, et son copain Donaldson, héroïnomane à l'allure de cadavre. Deux ou trois nous firent un signe de tête, mais personne ne nous adressa la parole, pas même pour dire bonjour. Dans cette sorte d'endroit, il est d'usage de se comporter comme si ses voisins étaient invisibles. La bonne vieille tradition new-yorkaise. Vers dix heures et demie du matin, Toni me demanda : « Veux-tu me servir un jus d'orange ? » Je lui remplis un verre avec le flacon qui était au réfrigérateur et qui portait une étiquette à mon nom. Elle me fit un clin d'œil et un sourire de bravade qui révéla ses dents éclatantes, puis fit une boulette du morceau de buvard qu'elle mit dans sa bouche et engloutit avec le jus d'orange.

« Combien de temps faudra-t-il pour que ça commence à faire de l'effet ? demandai-je.

— Environ une heure et demie. »

En fait, il lui fallut à peu près cinquante minutes. Nous étions retournés dans la chambre, verrou fermé, et un disque rayé diffusait du Bach en sourdine sur le petit électrophone. Je m'efforçais de lire, et Toni également. Les pages ne tournaient pas très vite. Elle leva soudain les yeux en disant : « Je commence à me sentir toute drôle.

— De quelle manière ?

— J'ai la tête qui tourne. Et une légère nausée. J'ai des picotements dans la nuque.

— Je peux t'apporter quelque chose ? Un verre d'eau ? Un jus ?

— Non, merci. Ça va bien. Je t'assure que ça va. » Un sourire, timide mais sincère. Elle paraissait avoir un peu d'appréhension, mais pas peur du tout. Impatiente que le voyage commence. Je posai mon livre et la contemplai d'un œil vigilant. Je me sentais son protecteur. Je souhaitais presque avoir une occasion de lui rendre service. Je ne voulais pas qu'elle rate son trip, mais je voulais qu'elle ait besoin de moi.

Elle me communiquait au fur et à mesure les résultats de la progression de l'acide dans son système nerveux. Je pris des notes jusqu'à ce qu'elle m'indiquât que le grattement du stylo sur le papier la dérangeait. Les effets visuels commençaient. Les murs lui paraissaient un peu concaves, et les fissures du plâtre prenaient une texture d'une extraordinaire complexité. Tout était d'une couleur étonnamment éclatante. Les rais de soleil qui filtraient par les vitres crasseuses avaient une nature prismatique, et répandaient sur le sol des morceaux du spectre. La musique — j'avais mis une pile de ses disques préférés sur le changeur automatique — avait acquis une intensité nouvelle et curieuse. Elle éprouvait de la difficulté à suivre la ligne mélodique, et avait l'impression que l'électrophone ne cessait de s'arrêter et de se remettre en marche, tandis que le son à proprement parler possédait quelque chose d'indescriptiblement dense et tangible. Il y avait aussi un sifflement à ses oreilles, comme si un brusque déplacement d'air lui frôlait les joues. Elle parla de la sensation diffuse d'être étrangère. « Je me trouve sur une autre planète », déclara-t-elle à deux reprises. Elle semblait agitée, excitée, heureuse. Me souvenant des histoires horribles que j'avais entendues sur les descentes en enfer provoquées par l'acide et des récits poignants de voyages sinistres complaisamment détaillés pour le plaisir des foules par les journalistes anonymes et diligents de *Time* ou *Life*, je pleurai presque de soulagement en constatant que ma petite Toni semblait sur le point de se tirer saine et sauve de son voyage. Je m'étais attendu au pire. Mais tout se passait très bien. Ses yeux étaient fermés, son visage était serein et exultant, sa respiration profonde et calme. Elle était perdue dans le royaume du mystère transcendantal. Elle me parlait à peine maintenant, ne rompant le silence que de temps à autre pour murmurer quelque chose d'oblique et d'indistinct. Une demi-heure s'était écoulée depuis qu'elle avait commencé à décrire des sensations étranges. Tandis que son voyage devenait plus profond, mon amour pour elle devenait plus profond également. Sa faculté de supporter l'acide était la preuve du caractère fondamentalement fort de sa personnalité, et j'en étais ravi. J'admire les femmes capables. Déjà, j'envisageais mon propre trip pour le lendemain. Je choisissais l'accompagnement musical, j'essayais d'imaginer les intéressantes distorsions de la réalité que je connaîtrais, et je me réjouissais à l'idée de comparer par la suite mes impressions avec celles de Toni. Je me reprochais la lâcheté qui m'avait retenu de tripper en même temps que Toni ce jour-là.

Mais que se passe-t-il maintenant ? Qu'arrive-t-il à ma tête ? Pourquoi ce sentiment soudain de suffocation ? Ce martèlement dans ma poitrine ? Cette sécheresse dans ma gorge ? Les murs s'incurvent ; l'air devient oppressant et lourd ; mon bras droit a soudain vingt centimètres de long de plus que l'autre. Ce sont les effets que Toni décrivait il y a un petit moment. Pourquoi donc est-ce que je les ressens maintenant ? Je suis tremblant. Mes muscles tressaillent dans mes cuisses. Est-ce là ce qu'on appelle le « high » par contact ? Rien que de me trouver à côté de Toni pendant qu'elle trippe — est-ce qu'elle m'a communiqué des particules de LSD par son haleine, est-ce que j'aurais été gagné par inadvertance par je ne sais quelle contagion présente dans l'atmosphère ?

« Mon cher Selig, me dit mon fauteuil d'un ton bienheureux, comment peux-tu être si bête ? Il est évident que ces phénomènes te parviennent directement de son esprit. »

Évident ? Qu'est-ce qu'il y a de si évident ? J'examine la possibilité. Suis-je en train de recevoir Toni sans m'en apercevoir ? Apparemment oui. Jusqu'ici, un effort de concentration, même faible, m'avait toujours été indispensable pour me glisser dans la tête de quelqu'un d'autre. Il semblerait que l'acide aurait pour propriété d'intensifier son émission et de me la faire percevoir sans que j'y sois pour rien. Quelle autre explication pourrait-il y avoir ? Elle diffuse son trip à pleine puissance. Et je suis branché sur sa longueur d'onde, malgré toutes mes nobles résolutions de respecter son intimité. Voilà maintenant que les effets étranges de l'acide, franchissant le fossé qui nous séparait, viennent me contaminer.

Dois-je essayer de me retirer ?

L'acide m'égare. Je regarde Toni, et je la trouve transformée. Un petit grain de beauté sombre dans le bas de sa joue, près de la commissure des lèvres, lance un tourbillon de couleurs éclatantes : rouge, bleu, vert, violet. Ses lèvres sont trop pleines, sa bouche trop large. Et toutes ces dents. Des rangées et des rangées de dents. Comme un requin. Pourquoi n'ai-je jamais remarqué avant cette bouche carnassière ? Elle me fait peur. Son cou s'allonge. Son corps se compresse. Ses seins bougent comme des chatons impatients sous le sweater rouge familier, qui a pris lui-même une coloration mauve menaçante et sinistre. Pour lui échapper, je me tourne vers la fenêtre. Un réseau de craquelures que je n'avais jamais remarqué avant parcourt les vitres crasseuses. D'un moment à l'autre, cela ne fait aucun doute, la fenêtre craquelée fera implosion et nous couvrira d'une pluie de morceaux de verre acérés. L'immeuble d'en face est anormalement ramassé sur lui-même, comme prêt à bondir. Le plafond aussi semble vouloir se refermer sur moi. J'entends des chocs successifs qui résonnent lourdement au-dessus de ma tête — les pas de mon voisin du dessus, me dis-je — et j'imagine des cannibales préparant leur dîner. Est-ce là l'expérience du trip ? Est-ce là ce que les jeunes de notre pays se font volontairement, avec enthousiasme même, juste pour s'amuser ?

Je devrais faire cesser cela, avant de flipper complètement. Je veux sortir de là.

Pas difficile. J'ai mes petits trucs pour arrêter le flot, pour m'isoler. Seulement, ça ne marche pas cette fois-ci. Je suis impuissant devant le pouvoir de l'acide. J'essaie de refouler toutes ces sensations déroutantes et inhabituelles, mais elles me pénètrent de plus belle. Je suis réceptif à tout ce qui émane de Toni. Je suis pris au piège. Je m'enfonce de plus en plus. Je fais un trip. Un mauvais trip. Un très, très mauvais trip. C'est drôle. Le trip de Toni était agréable. C'est du moins ce qu'il m'avait semblé, en tant qu'observateur extérieur. Alors pourquoi, moi qui me suis embarqué accidentellement dans son trip, est-ce que je suis en train de flipper ?

Tout ce qu'il y a dans l'esprit de Toni afflue dans le mien. Recevoir l'âme de quelqu'un d'autre n'est pas une expérience nouvelle pour moi, mais c'est une sorte de transfert que je n'ai jamais connu, car les stimuli, modulés par la drogue, arrivent jusqu'à moi sinistrement déformés. Je suis un spectateur malgré moi dans l'âme de Toni. J'assiste à une sarabande de démons. Comment peut-elle avoir en elle de telles noirceurs ? Je n'ai rien vu de semblable les deux fois précédentes. L'acide a-t-il ouvert les portes d'un niveau de cauchemar qui ne m'était pas jusqu'ici accessible ? Le passé de Toni défile. Images baroques, baignées d'une lumière fastueuse. Amants. Copulations. Abominations. Un torrent de flux menstruel, ou ce fleuve écarlate est-il quelque chose de plus sinistre ? Ici, un caillot de douleur. Et là, qu'est-ce que c'est ? Cruauté envers les autres, cruauté envers soi-même ? Voyez comme elle se donne à cette armée de monstres ! Ils avancent d'un pas mécanique, telle une légion tonnante. Leurs bites rigides resplendissent d'un terrible éclat rouge. Un par un ils plongent en elle et je vois ses reins s'illuminer tandis qu'ils l'empalent. Leurs visages sont des masques. Je n'en reconnais aucun. Pourquoi ne suis-je pas dans la file moi aussi ? Où suis-je ? Où suis-je ? Ah, me voilà : tout seul dans un coin ; insignifiant, hors du contexte. Est-ce que c'est moi, cette chose-là ? Est-ce ainsi qu'elle me voit réellement ? Une chauve-souris hérissée de poils, un vampire recroquevillé ? Ou bien est-ce seulement la vision de Selig par Selig, renvoyée de l'un à l'autre comme un reflet qui rebondit entre les miroirs parallèles de la boutique d'un coiffeur ? Que Dieu me protège, suis-je en train de projeter sur elle mon propre trip raté qui se répercute ensuite sur moi, de sorte que je l'accuse injustement d'abriter en son sein des visions de cauchemar qui ne sont pas de son fait ?

Comment rompre le cercle vicieux ?

Je me lève en chancelant. Je trébuche, les jambes en coton, envahi de nausée. La pièce tourbillonne. Où est la porte ? La poignée se dérobe sous ma main. Je plonge pour l'attraper.

« David ? » La voix se répercute sans fin. « David David David David David David…

— Un peu d'air, dis-je en balbutiant. Je sors juste une minute. »

C'est peine perdue. Les images de cauchemar me poursuivent de l'autre côté de la porte. Je m'appuie au mur qui transpire, je m'accroche à un candélabre vacillant. Le Chinois passe comme un fantôme à la dérive. J'entends au loin la sonnerie du téléphone. La porte du réfrigérateur claque et claque et claque à nouveau. Le Chinois repasse devant moi dans la même direction, et la poignée de la porte se dérobe. L'univers se replie sur lui-même. Il me retient prisonnier dans un moment en cul-de-sac. L'entropie diminue. Le mur vert transpire un sang vert. Une voix hérissée comme un chardon demande : « Selig ? Quelque chose qui ne va pas ? » C'est Donaldson, l'héroïnomane. Son visage est celui d'une tête de mort. Sa main sur mon épaule est celle d'un squelette. « Vous êtes malade ? » dit-il. Je secoue la tête. Il se penche vers moi jusqu'à ce que ses orbites vides se trouvent à quelques centimètres de mon visage, et m'étudie un long moment. « Vous êtes en train de *tripper* ! me dit-il. Pas vrai ? Écoutez, si vous flippez, venez me trouver en bas, nous avons des trucs qui peuvent vous aider.

— Non, merci. Ça ira. »

Je regagne ma chambre en titubant. La porte, soudain flexible, refuse de se fermer. Je la pousse des deux mains, et je la maintiens jusqu'à ce que le loquet se bloque. Toni est assise à la même place. Elle semble en plein désarroi. Son visage est quelque chose de monstrueux, du pur Picasso. Je me détourne, effaré.

« David ? »

Sa voix est rauque et éraillée, et se situe dans deux octaves à la fois, avec une bourre de coton rêche entre le ton du haut et celui du bas. J'agite les bras frénétiquement, j'essaie de l'empêcher de parler, mais elle continue, elle se montre inquiète pour moi, elle veut savoir ce qui est arrivé, pourquoi je ne cesse d'entrer et sortir de la chambre. Chaque son qu'elle émet est une torture pour moi. Les images ne cessent d'affluer pendant ce temps de son esprit au mien. Le vampire poilu aux dents découvertes qui porte mon visage est toujours tapi dans un coin de son crâne. Toni, moi qui croyais que tu m'aimais. Moi qui croyais te rendre heureuse. Je me laisse tomber à genoux, et j'explore la carpette encroûtée de saletés, vieille d'un million d'années, morceau de pléistocène élimé, rogné jusqu'à la trame. Elle vient vers moi, se penche avec sollicitude, elle qui est en train de tripper, elle s'inquiète de son compagnon qui n'a pas avalé de LSD et qui pourtant, mystérieusement, trippe aussi. « Je ne comprends pas, murmure-t-elle. Tu pleures, David. Ton visage est tout retourné. Est-ce que j'ai dit quelque chose de mal ? Je t'en supplie, David. J'étais en train de faire un si merveilleux trip, et maintenant... je ne comprends pas. »

La chauve-souris. Le vampire. Déployant ses ailes de plastique gluant. Découvrant ses dents jaunes.

Mordant. Suçant. Buvant.

Je bredouille quelques mots : « Moi aussi... le trip... »

Mon visage est collé contre la carpette. L'odeur de la poussière dans mes narines sèches. Des trilobites rampent dans mon cerveau. Une chauve-souris dans le sien. Éclat de rire aigu dans le couloir. Le téléphone sonne. La porte du réfrigérateur claque : bam, bam, bam ! Les cannibales dansent à l'étage au-dessus. Le plafond se resserre autour de moi. Mon esprit avide fouille celui de Toni. Celui qui regarde par le trou de la serrure s'expose à voir des choses déplaisantes pour lui.

« Tu as pris l'autre buvard ? demande Toni. Quand ? »

— Je ne l'ai pas pris.

— Comment peux-tu tripper, alors ? »

Je ne réponds pas. Je me recroqueville, je me ramasse en boule, je sue, je geins. C'est la descente aux enfers. Huxley m'avait prévenu. Je ne voulais pas du trip de Toni. Je n'avais pas demandé à le voir. Mes défenses sont anéanties maintenant. Elle me terrasse. Elle m'engloutit.

Toni me demande : « Est-ce que tu lis dans mes pensées, David ?

— Oui. » L'aveu ultime, misérable. « Je lis dans tes pensées.

— Qu'est-ce que tu dis ?

— J'ai dit que je lisais dans tes pensées. Je vois tout ce que tu penses. Tout ce que tu éprouves. Je me vois tel que tu me vois. Oh, Toni, c'est affreux ! Toni ! Toni ! »

Elle s'accroche à moi et essaie de me soulever pour que je la regarde. Finalement, je me relève. Son visage est d'une horrible pâleur. Ses yeux ont un éclat rigide. Elle demande des éclaircissements. Qu'est-ce que je viens de dire ? Que je lisais dans sa pensée ? Est-ce que je l'ai dit vraiment, ou est-ce une invention de son esprit brouillé par l'acide ? Je l'ai réellement dit. Tu m'as demandé si je lisais dans tes pensées, et je t'ai répondu que oui.

« Je ne t'ai rien demandé de semblable, affirme-t-elle.

— Je t'ai entendue me le demander.

— Mais je n'ai rien… » Nous tremblons, maintenant. Tous les deux. Sa voix est glacée. « Tu essaies de me faire rater mon trip, c'est ça, hein ? Je ne comprends pas, David. Pourquoi veux-tu me faire du mal ? Pourquoi es-tu en train de tout gâcher ? C'était un bon trip. *C'était un bon trip !*

— Pas pour moi, dis-je.

— Tu n'étais pas en train de tripper.

— Si, je l'étais. »

Elle me regarde sans comprendre, se détourne de moi et court se jeter sur le lit en sanglotant. De son esprit, tranchant sur les grotesques images de l'acide, parvient une déflagration d'émotion pure. Ressentiment, peur, douleur, colère. Elle croit que j'ai cherché délibérément à lui faire du mal. Rien de ce que je pourrai dire maintenant n'arrangera les choses. Elle me méprise. Je suis un vampire à ses yeux, un suceur de sang. Elle connaît mon pouvoir. Nous avons franchi le seuil fatal, et elle ne pensera plus jamais à moi sans éprouver de l'angoisse et de la honte. Ni moi à elle. Je sors en courant de la chambre, et je vais frapper à la porte de Donaldson et Aiken. « Je flippe, leur dis-je. Désolé de vous embêter, mais… »

Je passai avec eux le reste de l'après-midi. Ils me donnèrent un tranquillisant et me firent redescendre en douceur. Les images psychédéliques en provenance du cerveau de Toni continuèrent à me parvenir pendant une demi-heure ou plus, comme si un inexorable cordon ombilical nous reliait à travers toute la longueur du corridor. Puis à mon grand soulagement le contact commença à s'estomper et soudain, avec une sorte de déclic audible au moment de la séparation, il disparut complètement. Les spectres flamboyants cessèrent de tourmenter mon âme. La couleur, la dimension et la texture regagnèrent leur état normal. À la fin, je fus libéré de l'impitoyable auto-image. Une fois que je me retrouvai seul dans mon propre crâne, j'eus envie de pleurer pour célébrer ma délivrance, mais les larmes ne vinrent pas, et je restai passivement assis à siroter un Bromo-Seltzer. Le temps s'effritait tout doucement. Donaldson, Aiken et moi nous parlâmes d'une manière posée, civilisée, recrue, de Bach, de l'art médiéval, de Nixon, du hach et de bien d'autres choses. Je les connaissais à peine, et pourtant ils faisaient volontiers le sacrifice de leur temps pour soulager la douleur de leur semblable. Finalement, je me sentis un peu mieux. Vers six heures, après les avoir remerciés gravement, je regagnai ma chambre. Toni n'était pas là. L'endroit semblait avoir subi d'étranges transformations. Des livres avaient disparu des rayons, des gravures manquaient aux murs. La porte du placard était ouverte, et il manquait aussi la moitié des choses. Dans l'état d'épuisement et de désarroi où je me trouvais, il me fallut un moment ou deux pour comprendre ce qui s'était passé. J'avais commencé par imaginer un cambriolage, un rapt, mais je finis par voir la vérité. Toni était partie.

# XI

Aujourd'hui, il y a dans l'air un début d'hiver qui s'installe : il commence à mordre la joue. Octobre meurt trop vite. Le ciel est taché et malsain, encombré de bas nuages tristes. Hier il a plu. Les feuilles jaunies sont tombées des arbres, et aujourd'hui elles sont engluées sur la chaussée de College Walk, remuant à peine du bout sous la brise âpre. Il y a des flaques d'eau partout. Avant de m'asseoir à ma place habituelle à côté de la forme massive d'Alma Mater, j'ai précautionneusement étalé des pages de journal, morceaux choisis du numéro d'aujourd'hui du *Columbia Daily Spectator*, sur les marches de pierre glacée. Il y a une vingtaine d'années, quand j'étais étudiant de deuxième année et que je rêvais stupidement d'une carrière ambitieuse dans le journalisme (imaginez un peu, un reporter capable de lire dans l'esprit des gens !), le *Spec* me semblait être au centre de ma vie ; maintenant, il me sert à garder mon derrière au sec.

Me voici là, faisant mes heures de bureau. Sur mes genoux est posée une grosse chemise jaune entourée d'un élastique. À l'intérieur, soigneusement tapés, chacun avec son agrafe dorée, il y a cinq devoirs trimestriels, le résultat d'une semaine de travail. *Les romans de Kafka. Shaw en tant que dramaturge. Le concept de proposition a priori synthétique. Ulysse en tant que symbole de la société. Eschyle et la tragédie aristotélicienne.* Toujours la même merde académique, confirmée dans son immuable scatologie par l'empressement de tous ces brillants jeunes gens à se faire faire leur boulot par un ancien étudiant. C'est aujourd'hui le jour fixé pour la remise de la marchandise, et peut-être aussi pour trouver de nouveaux clients. Onze heures moins cinq. Ils ne vont pas tarder à arriver. En les attendant, je contemple le défilé permanent. Les étudiants se pressent ; ils portent des montagnes de livres. Cheveux ondoyant au vent. Poitrines flottantes. Ils me paraissent tous terriblement jeunes, même ceux qui ont une barbe. Particulièrement ceux qui ont une barbe. Vous rendez-vous compte que chaque année il y a de plus en plus de jeunes dans le monde ? Leur tribu s'accroît continuellement tandis que les vieux débris disparaissent au bout du tournant et que je me dirige par à-coups vers la tombe. Même les profs de nos jours me paraissent jeunes. Il y a des types qui ont un doctorat et qui ont quinze ans de moins que moi. C'est une chose qui me tue. Imaginez un gamin né en 1950 et qui a déjà son doctorat. En 1950, je me rasais trois fois par semaine et je me masturbais tous les mercredis et samedis. J'étais un *bulyak* en pleine puberté, je mesurais un mètre soixante-douze, j'étais plein de savoir, d'ambitions, de peines et de personnalité. En 1950, les jeunes docteurs en philosophie de la dernière couvée étaient des bébés édentés à peine issus du ventre maternel, au visage fripé et à la peau gluante de liquide amniotique. Comment ces bébés ont-ils pu avoir leur doctorat si vite ? Ils m'ont laissé loin en arrière, tandis que je poursuivais lentement mon chemin.

Je trouve ma propre compagnie déprimante quand je m'élance sur les pentes de l'auto-apitoiement. Pour me distraire, j'essaie de toucher l'esprit de ceux qui passent et d'apprendre ce que je peux sur eux. Mon jeu de longue date, mon seul jeu. Selig le voyeur, le vampire des âmes. Déchirant à belles dents l'intimité d'innocents inconnus pour réconforter son cœur glacé. Mais non : j'ai la tête cotonneuse aujourd'hui. Seuls des murmures étouffés me parviennent, indistincts, vides de contenu. Aucune parole distincte, aucun éclair d'identité, aucune vision de l'essence de l'âme. C'est un de mes mauvais jours. Tout ce que je reçois converge vers l'inintelligible. Chaque fragment d'information est identique à tous les autres. C'est le triomphe de l'entropie. Je pense à la Mrs. Moore de Forster, tendant désespérément l'oreille dans l'espoir de la révélation dans les cavernes résonnantes de Marabar, et n'entendant que le même bruit monotone, le même son accaparant et dépourvu de signification : *Boum.* La somme totale et l'essence des plus grandes aspirations de l'humanité · *Boum.* Les gens qui défilent devant moi dans

College Walk émettent la même chose : *Boum.* Peut-être est-ce tout ce que je mérite. L'amour, la peur, la foi, la hargne, la faim, l'autosatisfaction, les monologues intérieurs de toutes les espèces, tout cela afflue en moi avec un contenu identique. *Boum.* Il me faut travailler à corriger cela. Il n'est pas trop tard pour déclarer la guerre à l'entropie. Graduellement, luttant, transpirant, cherchant en tâtonnant un point d'appui, j'élargis l'ouverture, je stimule mes perceptions. Oui, oui. Réveille-toi. Debout, misérable espion ! Donne-moi ma dose ! Je sens le pouvoir remuer en moi. Les ténèbres intérieures s'éclaircissent un peu ; des bribes de pensées isolées mais cohérentes se fraient un chemin jusqu'à moi. *Névrosé mais pas encore complètement cinglé. Vais aller trouver le directeur du département pour lui dire d'aller se faire foutre. Billets pour l'opéra, mais je suis obligé. Baiser c'est rigolo, baiser c'est important, mais il n'y a pas que ça. Comme de se trouver sur le plus haut plongeoir avant de se lancer.* Ce babillage chaotique ne m'apprend rien sinon que le pouvoir n'est pas encore mort, c'est déjà une consolation. J'imagine le pouvoir comme une sorte de gros ver lové autour de mon cerveau, un pauvre ver fatigué, ridé, ratatiné, sa peau jadis luisante maintenant boursouflée d'ulcères et de pustules. C'est une image relativement récente, mais même à une époque plus heureuse j'ai toujours considéré mon don comme quelque chose de distinct de moi-même, quelque chose d'importun. Un parasite. Lui et moi, moi et lui. Nous discutions souvent de ces choses-là avec Nyquist. (A-t-il fait son apparition dans les exhalations présentes ? Pas encore, peut-être. Quelqu'un que j'ai connu jadis, un certain Tom Nyquist, un de mes anciens amis. Qui portait un parasite à peu près similaire dans son crâne.) Nyquist n'aimait pas mon point de vue. « C'est complètement schizoïde, mon vieux, d'établir une dualité pareille. Ton pouvoir, c'est toi, et tu es ton pouvoir. Pourquoi vouloir t'aliéner par rapport à ton propre cerveau ? » Nyquist avait probablement raison, mais il est bien trop tard. Lui et moi, moi et lui, ce sera ainsi jusqu'à ce que la mort nous sépare.

Voilà mon client, le demi d'ouverture aux épaules carrées, Paul F. Bruno. Son visage est gonflé et violacé, et il n'a pas le sourire, comme si les exploits de samedi dernier lui avaient coûté quelques dents. Je défais l'élastique, je sors *Les romans de Kafka* et je lui remets la dissertation. « Six pages », lui dis-je. Il m'a donné dix dollars d'avance. « Vous me redevez onze dollars. Vous voulez la lire d'abord ?

— Est-ce que c'est bon ?

— Vous n'aurez pas à vous en plaindre.

— Je vous crois sur parole », fait-il. Il esquisse un sourire pénible, la bouche fermée. Il extrait son portefeuille rebondi et me glisse des billets dans la main. Je pénètre rapidement son esprit, juste comme ça maintenant que j'ai retrouvé mon pouvoir, une petite incursion psychique, et je capte quelques pensées de surface : des dents cassées à la dernière rencontre de rugby, de douces chatteries compensatrices le soir au club de sa fraternité, de vagues projets de baisage après le match de samedi prochain, etc. Pour ce qui touche la transaction présente, je détecte de la culpabilité, de l'embarras et même du ressentiment envers moi pour l'avoir aidé. Bah. La gratitude du *goy*. J'empoche son argent. Il me gratifie d'un bref signe de tête et enserre *Les romans de Kafka* sous son énorme avant-bras. Honteux, il dévale précipitamment les marches et prend la direction de Hamilton Hall. Je contemple son dos d'athlète qui s'éloigne. Une soudaine bouffée de brise malveillante se lève de l'Hudson et s'approche vers l'est. Elle me perce jusqu'à l'os.

Bruno s'est arrêté devant le cadran solaire, où un étudiant noir grand et maigre qui doit dépasser deux mètres l'a intercepté. Un joueur de basket, de toute évidence. Le Noir porte un blazer, des baskets vertes et un pantalon jaune à manches tubulaires. Rien que ses jambes semblent mesurer un mètre cinquante. Bruno et lui parlent quelques instants. Bruno pointe son doigt dans ma direction. Le Noir hoche la tête. Je suis sur le point de gagner un nouveau client. Bruno disparaît, et le Noir trotte sur ses longues jambes vers les marches qu'il escalade. Il a la peau extrêmement foncée, tirant presque sur le bleu, et cependant les traits de son visage ont une acuité caucasienne : pommettes avancées, nez aquilin et fier, lèvres minces et froides. Il est terriblement beau. C'est une sorte de statue ambulante, une idole. Peut-être que ses gènes ne sont pas du tout négroïdes : un Éthiopien, qui sait ? Ou bien un habitant des bords du Nil ? Pourtant, il a une masse de cheveux frisés soigneusement arrangés à la manière afro en un halo agressif de trente centimètres de diamètre au moins. Je n'aurais pas été surpris s'il avait eu des joues scarifiées et un os en travers des narines. Tandis qu'il s'approche de moi, mon esprit, à peine entrouvert, perçoit l'émanation périphérique générale de sa personnalité. Tout est comme prévu, d'une manière stéréotypée même. Je m'attendais à le trouver crispé, arrogant, hostile, sur la défensive, et je reçois un embrouillamini de féroce fierté raciale, d'écrasante autosatisfaction physique, et de défiance explosive, particulièrement vis-à-vis des Blancs. D'accord. Ce n'est pas nouveau.

Son ombre démesurée tombe soudain sur moi tandis que le soleil transperce momentanément les nuages. Il oscille latéralement sur la pointe des pieds. « Vous vous appelez Selig ? » demande-t-il. Je fais un signe de tête affirmatif. « Yahya Lumumba, fait-il.

— Je vous demande pardon ?

— *Yahya Lumumba.* » Ses yeux, d'un blanc luisant contre le bleu luisant de sa peau, étincellent de fureur. De son ton impatient, je déduis qu'il est en train de me dire son nom, ou du moins le nom qu'il préfère qu'on lui donne. Sa voix indique aussi qu'il est convaincu que n'importe qui sur le campus a entendu ce nom. Mais moi, je ne suis pas obligé de m'intéresser aux vedettes de basket-ball universitaires. Il pourrait enfiler le ballon dans le panier cinquante fois consécutives par match que je n'entendrais quand même pas parler de lui.

« On m'a dit que vous faites des dissertations, me dit-il.

— Exact.

— Vous êtes recommandé par mon copain Bruno, là-bas. Combien vous prenez ?

— Trois dollars et demi la page. Dactylographiée, double interligne. »

Il réfléchit. Il découvre d'innombrables dents et dit : « Qu'est-ce que c'est que cette putain de combine ?

— C'est ainsi que je gagne ma vie, Mr. Lumumba. » Je me déteste aussitôt pour cette forme d'adresse servile et lâche. « Ça fait une vingtaine de dollars pour un devoir de longueur moyenne. Il faut du temps pour faire quelque chose de correct, vous ne croyez pas ?

— Ouais, ouais. » Un haussement d'épaules élaboré. « D'accord. Je ne vais pas discuter, mon vieux. J'ai besoin de votre travail. Vous avez entendu parler d'Heuropide ?

— Euripide ?

— C'est ce que j'ai dit. » Il s'amuse avec moi, en me sortant ses maniérismes noirs de marchand de pastèques. « Heuropide. Ce mec qui écrivait des tragédies grecques.

— Je vois ce que vous voulez dire, Mr. Lumumba. De quelle sorte de dissertation avez-vous besoin ? »

Il sort un morceau de feuille d'agenda froissée d'une poche de sa veste et la consulte avec force singeries. « Le prof, il veut qu'on compare le thème d'Électre dans Heuropide, Sophocle et Hetch... Hecht...

— Eschyle ?

— C'est celui-là, oui. De cinq à dix pages. À remettre le 10 novembre. Vous pouvez vous arranger ?

— Je pense, lui dis-je en sortant mon stylo. Il ne devrait pas y avoir de problème. » Surtout que j'ai dans mes archives un devoir de mon cru, récolte 1952, qui couvre exactement ce vieux thème d'humanités. « Mais il me faut quelques renseignements sur vous pour établir l'en-tête. L'orthographe exacte de votre nom, le nom du professeur, le numéro du cours... » Tandis que je note les coordonnées qu'il me donne, j'entrouvre mon esprit pour le petit coup de sonde habituel à l'intérieur du client, de manière à me faire une idée du ton à employer dans la dissertation. Serai-je capable d'imiter de façon convaincante le genre de style qu'un Yahya Lumumba est susceptible d'employer ? Ce sera une prouesse technique épuisante, si je suis obligé de rédiger tout dans le jargon noir à la mode, pittoresque et haut en couleur, se foutant de la gueule du prof blanc à chaque coin de ligne. Je pourrais le faire, je suppose. Mais est-ce bien ce que veut Lumumba ? Pensera-t-il que je suis en train de le singer si j'adopte le style à la coule en ayant l'air de me payer sa tête comme il pourrait se payer celle du prof ? Il faut que je sache à quoi m'en tenir. Je glisse mes tentacules dans sa tête laineuse, je les plonge dans la gelée grise invisible. Salut, grand homme noir. D'entrée de jeu, je reçois une version un peu plus immédiate et percutante de la personnalité globale qu'il projette constamment. La fierté noire exacerbée, la défiance envers l'inconnu au visage pâle, la conscience rengorgée de son grand corps athlétique. Mais ce ne sont là que des attitudes résiduelles, le mobilier standard de son esprit. Je n'ai pas encore atteint le niveau de la pensée immédiate. Je n'ai pas pénétré jusqu'au Lumumba essentiel, l'individu unique dont je dois revêtir le style. Je m'enfonce un peu plus. Ce faisant, je perçois un réchauffement distinct de la température psychique, un déferlement de chaleur comparable, peut-être, à ce que doit éprouver un mineur à huit mille mètres sous terre, en train de creuser son chemin vers les feux magmatiques du centre de la terre. Ce Yahya Lumumba, je le constate, est en continuelle ébullition intérieure, l'éclat de son âme tumultueuse m'avertit d'être prudent, mais je n'ai pas encore trouvé les renseignements que je cherche, et je continue d'avancer jusqu'à ce que, abruptement, la violence en fusion de son courant de conscience me heurte de plein fouet. *Sale petit con de juif qui me prend trois dollars et demi la page je déteste les grosses têtes comme lui le salaud je devrais lui faire rentrer ses dents de juif dans ses gencives de juif elle est bonne celle-là le fumier l'exploiteur il ne demande pas si cher à un juif j'en suis sûr prix spécial pour les nègres je devrais lui casser la gueule le ramasser le balancer dans un tas de merde et si j'écrivais moi-même ce putain de devoir il verrait mais je ne peux pas merde peux pas m'emmerder avec ça Heuropide Hetchile Sophocle qu'est-ce que j'y connais à toutes ces conneries j'ai d'autres trucs en tête le match avec les Rutgers je me porte en attaque passe-moi le ballon vieux con ça y est un panier pour Lumumba attendez les gars il a été gêné dans ses mouvements maintenant il va vers la ligne assuré confiant deux mètres zéro cinq détenteur de tous les records de score de Columbia fait rebondir la balle une fois deux fois, hop ! Lumumba grand champion les amis Heuropide Hetchile Sophocle qu'est-ce que putain j'en ai à foutre moi qu'est-ce qu'un Noir en a à foutre de ces putains d'enculés de vieux Grecs morts en quoi ils se rapportent à l'expérience des Noirs expérience expérience expérience pas pour moi mais pour les juifs merde comment peuvent-ils savoir quatre cents ans d'esclavage on a d'autres choses en tête qu'est-ce qu'ils peuvent savoir spécialement ce petit con qu'il faut que je paie vingt dollars pour faire une chose que je ne sais pas faire et qui a dit qu'il fallait à quoi ça sert tout ça à quoi à quoi à quoi.*

Un véritable brasier ardent. La chaleur est insupportable. J'ai déjà été en contact avec des esprits intenses, beaucoup plus intenses même que celui-ci, mais j'étais plus jeune, plus fort, plus résistant. Je ne peux pas faire face à cette explosion volcanique. La force de son mépris pour moi est multipliée par la forme du mépris de soi que le fait d'avoir besoin de mes services lui fait éprouver. C'est un ouragan de haine que mon pauvre pouvoir affaibli ne peut affronter. Une sorte de dispositif automatique de sécurité s'enclenche pour me protéger du court-circuit. Mes récepteurs mentaux se ferment. L'expérience est nouvelle pour moi. Étrange, cette réaction de défense. C'est comme si mes membres tombaient, mes oreilles, mes testicules, tout ce qui fait saillie, ne laissant rien d'autre qu'un tronc lisse. Le flux s'estompe, l'esprit de Yahya Lumumba se retire et me devient inaccessible. Je me surprends en train d'inverser involontairement le processus de pénétration, jusqu'à ce que je ne perçoive plus que ses émanations superficielles, une sorte de halo de grisaille marquant simplement sa présence à côté de moi. Tout est devenu indistinct. Tout est devenu étouffé. *Boum.* Nous y revoilà. J'ai les oreilles qui bourdonnent. C'est un produit du silence, un silence soudain et lourd comme le tonnerre. Un nouveau stade dans la lente dégradation de mon pouvoir. Jamais je n'avais ainsi perdu prise sur un cerveau. Je lève les yeux, ébloui, mis en pièces. Les lèvres fines de Yahya Lumumba sont étroitement crispées ; il me regarde avec écœurement, sans pouvoir se douter de ce qui vient de se passer. Je lui dis d'une voix faible : « Il me faudrait dix dollars d'avance. Vous pourriez me payer le reste quand je vous remettrai le devoir. » Il me répond froidement qu'il n'a pas d'argent à me donner aujourd'hui. Il touchera sa prochaine allocation d'études au début du mois prochain. Il faudra que je lui fasse confiance, me dit-il. C'est à prendre ou à laisser. Je lui demande s'il n'a pas cinq dollars. « Pour marquer le coup. La confiance ne suffit pas. J'ai mes frais. » Il lance un regard fulgurant. Il se dresse de toute sa hauteur. Il paraît avoir trois mètres. Sans un mot, il sort un billet de cinq dollars de son portefeuille, le froisse avec mépris et le lance sur mes genoux. « Rendez-vous ici le 9 novembre au matin », lui dis-je tandis qu'il s'éloigne. Heuropide. Sophocle. Hetchyle. Je reste là assis, tremblant, vidé, écoutant le silence hurlant. *Boum. Boum. Boum.*

# XII

Dans ses moments dostoïevskiens les plus flamboyants, David Selig se plaisait à penser à son don comme à une malédiction, un châtiment cruel de quelque inimaginable péché. Le signe de Caïn, peut-être. Il était certain que sa faculté spéciale lui avait causé un bon nombre d'ennuis, mais dans ses moments les plus lucides, il savait que parler de malédiction à son propos, c'était véritablement se laisser aller à un risible auto-apitoiement mélodramatique. Le pouvoir apportait l'extase. Sans le pouvoir, il n'était rien, rien qu'un pauvre schmendrick ; avec lui, il était un dieu. Est-ce là une malédiction ? Est-ce vraiment si terrible ? Quelque chose de drôle se passe quand un gamète rencontre un autre gamète, et que le destin se met à crier : Hé, Selig, sois un dieu, mon bébé ! Tu refuserais cela ? Sophocle, à l'âge de quatre-vingt-huit ans ou à peu près, exprima un grand soulagement à l'idée d'avoir franchi l'âge des passions physiques contraignantes. Je suis enfin libéré de l'emprise d'un maître tyrannique, dit le sage et heureux grand homme. Pouvons-nous supposer, dans ce cas, que Sophocle, si Zeus lui avait donné rétroactivement la possibilité de modifier le cours entier de sa vie, aurait opté pour l'impuissance à vie ? Ne te leurre pas, Duv : quel que soit le mal que t'a fait la télépathie, et elle t'a baisé, ça c'est sûr, jusqu'à l'os, tu n'aurais pas voulu t'en passer dix minutes. Parce que le pouvoir apporte l'extase.

Le pouvoir apporte l'extase. Toute la foutue megillah résumée en quelques mots. Les mortels viennent au monde dans une vallée des larmes, et ils se distraient comme ils peuvent. Certains, à la recherche du plaisir, se tournent vers le sexe, la drogue ou la télévision. D'autres ont recours au cinoche, à l'ivresse, au rami, à la bourse, au tiercé, à la roulette, aux chaînes et au martinet à pointes de fer, aux éditions originales, aux croisières dans les Caraïbes, aux boîtes à tabac chinoises, à la poésie anglo-saxonne, aux vêtements de caoutchouc, aux matches de rugby professionnels et je ne sais quoi encore. Mais pas lui. Pas David Selig le maudit. Tout ce qu'il avait à faire, c'était de s'installer tranquillement n'importe où, les écoutes bien ouvertes, et de boire les pensées portées par la brise télépathique. Sans se fouler, il menait une centaine de vies par personnes interposées. Il accumulait dans son coffre à trésor les trophées de mille âmes dépouillées. L'extase. Mais bien sûr, tout ça c'était il y a longtemps.

Les meilleures années avaient été entre quatorze et vingt-cinq ans. Plus jeune, il était encore trop naïf, trop peu informé, pour tirer beaucoup de ce qu'il apprenait. Plus vieux, son amertume grandissante, son douloureux sentiment d'isolement l'empêchaient de jouir de son don. Mais entre quatorze et vingt-cinq ans ! Ah, les années dorées !

Tout était beaucoup plus vivace, alors. La vie ressemblait à un songe éveillé. Il n'y avait pas de murs dans l'univers où il évoluait ; il pouvait aller n'importe où et voir ce qu'il voulait. La saveur intense de l'existence. Baignée des riches fluides de la perception. Ce n'est que lorsqu'il dépassa quarante ans que Selig se rendit compte de tout ce qu'il avait perdu, au fil des années, en fait de mise au point précise et de profondeur de champ. Le pouvoir n'avait pas commencé à baisser de manière décelable avant qu'il eût largement dépassé la trentaine, mais il avait dû décliner peu à peu tout au long de sa phase de plénitude, de sorte que Selig ne se rendit pas compte des pertes cumulées. Le changement avait été radical, plutôt qualitatif que quantitatif. Même dans ses bons jours, maintenant, les impulsions qu'il recevait étaient loin d'égaler l'intensité de celles dont il se souvenait au cours de son adolescence. En cette lointaine époque, le pouvoir ne lui apportait pas seulement des morceaux de conversation subcrânienne et des bribes d'âmes éparpillées, comme maintenant, mais aussi un univers flamboyant de couleurs, textures, parfums, densités : le monde perçu à travers une infinité d'entrées sensorielles différentes, le monde capturé et projeté pour son plaisir sur l'écran sphérique irradiant de son esprit.

Par exemple : il est allongé, adossé à une meule de foin hérissée de piquants dans un paysage brueghelien du mois d'août, peu après midi. Nous sommes en 1950, et il est quelque part en suspens entre son quinzième et son seizième anniversaire. Quelques effets sonores, maestro s'il vous plaît : la Sixième de Beethoven, bouillonnant gentiment, douces flûtes et piccolos espiègles. Le soleil darde ses rayons dans un ciel sans nuages. Une petite brise agite les saules à l'orée du champ de blé. Les jeunes épis ondulent. Le ruisseau gazouille. Un étourneau décrit des cercles au-dessus de sa tête. Il entend le chant des criquets. Il entend le bourdonnement d'un moustique et le regarde calmement piquer sur son torse nu, glabre et luisant de transpiration. Ses pieds sont nus également : il ne porte qu'un blue-jean délavé, étroit. Le garçon de la ville, heureux à la campagne.

La ferme se trouve dans les Catskills, à vingt kilomètres au nord d'Ellenville. Elle appartient aux Schiele, une tribu de Teutons au teint basané, qui produisent des œufs et un assortiment de cultures maraîchères, et qui agrémentent un peu leurs ressources en louant chaque été un petit pavillon à une famille yiddish urbaine à la recherche d'une retraite rurale. Cette année, les locataires sont Sam et Annette Stein de Brooklyn, ainsi que leur fille Barbara. Les Stein ont invité leurs amis intimes, Paul et Martha Selig, à passer une semaine à la campagne avec leur fils David et leur fille Judith. (Sam Stein et Paul Selig ont à cœur le projet, destiné en dernier lieu à vider leur compte en banque et à détruire l'amitié qui unit les deux familles, de monter une association et de devenir grossistes en pièces détachées pour postes de télévision. Paul Selig a la spécialité de se lancer éternellement dans des aventures commerciales douteuses.) Aujourd'hui c'est le troisième jour de leur visite et cet après-midi, on ne sait pas pourquoi, David se retrouve tout seul à la ferme. Son père est parti faire une promenade pour toute la journée avec Sam Stein. Dans la solitude sereine des collines voisines, ils mettront au point les détails de leur grande affaire. Leurs épouses sont parties en voiture, accompagnées de la petite Judith âgée de cinq ans, pour explorer les magasins d'antiquités d'Ellenville. Personne ne reste là excepté les Schiele qui accomplissent, taciturnes, leurs interminables travaux agricoles, et Barbara Stein, âgée de seize ans, qui a été la camarade de classe de David depuis l'école primaire jusqu'au lycée. Bon gré mal gré, David et Barbara se retrouvent ensemble pour toute la journée. Il est évident que les Stein et les Selig nourrissent l'espoir muet qu'une romance fleurira chez leur progéniture. Il faut qu'ils soient naïfs. Barbara, brune et sensuelle, à la beauté honnête, à la peau satinée et aux jambes longues et fuselées, aux manières posées et sophistiquées, n'a que six mois de plus que David mais se trouve trois ou quatre ans en avance par rapport à lui sur le plan du développement social. Elle ne le déteste pas à proprement parler, mais elle le considère comme étrange, déroutant, repoussant même. Elle ne se doute pas de son pouvoir spécial — personne ne s'en doute, il y a scrupuleusement veillé — mais depuis sept ans qu'elle a l'occasion de l'observer de près, elle sait qu'il y a quelque chose de louche chez ce garçon. C'est une jeune fille conventionnelle, visiblement destinée à se marier jeune (avec un médecin, un avocat ou un assureur) et à avoir beaucoup d'enfants. Les chances sont minces pour qu'une aventure sentimentale germe entre une fille comme elle et un garçon à l'âme noire et tourmentée comme David Selig. David ne l'ignore pas, et il n'est pas surpris quand Barbara s'éclipse au milieu de la matinée en lui disant : « Si quelqu'un me demande, dis-lui que je suis allée bouquiner dans les bois. » Elle porte sous son bras une anthologie poétique en livre de poche, mais David n'est pas dupe. Il sait qu'elle va rejoindre le jeune Hans Schiele, dix-neuf ans, chaque fois qu'elle en a l'occasion.

Voilà donc David laissé à lui-même. Mais peu importe. Il ne manque pas de ressources pour se distraire. Il commence par faire un tour dans la ferme et par contempler le poulailler et la moissonneuse-batteuse, puis il s'installe dans un coin tranquille au milieu des champs. C'est l'heure de faire un peu de cinéma mental. Paresseusement, il lance son filet. Le pouvoir enfle et s'étend, à la recherche d'émanations. Sur quoi va-t-il tomber ? Ah ! Un contact. Son esprit en maraude a capturé un autre esprit, bourdonnant, petit, intense. C'est celui d'une abeille. Les contacts de David ne se limitent pas aux humains. Bien sûr, il n'y a pas de messages verbaux, ni même conceptuels. Si l'abeille est capable de penser, ses pensées échappent à la détection de David. Mais il entre bien dans sa tête. Il éprouve l'intense sensation d'être une créature minuscule, une petite boule ailée et duveteuse. Comme l'univers d'une abeille est *sec* : exsangue, désolé, aride. Il plane dans les airs. Il tournoie. Il esquive un oiseau prêt à le happer, aussi monstrueux qu'un éléphant ailé. Il s'enfonce au cœur d'une fleur vaporeuse, chargée de pollen. Il reprend son essor. Il voit l'univers à travers les yeux à facettes de l'abeille. Tout est brisé en mille fragments, comme s'il regardait à travers une vitre étoilée. La couleur dominante est le gris, mais d'étranges teintes naissent au contour des choses. Des bleus et des pourpres périphériques qui ne correspondent à aucune des couleurs qui lui sont familières. L'effet, comme il aurait pu le constater vingt ans plus tard, est extrêmement psychédélique. Mais l'esprit d'une abeille est quelque chose d'extrêmement restreint. David s'en lasse rapidement. Il abandonne abruptement l'insecte et ses perceptions partent en zoom vers la grange. Clic, il a accroché une poule. Elle est en train de pondre un œuf. Contractions internes rythmiques, plaisir et douleur mêlés, comme l'élaboration d'un puissant étron. Gloussements frénétiques. L'odeur onctueuse du poulailler, incisive et mordante. Trop de paille partout. Comme le monde est terne et sombre aux yeux de ce volatile !

*Pousse. Pousse*, Aaah ! Plaisir orgastique ! L'œuf est expulsé et atterrit doucement dans la paille. La poule s'effondre, épuisée, accomplie. David l'abandonne en pleine béatitude. Il se dirige vers les bois environnants, trouve un esprit humain, y entre. Quelle expérience plus riche et plus intense que d'entrer en communion avec sa propre espèce ! Son identité fusionne avec celle de l'émetteur, qui est Barbara Stein en train de se faire tringler par Hans Schiele. Elle est étendue nue sur un tapis de feuilles de l'année dernière. Elle a les yeux fermés et les jambes écartées. Sa peau est moite de transpiration. Les doigts de Hans s'enfoncent dans la chair douce de son épaule et sa joue, couverte de chaume piquant, râpe celle de Barbara. Il pèse de tout son poids sur sa poitrine, aplatissant ses seins et vidant ses poumons. Par petites poussées au rythme régulier, il la pénètre et, tandis que son long membre raide la fouaille lentement et patiemment, des sensations pulsées irradient à partir de son aine, perdant leur force à mesure qu'elles s'éloignent. À travers l'esprit de Barbara, David assiste à l'impact du membre turgescent sur les délicates et glissantes membranes intérieures. Il capte les clameurs du cœur qui bat à un rythme précipité. Il sent les talons marteler les mollets de Hans. Il est conscient des fluides qui lui lubrifient les fesses et les cuisses. Et maintenant, il ressent les premiers spasmes étourdissants de l'orgasme. Il lutte pour rester avec elle, mais il sait que c'est sans espoir. S'accrocher à la conscience de quelqu'un qui est en train de jouir équivaut à essayer de monter un cheval sauvage. Son pelvis s'arque et se tend, ses ongles labourent le dos de son partenaire, sa tête se tord d'un côté, elle halète, et tandis que le plaisir fait irruption elle catapulte David hors de son esprit effréné. Il n'atterrit pas loin, dans l'esprit impassible de Hans Schiele, qui à son insu gratifie le voyeur puceau de la connaissance éphémère de ce que cela représente que d'alimenter la chaudière de Barbara Stein. Et pousse, et pousse, et pousse, la tige gonflée enserrée âprement par l'étau glissant, puis, presque immédiatement, c'est l'apothéose de Hans. Avide d'informations, David s'accroche de toute son énergie, espérant garder le contact à travers les soubresauts de la fin, mais il est impitoyablement éjecté. Il est emporté par le vent, il tourbillonne dans un monde de couleurs éblouissantes jusqu'à ce que — clic ! — il trouve un nouveau sanctuaire. Tout est calme et paisible ici. Il glisse dans un environnement froid et sombre. Il n'a pas de poids. Son corps est long et souple et agile. Son esprit est presque le vide, mais il y coule de minces filets de perceptions élémentaires. Il est dans la conscience d'un poisson, peut-être une truite de ruisseau. Il se laisse porter par le courant, s'abandonnant à la joie de ses mouvements fluides et de la délicieuse texture de l'eau claire et glacée effleurant ses nageoires. Il ne voit presque rien et ne perçoit aucune odeur. Les informations lui parviennent sous la forme d'impacts minuscules sur ses écailles, d'obstacles et de déflexions à peine sensibles. Tranquillement, il répond à chaque impulsion, évitant un écueil d'une torsion de son corps ou s'insérant dans un courant plus rapide dans un battement de nageoires. L'expérience est fascinante, mais la truite elle-même est un compagnon peu intéressant et David, après avoir joui d'être un poisson pendant deux ou trois minutes, s'envole vers un esprit plus complexe dès qu'il en perçoit un. Cette fois-ci, c'est le vieux Georg Schiele, le père de Hans, qui travaille dans un coin éloigné du champ de blé. David n'a jamais pénétré son esprit jusqu'ici. Le vieillard est un personnage austère et imposant, qui parle peu et accomplit sa rude journée de labeur monotone avec un front éternellement plissé en une expression revêche et glacée. David se demande parfois s'il n'était pas garde-chiourme dans un camp de concentration, bien qu'il soit arrivé aux États-Unis en 1935. Il émane du fermier une aura psychique si désagréable qu'il a toujours pris soin de l'éviter jusqu'ici, mais la truite l'a tellement ennuyé qu'il plonge sans hésitation dans la pensée du vieux Schiele. Il dépasse rapidement des couches denses d'inintelligibles ruminations germaniques pour atteindre les fondements de l'âme du fermier, l'endroit où demeure son essence. Surprise ! Le vieux Schiele est un mystique, un extatique ! Plus de sévérité ici. Plus de noir puritanisme. Mais du bouddhisme à l'état pur : debout au milieu du riche terreau de ses champs, appuyé sur sa houe, les pieds fermement plantés, le vieux Schiele est en communion avec l'univers. Dieu inonde son âme. Il est en contact avec l'unité de chaque chose. Le ciel, les arbres, la terre, le soleil, les plantes, la rivière, les insectes, les oiseaux — tout ne fait qu'un, tout fait partie d'un ensemble parfait et le vieux Schiele résonne en harmonie avec le monde. Comment une telle chose est-elle possible ? Comment un homme si aride, si inaccessible, peut-il dissimuler en lui de telles joies ? Les sensations débordent ! Le chant des oiseaux, la lumière, le parfum des fleurs et des mottes de terre nouvellement retournées, le froissement des tiges de blé aux feuilles vertes acérées, le filet de sueur qui dégouline le long du cou rougi et sillonné de profondes crevasses, la courbure de la planète, le contour laiteux et prématuré de la pleine lune — mille ravissements enveloppent cet homme, et David partage sa joie. Il se laisse tomber à genoux dans son esprit, empli d'une ferveur ardente. L'univers est un hymne puissant. Schiele sort de son état de stase, il soulève sa houe, il l'abaisse. Les muscles épais se durcissent et le métal s'enfonce dans la terre. Tout est comme il doit être, tout est conforme au plan divin. Est-ce ainsi que les jours de Schiele s'écoulent ? Un tel bonheur est-il possible ? David est surpris de trouver des larmes perlant à ses yeux. Cet homme simple, cet homme étroit, vit en état de grâce quotidienne. Soudain morose, amèrement envieux, David s'arrache à son esprit, virevolte, se projette en direction des bois et se pose à nouveau sur celui de Barbara Stein. Elle est allongée sur le dos, moite de transpiration, épuisée. Par ses narines, David perçoit l'odeur du sperme déjà aigri. Elle passe ses mains sur sa peau, chassant des brindilles et des brins d'herbe de son corps. Négligemment, elle touche le bout de ses seins qui se ramollissent. Son esprit est morne, terne, presque aussi vide que celui de la truite. L'amour semble avoir drainé toute sa personnalité. David la quitte pour Hans, et constate qu'il ne vaut guère mieux. Allongé à côté de Barbara, haletant encore après son effort, il est dans un état de torpeur déprimée. Il a lâché son paquet, et tout désir a disparu en lui. Il regarde d'un air somnolent la fille qu'il vient de posséder, et il a surtout conscience d'odeurs corporelles et de la malpropreté de sa chevelure. Dans les niveaux superficiels de son esprit flotte une pensée désenchantée, en anglais ponctué d'allemand maladroit, pour une fille d'une ferme voisine qui lui fait quelque chose avec sa bouche que Barbara refuse de faire. Hans doit sortir avec elle samedi soir. Pauvre Barbara, se dit David, et il se demande quelle serait sa réaction si elle savait à quoi Hans est en train de penser. Nonchalamment, il essaie de réunir les deux esprits en entrant en eux en même temps, dans l'espoir pernicieux que grâce à lui la pensée coulera de l'un à l'autre, mais il calcule mal son coup et se retrouve avec le vieux Schiele, plongé dans son extase, sans avoir perdu le contact avec Hans. Le père et le fils. Le vieux et le jeune. Le prêtre et le profanateur. David arrive à maintenir le double contact un instant. Il frissonne. Il est empli du sens éclatant de l'unité de la vie.

C'était tout le temps comme cela, à cette époque-là · un trip sans fin, un voyage psychédélique. Mais tout pouvoir s'altère. Le temps flétrit les couleurs des plus belles visions. Le monde devient gris. L'entropie a raison de nous. Tout s'affaiblit. Tout disparaît. Tout meurt.

# XIII

L'appartement sombre et contourné de Judith s'emplit d'odeurs piquantes. Je l'entends s'affairer dans la cuisine, déversant des épices dans la marmite : piment piquant, marjolaine, estragon, clous de girofle, moutarde en poudre, huile de sésame, curry et Dieu sait quoi d'autre. Le feu ronfle et le chaudron bout. La célèbre sauce aux spaghettis est en train de se faire, produit composé aux mystérieux antécédents, d'inspiration à la fois mexicaine, setchouenne, madrasienne et judithienne. Ma pauvre sœur n'appartient pas vraiment à la catégorie des femmes d'intérieur, mais pour les quelques plats qu'elle sait faire, elle est la reine, et ses spaghettis sont célèbres sur trois continents. Je suis convaincu qu'il y a des hommes qui couchent avec elle juste pour avoir le privilège de dîner ici.

Je suis arrivé une demi-heure avant l'heure prévue, et Judith n'était pas encore prête, pas même habillée. Je suis donc seul pendant qu'elle prépare le dîner. « Sers-toi à boire », me crie-t-elle. J'ouvre le buffet et je me verse un verre de rhum noir, puis je vais à la cuisine chercher des glaçons. C'est le grand branle-bas, Judith est en peignoir, un bandeau sur la tête, elle vole d'un pot d'épices à l'autre. Tout ce qu'elle fait, elle le fait à toute allure. « Je te rejoins dans dix minutes, fait-elle, haletante, en saisissant le moulin à poivre. Le gosse ne t'embête pas trop ? »

Elle veut parler de mon neveu. Il s'appelle Paul, en l'honneur de notre père qui est aux cieux, mais elle ne l'appelle jamais comme ça. C'est toujours « le gosse », « le petit ». Quatre ans. Un enfant du divorce, destiné à être aussi tendu que sa mère. « Il ne m'ennuie pas du tout », lui dis-je pour la rassurer, et je retourne dans le living-room.

L'appartement est un de ces immenses machins qu'on trouve dans le West Side, avec des pièces à n'en plus finir et des plafonds hauts d'un kilomètre, et qui sont auréolés d'une espèce de distinction simplement parce que tant de critiques, poètes, écrivains et chorégraphes ont vécu dans des lieux similaires dans ce même quartier. Le living est géant, avec d'innombrables fenêtres donnant sur West End Avenue. La salle à manger est austère, la cuisine immense. Chambre de maîtres, chambre d'enfant, chambre de bonne, deux salles de bains. Tout cela pour Judith et son fils. Le loyer est démentiel, mais Judith se débrouille. Elle touche plus de mille dollars par mois de son ex-mari, et elle gagne modestement mais décemment sa vie comme rédactrice et traductrice. De plus, elle tire un petit revenu d'un portefeuille d'actions judicieusement choisies pour elle il y a quelques années par un de ses amants bien placé à Wall

Street, qu'elle a payées avec sa part de l'héritage de nos parents, étonnamment élevé. (Ma part a servi entièrement à rembourser des dettes accumulées, et elle a fondu comme neige au soleil.) L'endroit est meublé style moitié Greenwich Village 1960 et moitié Élégance Urbaine 1970. Lampadaires noirs, fauteuils gris en fil plastifié, étagères à livres en brique rouge, reproductions à bon marché et bouteilles de chianti incrustées de cire d'un côté ; coussins de cuir, poteries Hopi, sérigraphies psychédéliques, tables basses à dessus de verre et cactées en pots géants de l'autre. Une sonate pour clavecin de Bach est diffusée par la chaîne à mille dollars. Le plancher, d'un noir d'ébène et brillant comme un miroir, est parsemé de tapis moelleux. Une pile de livres au dos défraîchi encombre un des murs. À côté, deux caisses en bois à claire-voie qui n'ont pas été ouvertes. Elles contiennent du vin récemment arrivé de chez le marchand de spiritueux. C'est la bonne vie que ma sœur mène ici. Bonne et misérable à la fois.

Le gosse me reluque d'un air méfiant. Il est assis par terre à l'autre bout de la pièce, près de la fenêtre, et il tripote un jouet compliqué en plastique, sans jamais me quitter du coin de l'œil. Il a le teint sombre, et il est maigre et tendu comme sa mère, distant et froid. Pas d'affection perdue entre nous. J'ai été dans sa tête et je sais ce qu'il pense de moi. À ses yeux, je ne suis que l'un des nombreux hommes qu'il y a dans la vie de sa mère, un oncle véritable n'étant pas différent de la multitude de substituts qui viennent coucher ici. Il doit le prendre pour un amant qui vient un peu plus souvent que les autres, simplement. Erreur compréhensible. Mais tandis qu'il en veut aux autres parce qu'ils lui font concurrence dans l'affection de sa mère, il me considère avec hostilité parce qu'il pense que j'ai fait du mal à sa mère. C'est à cause d'elle qu'il me déteste. Il a intuitivement discerné le réseau vieux de plusieurs décennies de tension et d'hostilité qui définit mes relations avec Judith. Je suis son ennemi. S'il pouvait, il me ferait la peau.

Je sirote donc tranquillement mon rhum tout en écoutant Bach et en souriant hypocritement au gosse tandis que me parviennent les effluves de la sauce aux spaghettis. Mon pouvoir est pratiquement au repos. J'évite le plus possible de m'en servir ici, et de toute manière les influx sont faibles aujourd'hui. Au bout d'un moment, Judith émerge de la cuisine et traverse le living-room comme un éclair en disant : « Viens me parler pendant que je m'habille, Duv. » Je la suis dans la chambre à coucher et je m'assieds sur le lit. Elle se déshabille dans le cabinet de toilette attenant, en laissant la porte entrouverte d'un centimètre ou deux. La dernière fois que je l'ai vue nue, elle avait sept ans.

« Je suis contente que tu aies décidé de venir, me dit-elle.

— Moi aussi.

— Je trouve que tu as mauvaise mine en ce moment.

— J'ai juste faim, Jude.

— On va arranger ça dans cinq minutes. » Bruit d'eau qui coule. Elle dit quelque chose d'autre, mais la douche couvre sa voix. Mon regard désœuvré fait le tour de la chambre. Une chemise d'homme blanche, beaucoup trop grande pour Judith, est négligemment accrochée à la poignée du placard. Sur la table de nuit sont posés deux épais volumes qui ressemblent à des manuels de cours : *Neuroendocrinologie analytique*, et *Études sur la physiologie de la thermorégulation*. Lectures qui ne vont pas avec Judith. Mais peut-être doit-elle les traduire en français. Je remarque que ce sont des exemplaires tout neufs, bien que l'un des volumes porte 1964 comme date de publication, et l'autre 1969. Ils sont tous les deux du même auteur : K. F. Silvestri, M. D., Ph. D.

« Tu fréquentes l'école de médecine en ce moment ? lui dis-je.

— Les bouquins, tu veux dire ? Ce sont ceux de Karl. »

Karl ? Un nouveau nom. Dr. Karl F. Silvestri. J'entre légèrement en contact avec son esprit, et j'extrais son image : un grand type costaud au visage sobre, aux larges épaules et au menton à fossettes. Crinière de cheveux grisonnants. La cinquantaine, à vue d'œil. Judith aime bien les types âgés. Pendant que je dévalise sa conscience, elle me parle de lui. Son « ami » du moment ; le dernier « oncle » en date du gamin. C'est quelqu'un d'important au Centre Médical de l'Université Columbia. Une véritable autorité sur le corps humain. Particulièrement le corps de ma sœur, j'imagine. Récemment divorcé après vingt-cinq années de mariage. Hum : elle a l'art de les saisir au vol. Ils se sont connus il y a trois semaines grâce à un de leurs amis communs, un psychanalyste. Ils ne se sont vus que quatre ou cinq fois. Il est toujours occupé : réunions de comités à droite et à gauche, séminaires, consultations. Il n'y a pas si longtemps que Judith m'annonçait qu'elle était entre deux hommes, et qu'elle avait même peut-être entièrement renoncé aux hommes. Il faut croire que non. Ce doit être sérieux, si elle essaie de lire ses livres. À moi, ils me paraissent complètement hermétiques, avec tous ces diagrammes et ces tableaux statistiques et cette terminologie latinisante.

Elle émerge de la salle de bains portant un ensemble vermeil avec pantalon et les boucles d'oreilles en cristal que je lui ai offertes pour son vingt-neuvième anniversaire. Chaque fois que je lui rends visite, elle essaie de faire vibrer une corde sentimentale qui nous unit. Ce soir, ce sont les boucles d'oreilles. Il y a en ce moment un caractère de convalescence à notre amitié, tandis que nous marchons sur la pointe des pieds dans le jardin où nos vieilles haines sont enterrées. Je lui ouvre mes bras. Une accolade de frère et sœur. Son parfum est agréable. « Hello, dit-elle. Je regrette que tu m'aies trouvée dans un tel état quand tu as sonné.

— C'est ma faute. Je suis venu trop en avance. Et tu n'étais pas dans un tel état, de toute façon. »

Elle me précède dans le living-room. Sa démarche est aisée. Judith est une belle femme, grande et extrêmement svelte, à l'allure exotique au teint brun, aux cheveux bruns, aux pommettes saillantes.

Le genre mince et torride. Je suppose qu'on pourrait la considérer comme très érotique, excepté le fait qu'il y a quelque chose de cruel dans ses lèvres fines et ses yeux vifs et brillants, et que cette cruauté, qui ne fait que s'accroître en ces temps de divorce et de ressentiment, rebute les gens. Elle a eu des amants par dizaines, mais pas beaucoup d'amour. Toi et moi, sœurette ; toi et moi. On est bien de la même race.

Elle dresse la table tandis que je lui verse à boire, comme d'habitude, un Pernod avec de la glace. Le gosse, Dieu merci, a déjà mangé. Je déteste l'avoir à table. Il joue avec son truc en plastique et me lance de temps à autre un regard aigre. Judith et moi nous entrechoquons nos verres dans un geste théâtral. Elle arbore un sourire polaire. « Santé », nous disons-nous. Santé.

« Pourquoi ne viens-tu pas habiter en ville ? demande-t-elle. Nous pourrions nous voir plus souvent.

— C'est moins cher là-haut. Avons-nous besoin de nous voir plus souvent ?

— Qui d'autre avons-nous ?

— Tu as Karl.

— Je ne l'*ai* pas. Ni lui ni personne. Juste mon gosse et mon frère. »

Je pense à la fois où j'ai essayé de la tuer dans son berceau. Naturellement, elle ne le sait pas. « Sommes-nous réellement amis, Jude ?

— Maintenant, oui. À la fin.

— Il n'y avait pas tellement d'affection entre nous, toutes ces années.

— On change, Duv. On grandit. J'étais une idiote, une petite conne, si imbue de moi-même que je ne pouvais donner rien d'autre que de la haine à tous ceux qui m'entouraient. Mais c'est fini, maintenant. Si tu ne me crois pas, regarde dans ma tête et tu verras.

— Tu n'aimes pas tellement que je fasse ça.

— Vas-y, m'encourage-t-elle. Regarde, et tu verras si je n'ai pas changé à ton égard.

— Non. J'aime mieux pas. » Je me verse une autre rasade de rhum. Ma main tremble un peu. « Tu devrais aller voir ta sauce aux spaghettis. Peut-être que ça déborde.

— Laisse-la déborder. Je n'ai pas encore fini mon verre. Duv, est-ce que tu as encore des ennuis ? Avec ton pouvoir, je veux dire.

— Oui. C'est pire que jamais.

— Qu'est-ce qu'il se passe, à ton avis ? »

Je hausse les épaules. Mon insouciance familière.

« Je suis en train de le perdre, c'est tout. C'est comme les cheveux, j'imagine. On en a des tas quand on est jeune, puis de moins en moins, et finalement plus du tout. Ce putain de pouvoir ne m'a jamais servi à rien, de toute façon.

— Tu ne parles pas sincèrement.

— Cite-moi un exemple où il m'a été d'une utilité quelconque, Jude.

— Il faisait de toi quelqu'un de spécial. Il te rendait unique. Quand tout le reste allait mal, tu pouvais toujours te consoler avec ça, l'idée que tu pouvais entrer dans les esprits, voir l'invisible, te rapprocher de l'âme des gens. Un don divin.

— Un don inutile. Sauf si je m'étais lancé dans le music-hall.

— Il a fait de toi quelqu'un de plus riche. De plus complexe, de plus intéressant. Sans lui, tu aurais été une personne comme les autres.

— Avec lui, je suis devenu une personne quelconque. Une nullité, un raté. Sans lui, j'aurais pu être une nullité heureuse au lieu d'un raté malheureux.

— Tu t'apitoies beaucoup sur toi-même, Duv.

— J'ai beaucoup de raisons de m'apitoyer sur moi-même. Encore un peu de Pernod, Jude ?

— Non, merci. Il faut que j'aille voir à la cuisine. Veux-tu servir le vin ? »

Elle va dans la cuisine. Je m'occupe du vin, puis je porte le saladier à table. Derrière moi, le gosse braille des syllabes sans queue ni tête de sa voix de baryton narquois. Même dans l'état de réceptivité émoussée où je me trouve, je sens le poids de sa haine glacée sur ma nuque. Judith est de retour, avec un plateau bien garni : spaghettis, fromage, tartines à l'ail. Elle me lance un sourire chaleureux, visiblement sincère, au moment où nous nous asseyons. Nous trinquons de nouveau avec nos verres à vin. Pendant quelques minutes, nous mangeons silencieusement. Je fais l'éloge des spaghettis. Finalement, elle déclare :

« Tu permets que j'essaie moi aussi de lire dans ta pensée, Duv ?

— Ne te gêne pas.

— Tu prétends être heureux que ton pouvoir s'en aille. Est-ce de la poudre que tu jettes à tes yeux ou aux miens ? Parce que tu n'es pas sincère. Tu regrettes de perdre ton pouvoir, n'est-ce pas ?

— Un peu.

— Beaucoup, Duv.

— D'accord. Beaucoup. Disons que je suis partagé. J'aimerais qu'il me quitte complètement. J'aimerais ne l'avoir jamais eu, Jude. Mais d'un autre côté, si je le perds, qu'est-ce que je deviens ? Où est mon identité ? Je suis Selig le Télépathe, tu comprends ? Le Roi de la Transmission de Pensées. Si je cesse de l'être… tu saisis, Jude ?

— Je vois. La douleur se lit sur ton visage. Je suis navrée, Duv.

— De quoi ?

— Que tu le perdes.

— Tu m'as détesté de toute ton âme pour l'avoir utilisé sur toi.

— C'était différent. C'était il y a longtemps. Je sais ce que tu dois endurer maintenant, Duv. As-tu une idée de la raison pour laquelle tu le perds ?

— Non. Je suppose que ce doit être l'âge.

— Est-ce qu'on pourrait faire quelque chose pour enrayer le processus ?

— J'en doute, Jude. Je ne sais même pas de quelle manière il fonctionne. C'est juste quelque chose que j'ai dans la tête, un caprice génétique, sans doute, quelque chose qui m'a été donné à la naissance, comme les taches de rousseur. Si tes taches de rousseur se mettent à disparaître, tu connais un moyen de les faire rester s'il t'en prend l'envie ?

— Tu n'as jamais voulu qu'on t'étudie, n'est-ce pas ?

— Non.

— Pour quelle raison ?

— Je n'aime pas plus que toi qu'on vienne farfouiller dans ma tête, lui dis-je doucement. Je ne veux pas être un phénomène de laboratoire. J'ai toujours réussi à passer inaperçu. Si le monde découvrait ce que je suis, je deviendrais un paria. Je me ferais probablement lyncher. Sais-tu à combien de personnes j'ai avoué la vérité sur moi ? Dans toute ma vie, sais-tu combien ?

— Une douzaine ?

— Trois, lui dis-je. Et si j'avais pu faire autrement, je ne l'aurais dit à personne.

— Trois ?

— Toi, pour commencer. Je suppose que tu t'en doutais depuis tout le temps, mais tu ne l'as découvert vraiment qu'à seize ans, tu te souviens ? Et puis, il y a eu Tom Nyquist, que j'ai perdu de vue, et une fille nommée Kitty, que je ne vois plus du tout non plus.

— Et cette grande brune ?

— Toni ? Je ne lui ai jamais rien dit explicitement. J'essayais de le lui cacher. Elle s'en est aperçue indirectement. Beaucoup de gens ont dû s'en apercevoir indirectement. Mais il n'y a que trois personnes à qui je l'ai vraiment avoué. Je ne veux pas être considéré comme un monstre. Alors qu'il s'en aille. Qu'il foute le camp. Bon débarras.

— Mais tu aimerais bien le conserver quand même.

— Le perdre et le conserver à la fois

— C'est contradictoire.

— Je me contredis ? Très bien, je me contredis. Je suis vaste. Je contiens des multitudes. Qu'est-ce que tu veux que je te dise, Jude ? Où veux-tu que j'aille chercher la vérité ?

— Tu souffres ?

— Qui ne souffre pas ?

— Perdre le pouvoir équivaut pratiquement à devenir impuissant, c'est cela, Duv ? Pénétrer à l'intérieur d'un esprit et t'apercevoir que tu ne peux pas établir le contact ? Tu disais que cela te procurait un sentiment d'extase, jadis. Ce flot d'informations, cette expérience par personne interposée. Et maintenant, tu ne peux plus ressentir cela, tu ne ressens plus rien. Ton esprit ne peut plus rien faire. Est-ce que c'est ainsi que tu vois les choses ? Comme une métaphore sexuelle ?

— Quelquefois. » Je lui sers un peu de vin. Pendant quelques minutes, nous restons silencieux, absorbés par les spaghettis, échangeant des sourires gênés. Je ressens presque de l'affection pour elle. Je lui pardonne toutes les années où elle m'a traité comme un phénomène de cirque. *Espèce de con, n'entre pas dans ma tête, Duv, ou je te tue ! Sale cochon de voyeur ! Écarte-toi de ma tête, tu m'entends ? Écarte-toi donc.* Elle ne voulait pas que je fasse la connaissance de son fiancé. Elle avait peur que je lui parle de ses autres hommes, j'imagine. *J'aimerais te trouver mort dans un fossé un jour, Duv, avec tous mes secrets en train de pourrir à l'intérieur de toi.* C'était il y a si longtemps. Peut-être que nous nous aimons un petit peu maintenant, Jude. Juste un petit peu, mais je crois que tu m'aimes plus que je ne t'aime moi.

« Je ne jouis plus, me dit-elle abruptement. Tu sais, je jouissais pratiquement à chaque fois. Un vrai volcan entre les cuisses. Mais depuis environ cinq ans, quelque chose s'est détraqué, à peu près à l'époque où mon premier mariage commençait à battre de l'aile. Un court-circuit avait dû se produire. J'ai commencé par jouir toutes les cinq fois, puis toutes les dix fois. Je sentais mes possibilités m'échapper peu à peu. Je restais allongée à attendre que ça se passe, et naturellement ça ne faisait qu'empirer à tous les coups. Finalement, je n'ai plus pu jouir du tout. Depuis trois ans, j'ai dû coucher avec une centaine d'hommes, depuis mon divorce, et pas un seul n'a su me faire reluire. Pourtant, certains étaient de vrais taureaux. C'est une des choses sur lesquelles Karl a l'intention d'expérimenter avec moi. Je comprends donc un peu ce que tu dois ressentir, Duv. Voir s'enfuir ton meilleur moyen d'établir le contact avec les autres. Perdre graduellement le contact avec toi-même. Devenir un étranger dans ta propre tête. » Elle sourit. « Étais-tu au courant, pour ce que je viens de te dire ? Mon impossibilité d'atteindre l'orgasme ? »

J'hésite quelques secondes. L'éclat glacé de son regard la trahit. L'agressivité. Le ressentiment qu'elle éprouve encore. Même lorsqu'elle manifeste de la tendresse, elle ne peut s'empêcher de haïr. Quelle relation fragile que la nôtre ! Nous sommes enfermés dans une sorte de mariage, Judith et moi, un vieux mariage tout rafistolé avec des bouts de ficelle. Oh, et puis après merde. « Oui, lui dis-je. Je savais.

— Je m'en doutais. Tu n'as jamais cessé de me sonder. » Son sourire est tout de haine joyeuse, maintenant. Elle jubile à l'idée que je perde mon pouvoir. Elle est soulagée. « Je te suis toujours ouverte, Duv.

— Ne t'en fais pas, tu ne le resteras pas longtemps. » Oh, la garce sadique ! Oh, la belle casse-couilles ! Et tu es tout ce que j'ai. « Veux-tu encore un peu de spaghettis, Jude ? » Ma frangine. Ma chère frangine.

# XIV

Yahya Lumumba
Humanités 2 A., Dr. Katz
10 novembre 1976

## LE THÈME D'ÉLECTRE DANS ESCHYLE, SOPHOCLE ET EURIPIDE

L'utilisation du motif d'Électre par Eschyle, Sophocle et Euripide constitue une étude de variation de méthodes d'approche et de moyens dramatiques différents. L'intrigue est fondamentalement la même dans *Les Choéphores* d'Eschyle et dans les deux *Électre* de Sophocle et Euripide : Oreste, fils d'Agamemnon, exilé à la suite de l'assassinat de son père, revient à Mycènes, dans son pays natal, où il retrouve sa sœur Électre. Elle le persuade de venger la mort d'Agamemnon en tuant Égisthe et Clytemnestre, qui avaient assassiné ce dernier à son retour de Troie. Le traitement de l'intrigue varie considérablement entre les mains de chacun des dramaturges.

Eschyle, au contraire de ses futurs rivaux, accordait la plus grande importance aux aspects éthique et religieux du crime d'Oreste. Les personnages et les motivations des *Choéphores* ont une simplicité qui confine parfois au ridicule — comme on le voit dans Euripide, où le dramaturge aux préoccupations plus pratiques tourne en dérision la scène d'Eschyle où Électre reconnaît Oreste. Dans la pièce d'Eschyle, Oreste apparaît accompagné de son ami Pylade et dépose une offrande sur la tombe d'Agamemnon : une boucle de ses cheveux. Ils se retirent, et Électre arrive en se lamentant. Lorsqu'elle trouve la boucle de cheveux sur la tombe, elle proclame qu'elle « ressemble aux cheveux des enfants de mon père », et décide qu'Oreste l'a déposée ici en guise d'hommage à la mémoire d'Agamemnon. Oreste réapparaît alors, et Électre l'identifie. C'est ce moyen d'identification pour le moins implausible que parodie Euripide.

Oreste révèle que l'oracle d'Apollon lui a ordonné de venger la mort d'Agamemnon. Dans une longue tirade poétique, Électre fortifie le courage d'Oreste, et il part tuer Égisthe et Clytemnestre. Il réussit à s'introduire par ruse dans le palais, en prétendant à sa mère Clytemnestre qu'il est un messager de la lointaine Phocide apportant la nouvelle de la mort d'Oreste. Une fois à l'intérieur, il tue Égisthe puis, affrontant sa mère, il l'accuse du meurtre et l'assassine ensuite.

La pièce s'achève lorsque Oreste, rendu fou par son crime, voit les Furies qui viennent le poursuivre. Il cherche refuge dans le temple d'Apollon. La séquelle mystique et allégorique, *Les Euménides*, voit Oreste absous de son crime.

Eschyle, somme toute, ne se préoccupait pas outre mesure de la plausibilité de l'action de sa tragédie. Son dessein dans la trilogie de *L'Orestie* était de nature théologique : examiner l'action des dieux lorsqu'ils jettent leur malédiction sur une maison, malédiction qui repose sur le meurtre et conduit à d'autres meurtres. La note dominante de cette philosophie est peut-être contenue dans le vers suivant : « C'est Zeus seul qui indique la voie parfaite de la connaissance. Il a décrété que l'homme apprendra la sagesse à l'école de l'affliction. » Eschyle sacrifie la technique dramatique, ou tout au moins la relègue au second plan, afin de mieux fixer l'attention sur les aspects psychologique et religieux du matricide.

L'*Électre* d'Euripide se situe virtuellement à l'opposé de la conception d'Eschyle. Bien qu'il utilise la même intrigue, il travaille davantage sa technique et innove sur plusieurs points pour nous fournir une substance bien plus riche. Les personnages d'Électre et d'Oreste se détachent avec netteté chez Euripide : Électre, à moitié folle, bannie de la cour, mariée à un paysan, ne pense qu'à sa vengeance. Oreste, pétri de lâcheté, rentre à Mycènes par la petite porte et poignarde abjectement Égisthe dans le dos avant d'attirer sournoisement Clytemnestre vers son destin mortel. Euripide a le souci constant de la crédibilité dramatique, au contraire d'Eschyle. Après la fameuse parodie de la scène de la boucle de cheveux eschylienne, Oreste se fait reconnaître de sa sœur Électre non pas par ses cheveux, ni par la pointure de ses chaussures mais par

Oh, et puis merde. Merde, merde, merde et merde. C'est mauvais comme tout. Ça ne vaut pas un pet. Comment Yahya Lumumba aurait-il pu écrire des conneries pareilles ? Bidon du premier mot jusqu'au dernier. Qu'est-ce que Yahya Lumumba a à foutre de la tragédie grecque ? Qu'est-ce que j'en ai à foutre moi-même ? que lui est Hécube, ou qu'est-il à Hécube pour qu'il pleure pour elle ? Je vais tout déchirer et tout recommencer. Je vais écrire en *jive*. Leur montrer ce que c'est que le rythme des marchands de pastèques. Aide-moi à penser noir, ô Seigneur. Mais je ne peux pas. Je ne peux pas. J'ai envie de dégobiller, Seigneur. Je crois que j'ai la fièvre. Attendez. Peut-être qu'avec un joint ça ira mieux. Ouais. Un bon vieux stick de mutah. Mets-y du *soul*, mec, tu m'entends ? Juif blanc pourri de mes deux, mets-y du *soul*. O.K. ? Bon. C'est l'histoire d'un mec appelé Agamemnon, et qui avait des couilles, mais ça ne l'a pas empêché de se faire baiser. Sa bonne femme, Clytemnestre, elle s'était collée avec ce putain d'enculé d'Égisthe, et un jour elle lui dit : Baby, toi et moi on va se faire la peau du vieil Aga, et tu seras roi. Gigi the king, qu'on t'appellera, et on s'en paiera du bon temps. Aga, il était parti crapahuter quelque part, mais voilà qu'il revient en perme et avant qu'il ait eu le temps de dire yé ! ils lui sautent dessus et ils lui font son affaire. Ça en fait déjà un de moins. Mais ce n'est pas tout. Il y a Électre, une cinglée de gonzesse qui est la fille du vieil Aga, et elle s'énerve pour de bon quand ils se farcissent son vieux, alors elle dit à son frère, qui s'appelle Oreste, elle lui dit Oreste, je veux que tu les saignes, ces deux enculés. Je veux que tu les saignes d'une oreille à l'autre. Mais ce mec, Oreste, ça faisait quelque temps qu'il n'habitait plus en ville, et il n'était pas tellement à la coule, mais…

C'est ça, mec, tu commences à piger, ouais ! Maintenant, tu vas expliquer l'utilisation par Euripide du *deus ex machina*, et la vertu de catharsis de la technique dramatique réaliste de Sophocle. C'est ça, oui. Quel pauvre schmuck tu fais, David Selig. Quel pauvre schmuck.

# XV

J'ai essayé de me montrer affectueux avec Judith. J'ai essayé d'être tendre et attentionné, mais nos vieilles haines s'interposaient toujours entre nous. Je me répétais : c'est ma petite sœur, elle est tout ce que j'ai, je dois l'aimer davantage. Mais on ne peut commander à ses sentiments. On ne peut pas faire naître l'amour rien qu'avec de bonnes intentions. Sans compter que mes intentions n'avaient jamais été tellement bonnes. J'avais vu en elle une rivale dès le départ. J'étais le premier-né, le délicat, l'inadapté. J'étais supposé être au centre de tout. Tels étaient les termes de mon contrat avec Dieu : je dois souffrir parce que je suis différent, mais à titre de compensation l'univers tout entier tourne autour de moi. Le bébé introduit dans la maisonnée n'était destiné à être rien d'autre qu'un artifice thérapeutique conçu pour m'aider à mieux m'insérer dans le genre humain. Tel était le marché. Elle n'était pas censée avoir une réalité propre en tant que personne, elle n'était pas censée avoir ses propres exigences ni drainer une partie de leur amour. C'était un objet, elle faisait partie du mobi lier. Mais je n'y croyais pas vraiment. J'avais dix ans, souvenez-vous, quand ils l'ont adoptée, et à dix ans je n'étais pas stupide. Je savais que mes parents, n'étant plus obligés de diriger toutes leurs attentions exclusivement vers un fils mystérieusement ailleurs et troublé, finiraient rapidement par reporter leurs préoccupations et leur amour — oui, particulièrement leur amour — vers le bébé adorable et sans problèmes. Elle prendrait ma place au centre des choses. Je deviendrais une curiosité douteuse et inutile. Je ne pouvais pas m'empêcher de la rendre responsable. Vous ne comprenez pas pourquoi j'ai essayé de la tuer dans son berceau ? D'un autre côté, vous devez vous douter de l'origine de la froideur qu'elle m'a toujours manifestée. À ce jour, je n'ai toujours pas d'excuse à avancer. Le cycle de haine a commencé avec moi. Avec moi, Jude. Avec moi. Tu aurais pu le rompre avec un peu d'amour, cependant, si tu avais voulu. Mais tu n'as pas voulu.

Un samedi après-midi de mai 61, je suis allé rendre visite à mes parents. Je n'allais pas souvent chez eux en ce temps-là, bien que ce ne fût qu'à vingt minutes par le subway. J'étais à l'extérieur du cercle de famille, autonome et lointain, et j'éprouvais un sentiment de farouche résistance à l'idée de tout rapprochement. D'abord, il y avait cette hostilité latente envers mes parents : c'étaient eux qui m'avaient communiqué ces gènes douteux, après tout, eux qui m'avaient fait venir au monde dans ces conditions. Et par-dessus le marché, il y avait Judith qui me glaçait de son dédain. Est-ce que ça ne suffisait pas comme ça ? Je restais donc sans les voir des semaines, des mois d'affilée, jusqu'à ce que les mélancoliques coups de téléphone maternels soient trop insistants et que le poids de ma culpabilité ait raison de ma résistance.

Je fus heureux d'apprendre, en arrivant là-bas, que Judith était encore dans sa chambre, en train de dormir. À trois heures de l'après-midi ? C'est que, m'expliqua ma mère, elle était sortie la nuit dernière et elle était rentrée très tard. Judith avait seize ans, et je l'imaginais très bien allant à un match de basket de l'école avec un gamin maigre et boutonneux, pour ensuite aller déguster un milk-shake au drugstore du coin. Dors, sœurette, dors sur tes deux oreilles. Mais évidemment, son absence me laisse confronté directement et sans protection à mes tristes parents fatigués. Ma mère, insignifiante et douce ; mon père, las et désabusé. Toute ma vie, je les avais vus devenir de plus en plus petits. Maintenant, ils me paraissaient sur le point de s'évanouir en fumée.

Je n'avais jamais habité dans cet appartement. Des années durant, Paul et Martha avaient réussi à grand-peine à payer le loyer de trois chambres à coucher au-dessus de leurs moyens, pour la simple raison qu'il était devenu impossible à Judith et à moi de partager la même chambre une fois qu'elle avait franchi les limites de la petite enfance. Dès que je quittai la maison pour prendre une chambre près du campus, ils s'arrangèrent pour trouver quelque chose de plus petit et de meilleur marché. Leur chambre était à droite de l'entrée, et celle de Judith était à gauche dans le couloir après la cuisine. Dans le prolongement du couloir était le living-room, où mon père était assis, somnolent, feuilletant les pages du *Times*. Il ne lisait plus rien d'autre que le journal ces jours-ci bien que jadis son esprit eût été plus actif. Il émanait de lui une impression de lassitude mollasse. Il gagnait correctement sa vie pour la première fois de toute sa carrière, et était appelé à finir prospère, mais il était resté conditionné par la psychologie du pauvre : pauvre Paul, tu es un pitoyable raté, tu méritais mieux que ça de la vie. Je regardai le journal à travers son esprit tandis qu'il tournait les pages. La veille, Alan Shepard avait accompli son vol suborbital historique, la première incursion dans l'espace d'un véhicule habité lancé par les États-Unis. UN AMÉRICAIN FAIT UN BOND DE 184 KM DANS L'ESPACE, proclamait le gros titre. AU COURS D'UN VOL DE 15 MINUTES, SHEPARD PREND LES COMMANDES DE LA CAPSULE ET OPÈRE UNE LIAISON RADIO. Je m'efforçai de faire un pas vers mon père. « Que penses-tu du voyage dans l'espace ? lui demandai-je. As-tu écouté la retransmission ? » Il haussa les épaules : « Qu'est-ce que ça peut me foutre ? C'est complètement cinglé. Un mishigos. Du gaspillage de temps et d'énergie pour tout le monde. » ELISABETH VA VOIR LE PAPE AU VATICAN. Le pape Jean. Gras comme un rabbin bien nourri. RENCONTRES PRÉVUES ENTRE JOHNSON ET LES RESPONSABLES EN ASIE SUR L'UTILISATION DES TROUPES U.S. Il parcourut rapidement le reste, sautant des pages. L'AIDE DE GOLDBERG DEMANDÉE POUR LES FUSÉES.

KENNEDY RATIFIE LE PROJET DE LOI SUR LES SALAIRES MINIMA. Rien ne provoquait la moindre réaction en lui, pas même KENNEDY ÉTUDIE UN ALLÉGEMENT DE L'IMPÔT SUR LE REVENU. Il s'attarda un moment sur la page sportive. Petite lueur d'intérêt. LE TERRAIN BOUEUX FAIT PARTIR CARRY BACK GRAND FAVORI POUR LE 87e DERBY DU KENTUCKY CET APRÈS-MIDI. LES YANKS AFFRONTERONT LES ANGELS DEVANT 21 000 PERSONNES DANS LE PREMIER D'UNE SÉRIE DE TROIS MATCHS SUR LA CÔTE OUEST. « Qui donnes-tu gagnant pour le Derby ? » lui demandai-je. Il secoua la tête : « Qu'est-ce que je connais aux chevaux ? » fit-il. Il était, réalisai-je, déjà mort, bien que son cœur fût appelé à battre pendant une autre décennie. Il avait cessé de réagir aux stimuli. Le monde l'avait vaincu.

Je l'abandonnai à sa rêverie et allai faire poliment la conversation avec ma mère. Le cercle de lecture de sa Hadassah commentait *To Kill a Mockingbird* jeudi prochain, et elle voulait savoir si je connaissais. Je ne connaissais pas. Comment est-ce que j'occupais mon temps ? Avais-je vu de beaux films ? *L'Aventura*, je répondis. Un film français ? dit-elle. Non, italien. Elle voulait que je lui raconte l'intrigue. Elle m'écouta patiemment, l'air désorienté, sans rien suivre. « Avec qui sors-tu ? me demanda-t-elle. Fréquentes-tu de belles filles ? » Mon fils le célibataire. Déjà vingt-six ans, et pas encore fiancé. Je détournai la question ennuyeuse avec une patiente adresse née d'une longue expérience. Désolé, Martha. Je ne te donnerai pas les petits-enfants que tu espères. Il faudra t'adresser à Judith pour cela. Tu n'auras pas à attendre longtemps.

« Il faut que je prépare le poulet maintenant », dit-elle en s'éclipsant. Je restai assis à côté de mon père pendant quelques instants, jusqu'à ce que je ne puisse plus le supporter, et je me dirigeai vers les chiottes, au fond du couloir à côté de la chambre de Judith. Sa porte était entrebâillée. Je passai la tête. Stores tirés, lumières éteintes, mais je lançai une sonde rapide dans son esprit et vis qu'elle était éveillée et sur le point de se lever. Allons, fais un geste, Duv, sois aimable. Il ne t'en coûtera pas un sou. Je frappai quelques coups légers. « Salut, c'est moi, dis-je. Je peux entrer ? »

Elle était assise sur son lit, vêtue d'un peignoir de bain blanc sur un pyjama bleu foncé. Elle s'étirait en bâillant. Son visage, d'habitude si tendu, était gonflé par trop de sommeil. Machinalement, je pénétrai dans son esprit, et j'y trouvai aussitôt quelque chose de nouveau et de surprenant. Les débuts érotiques de ma sœur. La nuit dernière. Tout y était : la mêlée confuse dans la voiture garée, la montée du plaisir, la conscience soudaine que ce ne serait pas une simple partie de pelotage, le slip qui glisse, les changements de position maladroits, la lutte avec le préservatif, le moment d'ultime hésitation cédant la place à un abandon total, les doigts nerveux et malhabiles provoquant la lubrification de la fente inexplorée, le début de pénétration prudent, maladroit, la poussée profonde, la surprise de découvrir que le processus s'accomplit sans douleur, le va-et-vient de piston corps contre corps, l'explosion rapide du garçon, la redescente finale, la culpabilité, la confusion, la déception, l'insatisfaction de Judith. Le retour à la maison, silencieux, la honte sur le visage. Dans la maison, sur la pointe des pieds, elle dit bonsoir d'une voix rauque aux parents vigilants qui ne dorment pas encore. Elle se douche avant de se coucher. Nettoyage et examen de la vulve déflorée et légèrement gonflée. Sommeil difficile, fréquemment coupé. Long intervalle d'insomnie, où les événements de la soirée sont analysés : elle est heureuse et soulagée d'être devenue femme, mais elle est également effrayée. Réticente à l'idée de se lever le lendemain matin et d'affronter le monde, particulièrement d'affronter Paul et Martha Selig Ton secret n'est pas un secret pour moi, chère Judith.

« Comment vas-tu ? » lui dis-je.

Affectant une désinvolture peu convaincante, elle répond : « Pas très fort. Je me suis couchée tard. Qu'est-ce qui t'amène ici ?

— Je viens voir un peu la famille.

— Contente de t'avoir vu.

— Ce n'est pas très gentil, ça, Jude. Je te fais tellement horreur ?

— Pourquoi viens-tu m'embêter, Duv ?

— Je te l'ai dit, j'essaie de me montrer sociable. Tu es la seule sœur que j'aie, la seule que j'aurai jamais. J'ai eu l'idée de passer la tête pour te dire un petit bonjour.

— C'est fait. Et alors ?

— Tu pourrais me dire ce que tu es devenue depuis la dernière fois que nous nous sommes vus.

— Ça t'intéresse ?

— Si ça ne m'intéressait pas, est-ce que je te le demanderais ?

— Je n'en sais rien, dit-elle. Tu te fiches complètement de tout ce que je peux faire. Tu te fiches de tout sauf de ce qui arrive à David Selig. Pourquoi prétendre le contraire ? Inutile de feindre de t'intéresser à moi. Ce n'est pas naturel, venant de toi.

— Hé, attends une seconde ! » Ne nous disputons pas si vite, sœurette. « Qu'est-ce qui peut te faire croire que…

— Tu te mets à penser à moi du jour au lendemain ? Je suis juste un meuble pour toi. Ta petite pisseuse de sœur. Une emmerdeuse. Es-tu jamais venu me parler ? De n'importe quoi ? Sais-tu seulement le nom de l'école où je vais ? Je suis une étrangère pour toi.

— Ce n'est pas vrai.

— Qu'est-ce que tu sais donc de moi ?

— Des tas de choses.

— Par exemple ?

— Laisse tomber, Jude.

— Donne-moi un exemple. Un seul. Quelque chose que tu sais sur moi. Un exemple…

— Un exemple. D'accord. Le voilà. Je sais que tu t'es fait sauter hier. »

Nous fûmes tous les deux stupéfaits de ce que je venais de dire. Je gardai un silence atterré, incapable de croire que mes lèvres venaient de prononcer

cer ces paroles. Judith avait sursauté, comme si elle avait reçu une décharge électrique. Elle s'était raidie, et ses yeux lançaient des flammes d'ahurissement. Je ne sais combien de temps nous restâmes ainsi figés, incapables de parler.

« Répète, dit-elle enfin. Qu'est-ce que tu viens de dire, Duv ?

— Tu as entendu.

— J'ai entendu, mais j'ai peur d'avoir rêvé. Répète-le.

— Non.

— Pourquoi pas ?

— Fiche-moi la paix, Jude.

— Qui te l'a dit ?

— Je t'en prie, Jude.

— Dis-moi qui te l'a dit !

— Personne », murmurai-je.

Son sourire était terrifiant de triomphe. « Tu veux que je te dise ? Je te crois. Honnêtement, je te crois. Personne ne te l'a dit. Tu as puisé ça dans ma tête, hein ? Dis-moi que je ne me trompe pas, Duv.

— Je n'aurais jamais dû mettre les pieds ici.

— Avoue-le. Pourquoi ne veux-tu pas l'avouer ? Tu lis dans la pensée des gens, Duv. Tu es un phénomène de cirque. Je le soupçonnais depuis longtemps. Toutes ces petites intuitions que tu as tout le temps, et qui se révèlent toujours vraies ; la manière embarrassée que tu as de détourner l'attention quand tu ne t'es pas trompé. Question de chance, de hasard. De hasard, tu parles ! Je m'en doutais bien. Je me disais : il lit dans mes pensées, ce con. Mais je me reprochais d'être folle. C'était impossible, il n'existe pas de gens comme ça. Eh bien, je me trompais, hein ? Tu ne devines pas les choses, tu les regardes. Personne ne peut rien te cacher. Tu lis dans les esprits comme dans un livre ouvert. C'est bien ça ? Tu nous espionnes. »

J'entendis un bruit derrière moi. Je sursautai, effrayé, mais ce n'était que Martha qui passait la tête à la porte. Vague sourire absent. « Bonjour, Judith. Il était temps que tu te réveilles ! Vous bavardez bien gentiment, les enfants ? Je suis si heureuse de vous voir ainsi tous les deux. N'oublie pas de prendre ton petit déjeuner, Judith. » Et elle disparut aussi silencieusement qu'elle était venue.

Judith reprit d'un ton glacial : « Pourquoi ne lui dis-tu pas tout ? Raconte-lui avec qui j'étais la nuit dernière, ce que j'ai fait, quelle impression cela m'a fait…

— Ça suffit, Jude.

— Tu n'as pas répondu à mon autre question. Tu as réellement ce pouvoir étrange, hein ? Hein ? Réponds-moi !

— Oui.

— Et tu as passé toute ta vie à épier les gens sans qu'ils le sachent.

— Oui. Oui.

— Je le savais. Je ne pouvais pas y croire, mais je le savais depuis tout le temps. Et ça explique beaucoup de choses. Pourquoi je me sentais si misérable quand j'étais petite et que tu rôdais autour de moi. Pourquoi j'avais l'impression que tout ce que je faisais allait être commenté dans les journaux du lendemain. Je n'ai jamais connu d'intimité, même enfermée dans les toilettes. Jamais je ne me suis *sentie* seule avec moi. » Elle frissonna. « Je souhaite de tout mon cœur ne plus jamais te revoir, Duv. Maintenant que je sais ce que tu es en réalité, je regrette de t'avoir jamais connu. Je t'avertis que si je te surprends encore à venir fouiller dans ma tête, je te coupe les couilles. Tu m'entends ? Je te coupe les couilles. Et maintenant, fiche-moi le camp d'ici, que je m'habille. »

Je sortis en chancelant. J'allai jusqu'à la salle de bains, où je m'appuyai au bord glacé du lavabo, et je me penchai vers la glace pour étudier mon visage congestionné, bouleversé. J'avais l'air complètement hébété, mes traits étaient aussi tirés que si j'avais quarante de fièvre. *Je sais que tu t'es fait sauter hier.* Pourquoi lui avais-je dit ça ? Un accident ? Les mots m'avaient échappé parce qu'elle m'avait poussé à bout ? Mais jamais je n'avais perdu toute prudence au point de laisser échapper une telle révélation. Il n'y a pas d'accidents, disait Freud. Votre langue ne fourche jamais. Tout ce que vous dites est délibéré, à un niveau ou à un autre. J'avais dû dire ce que j'avais dit à Judith parce que, inconsciemment, je voulais qu'elle sache enfin la vérité sur moi. Mais pourquoi ? Et pourquoi elle ? J'avais déjà révélé mon secret à Nyquist, certes. Mais il n'y avait aucun risque, ce n'était pas pareil. Et jamais je ne l'avais avoué à personne d'autre. Cela m'avait coûté des efforts considérables pour le dissimuler. N'est-ce pas, Miss Mueller ? Et maintenant, j'avais tout dit à Judith. Je lui avais donné une arme avec laquelle elle pouvait me détruire, si elle voulait.

Je lui avais mis une arme entre les mains. Le plus étrange, c'est qu'elle n'a jamais choisi de s'en servir.

# XVI

Nyquist avait dit : « Le véritable ennui avec toi, Selig, c'est que tu es un homme profondément religieux qui se trouve ne pas croire en Dieu. » Nyquist était tout le temps en train de dire des choses comme ça, et David ne savait jamais s'il était sérieux ou s'il s'amusait à jongler avec les mots. Quelle que fût la manière dont il pénétrait son âme, il n'y avait jamais rien de certain. Nyquist était trop fuyant, trop ambigu.

Prudemment, Selig s'abstint de toute réponse. Il se tenait devant la fenêtre, le dos vers Nyquist. Il tombait de la neige. Les rues étroites en étaient gorgées, et même les engins municipaux ne pouvaient se frayer un chemin. Une étrange sérénité régnait dans l'air. Les flocons tournoyaient en rafales. Les voitures en stationnement disparaissaient sous le manteau de neige. Quelques gardiens d'immeubles environnants étaient sortis courageusement, la pelle à la main. Cela faisait trois jours que la neige tombait presque sans discontinuer. Le mauvais temps était général sur le Nord-Est. La neige recouvrait les métropoles crasseuses, les faubourgs arides, elle tombait doucement sur les Appalaches et, plus à l'est, sur les flots sombres et déchaînés de l'Atlantique. Plus rien ne bougeait à New York. Tout était fermé : administrations, écoles, salles de concerts et cinémas. Les chemins de fer ne fonctionnaient plus et les autoroutes étaient bloquées. Aucun avion ne décollait des aéroports. Les matchs de basket étaient annulés à Madison Square Garden. Ne pouvant aller travailler, Selig avait laissé passer la plus grande partie de la tempête en restant chez Nyquist, dont il commençait à trouver à la longue la compagnie étouffante et oppressante. Ce qui un peu plus tôt lui avait semblé être charmant et amusant chez son ami était devenu à présent corrosif et douteux. L'assurance débonnaire qu'il affichait avait des allures de suffisance. Ses incursions répétées dans l'esprit de Selig n'étaient plus des gestes d'amitié bon enfant, mais des actes d'agression consciente. Son habitude de répéter tout haut ce que pensait Selig était de plus en plus irritante, et il n'y avait pas de moyen de la lui faire passer. Voilà qu'il récidivait en ce moment même, tirant une citation de la tête de Selig et déclamant d'un ton à moitié railleur : « C'est joli. *Son âme défaillait lentement tandis qu'il entendait la neige tomber doucement à travers l'univers et doucement choir, comme la tombée de leur dernière fin, sur tous les vivants et les morts.* J'aime bien ça. Qu'est-ce que c'est, David ?

— James Joyce, dit Selig, morose. "Les morts", tiré des *Gens de Dublin*. Je t'avais demandé hier de ne plus faire ça.

— J'envie l'étendue et la profondeur de ta culture. J'aime t'emprunter des citations originales.

— Comme tu voudras. Mais est-ce que tu es obligé de me les faire entendre ? »

Nyquist écarta les bras dans un geste contrit tandis que Selig s'éloignait de la fenêtre. « Je suis navré. J'oubliais que tu n'aimais pas ça.

— Tu n'oublies jamais rien, Tom. Tu ne fais jamais rien accidentellement. » Puis, se sentant coupable de son accès d'humeur : « Bon Dieu ! J'en ai marre de cette neige !

— Elle tombe partout, fit Nyquist. Elle ne s'arrêtera jamais. Qu'est-ce qu'on va faire aujourd'hui ?

— La même chose qu'hier et qu'avant-hier, je suppose. Regarder les flocons tomber, écouter des disques et se soûler la gueule.

— Si on baisait ?

— Tu n'es pas tellement mon type », fit Selig.

Nyquist lui lança un sourire éteint. « Très spirituel. Je songeais à trouver deux jeunes dames bloquées quelque part dans l'immeuble et à les inviter pour une petite partie. Tu ne crois pas qu'on trouverait facilement deux filles disponibles dans ce bâtiment ?

— On pourrait essayer, j'imagine, dit Selig, en haussant les épaules. Il ne reste plus de bourbon ?

— Je vais en chercher », dit Nyquist.

Il ramena une bouteille. Il se déplaçait avec une lenteur curieuse, comme quelqu'un qui évoluerait dans une atmosphère hostile de mercure ou d'un autre fluide trop dense. Selig ne l'avait jamais vu se presser. Il était massif sans être gros, il avait les épaules larges et le cou trapu, la tête carrée et les cheveux couleur de paille coupés très courts. Son nez était aplati et ses narines écartées. Il arborait en permanence un sourire innocent et bon enfant. L'Aryen personnifié : il était scandinave, suédois peut-être. Élevé en Finlande, il avait été transplanté aux États-Unis à l'âge de dix ans. Il lui restait quelques traces à peine perceptibles d'un accent. Il disait avoir vingt-huit ans, mais paraissait plus vieux que ça aux yeux de Selig, qui venait d'entrer dans sa vingt-troisième année. C'était en février 1958, à une époque où Selig avait encore l'illusion qu'il allait réussir à s'insérer dans le monde des adultes. Eisenhower était président, les cours de la Bourse s'en étaient allés à vau-l'eau, la crise émotionnelle post-Spoutnik était dans tous les esprits bien que le premier satellite spatial américain eût été placé sur orbite, et la dernière mode féminine était la robe-sac. Selig vivait à Brooklyn Heights dans Pierrepont Street, et faisait la navette plusieurs jours par semaine avec le bureau de Manhattan d'une maison d'édition pour laquelle il faisait des corrections de manuscrits à raison de trois dollars l'heure. Nyquist habitait dans le même immeuble, quatre étages plus haut.

C'était la seule autre personne que Selig connût qui possédait le pouvoir. Et pas seulement cela, sa possession ne le handicapait en rien. Il l'utilisait aussi simplement qu'il utilisait ses yeux, ou ses jambes, pour son bénéfice personnel, sans excuses et sans remords. Peut-être était-ce la personne la moins névrosée que Selig eût jamais connue. De profession, c'était un prédateur. Il pillait l'esprit des autres pour assurer sa subsistance. Mais comme n'importe quel fauve de la jungle, il n'attaquait que lorsqu'il avait faim, jamais pour le plaisir d'attaquer. Il prenait ce dont il avait besoin, sans jamais se poser de questions sur la providence qui l'avait superbement équipé pour ses rapines ; et cependant, il ne prenait jamais plus que ce qu'il lui fallait, et il lui fallait peu de chose. Il n'avait pas de métier, et apparemment n'en avait jamais eu. Chaque fois qu'il voulait de l'argent, il prenait le subway jusqu'à Wall Street, déambulait au fond des obscurs défilés du quartier financier et fouillait sans vergogne l'esprit des spécialistes cloîtrés dans les salles de réunion des conseils d'administration en haut des gratte-ciel. N'importe quel jour, il y avait toujours quelque chose d'important en préparation, qui aurait un impact plus ou moins grand sur le marché. Une fusion, un fractionnement d'actions, la découverte d'un filon, une déclaration de bilan favorable. Nyquist n'avait aucune difficulté à apprendre les détails essentiels. Il vendait ensuite ces informations pour un prix confortable mais raisonnable à une douzaine ou une quinzaine d'investisseurs privés qui s'étaient convaincus de la manière la plus heureuse possible que Nyquist était un tuyauteur de toute confiance. Bien des fuites inexplicables sur lesquelles des fortunes rapides s'étaient constituées lors de la hausse du marché dans les années 50 avaient eu Nyquist pour origine. Il gagnait confortablement sa vie de cette manière, suffisamment pour lui permettre de maintenir un style agréable. Son appartement était petit et bien meublé : sièges de Naugahyde, lampes de Tiffany, papiers peints de Picasso. La cave était fournie, et une chaîne haute-fidélité sans reproche émettait en permanence un flot de Monteverdi, Palestrina, Bartok et Stravinski. Il menait une vie aisée de célibataire, sortait souvent, faisait la tournée de ses restaurants favoris, tous exotiques et spécialisés : japonais, pakistanais, syrien, grec. Le cercle de ses amis était limité mais fort distingué : des peintres, des écrivains, des musiciens et des poètes surtout. Il couchait avec beaucoup de femmes, mais Selig l'avait rarement vu deux fois avec la même.

Comme Selig, Nyquist recevait mais ne pouvait émettre. Il était cependant capable de dire si son esprit était sondé. C'est ainsi qu'ils s'étaient connus. Selig, nouveau venu dans l'immeuble, s'était livré à son occupation favorite, laisser librement errer sa conscience d'étage en étage histoire de faire connaissance avec ses voisins. Explorant une tête après l'autre, sans rien trouver de bien intéressant, puis soudain :

DITES-MOI OÙ VOUS ÊTES.

Un chapelet cristallin de mots scintillant à la périphérie d'un esprit ferme et sûr de soi. La phrase avait été transmise avec la limpidité d'un message explicite. Pourtant, Selig se rendit compte qu'aucune transmission active n'avait réellement eu lieu.

Il avait seulement trouvé les mots qui l'attendaient là, passivement. Il répondit sans réfléchir :

35, PIERREPONT STREET.

NON, ÇA JE LE SAIS. OÙ ÊTES-VOUS DANS CET IMMEUBLE ?

QUATRIÈME ÉTAGE.

JE SUIS AU HUITIÈME. COMMENT VOUS APPELEZ-VOUS ?

SELIG.

NYQUIST.

Le contact mental donnait une impression d'intimité frappante. C'était presque quelque chose de sexuel, comme s'il se frayait un chemin dans un corps et non dans un esprit. Il était décontenancé par les résonances masculines de l'âme où il était entré, et il avait le sentiment qu'une telle union avec un autre homme était quelque chose d'indécent. Mais il ne se retira pas. Le rapide échange verbal à travers un gouffre d'obscurité était une expérience délicieuse, trop intéressante pour être rejetée. Selig eut l'illusion momentanée que son pouvoir s'était accru, qu'il avait appris à émettre aussi bien qu'à puiser dans le contenu des autres esprits. Mais il n'ignorait pas que ce n'était qu'une illusion. Il n'émettait rien du tout, et Nyquist non plus. Ils ne faisaient que puiser les informations chacun dans l'esprit de l'autre. Chacun imprimait des phrases dans sa tête pour que l'autre les trouve, et ce n'était pas tout à fait la même chose, d'un point de vue dynamique, que s'ils s'étaient transmis réciproquement des messages. La distinction était subtile et peut-être sans objet, cependant. La juxtaposition des deux récepteurs grands ouverts constituait un circuit émetteur-récepteur aussi sûr et efficace que le téléphone. L'union de deux esprits entiers, sans restriction aucune. Précautionneusement, un peu gêné, Selig lança un tentacule vers les couches profondes de la conscience de Nyquist, à la recherche de l'homme en même temps que du message. De son côté, il sentait un trouble vague au plus profond de son esprit, ce qui indiquait probablement que Nyquist faisait la même chose avec lui. Pendant de longues minutes, ils s'explorèrent tels deux amants entrelacés dans les premières caresses. Il n'y avait rien de particulièrement affectueux dans le contact de Nyquist, qui était glacé et impersonnel. Pourtant, Selig frissonnait. Il avait l'impression de se trouver au bord d'un abîme. À la fin, il se retira délicatement, et Nyquist fit de même. Puis ce dernier suggéra :

MONTEZ. JE VOUS ATTENDS À LA PORTE DE L'ASCENSEUR.

Il était plus costaud que Selig ne l'avait imaginé. Il aurait fait un bon arrière dans une équipe de rugby. Ses yeux bleus avaient un regard sans aménité, et son sourire était purement formel. Il était distant sans être vraiment froid. Ils entrèrent dans son appartement : lumière tamisée, musique inconnue, atmosphère d'élégance non ostentatoire. Nyquist lui offrit un verre et ils discutèrent, en évitant respectivement de lire leurs pensées. Ce fut une rencontre sans effusions, sans larmes de joie à l'idée d'être enfin réunis. Nyquist se montra affable, accessible, heureux d'avoir trouvé Selig mais pas délirant d'excitation à l'idée de s'être découvert un cousin phénomène. Sans doute parce que ce n'était pas la première fois que l'aventure lui arrivait.

« Il y en a d'autres, dit-il. Tu es le cinquième que j'ai rencontré depuis mon arrivée aux États-Unis. Voyons : un à Chicago, un à San Francisco, un à Miami, un à Minneapolis. Avec toi, ça fait cinq. Il y avait deux femmes et trois hommes.

— As-tu gardé le contact avec eux ?

— Non.

— Que s'est-il passé ?

— Nous nous sommes perdus de vue, dit Nyquist. Qu'est-ce que tu voudrais ? Qu'on forme un clan ? Écoute, on bavardait, on jouait à des jeux avec nos esprits, on apprenait à se connaître, et au bout d'un moment on finissait par s'ennuyer. Je crois qu'il y en a deux qui sont morts. Ça m'est égal d'être isolé du reste de mes semblables. Je n'aime pas penser que je fais partie d'une tribu.

— Je n'en avais jamais rencontré d'autres, dit Selig. Jusqu'à aujourd'hui.

— C'est sans importance. La seule chose qui compte, c'est de vivre ta vie. Quel âge avais-tu quand tu t'es aperçu que tu pouvais faire ça ?

— Je ne sais pas. Cinq ou six ans, peut-être. Et toi ?

— Je n'ai compris que je possédais quelque chose de spécial que quand j'ai eu onze ans. Je croyais que tout le monde pouvait faire la même chose. Ce n'est que quand je suis arrivé en Amérique et que j'ai entendu les gens penser dans une langue étrangère que je me suis rendu compte que j'avais un talent qui sortait de l'ordinaire.

— Quel genre de travail fais-tu ?

— Le moins possible », répondit Nyquist. Il découvrit ses dents dans un sourire et plongea brusquement dans l'esprit de Selig. Cela paraissait être une espèce d'invitation. Selig accepta le défi et lança ses propres tentacules. Visitant la conscience de l'autre, il eut rapidement la vision de ses incursions à Wall Street. Il vit l'existence rythmée, équilibrée, sans problèmes de Nyquist. Il fut abasourdi par son calme froid, son impassibilité, sa clarté d'esprit. Comme son âme était limpide ! Comme la vie l'avait laissé pur ! Où étaient ses angoisses ? Où se cachaient sa solitude, ses craintes, son insécurité ? Nyquist, se retirant de lui, lui demanda : « Pourquoi t'apitoies-tu tellement sur toi-même ?

— Tu crois ?

— Il n'y a que ça dans ta tête. Quel est ton problème, Selig ? J'ai regardé dans ton esprit, et je ne vois pas le problème, seulement ses effets.

— Mon problème, c'est que je me sens isolé des autres êtres humains.

— Isolé ? Toi ? Tu peux entrer directement dans la tête des gens. Tu peux faire quelque chose que 99,999 pour cent de la race humaine ne peut pas faire. Ils doivent se débrouiller avec des mots, des approximations, des signaux de sémaphore, alors que toi tu plonges directement au cœur de la signification des choses. Et tu prétends être isolé ?

— Les informations que je récolte sont inutiles, dit Selig. Je ne peux rien faire avec. Ce serait aussi bien si je ne les avais pas.

— Pour quelle raison ?

— Parce que c'est du voyeurisme. Je les espionne.

— Et tu te sens coupable à cause de ça ?

— Pas toi ?

— Je n'ai jamais demandé à recevoir ce don, fit Nyquist. Mais il se trouve que je l'ai. Puisque je l'ai, je m'en sers. J'aime la vie que je mène. Je m'aime bien. Pourquoi ne t'aimes-tu pas, Selig ?

— Je te le demande. »

Mais Nyquist n'avait rien à lui répondre, et quand Selig eut fini son verre, il redescendit chez lui. Son appartement lui sembla si étrange, quand il s'y retrouva, qu'il consacra plusieurs minutes à passer en revue plusieurs objets familiers : la photographie de ses parents, sa petite collection de lettres d'amour d'adolescent, le jouet de plastique que le psychiatre lui avait offert des années plus tôt. La présence de Nyquist continuait à résonner dans son esprit — un résidu de sa visite, rien de plus, car il était certain que Nyquist n'était pas en train de le sonder. Il se sentait si ébranlé par cette rencontre, si agressé dans son intimité, qu'il prit la résolution de ne plus jamais le revoir, et de déménager, en fait, le plus tôt possible pour aller habiter Manhattan, Philadelphie, Los Angeles, n'importe où pourvu qu'il soit hors de portée de Nyquist.

Toute sa vie, il avait souhaité ardemment rencontrer quelqu'un qui partageât son pouvoir, et maintenant que c'était arrivé, il se sentait menacé. Nyquist avait une telle prise sur son existence que c'en était terrifiant. Il va m'humilier, se disait Selig. Il va me dévorer. Mais ce moment de panique passa. Deux jours plus tard, Nyquist vint le voir pour l'inviter à aller dîner quelque part. Ils mangèrent dans un restaurant mexicain du quartier, et s'imbibèrent de Carta Blanca. David avait toujours l'impression que Nyquist s'amusait avec lui, le tenait à bout de bras pour mieux le taquiner ; mais c'était fait de manière si amicale qu'il ne pouvait en concevoir du ressentiment. Le charme de Nyquist était irrésistible, et sa force était digne d'être prise comme modèle de conduite. Nyquist était comme un frère aîné qui l'avait précédé dans la même vallée de traumatismes et en était ressorti sain et sauf depuis longtemps ; à présent, il essayait de convaincre Selig d'accepter les termes de sa condition. La condition surhumaine, comme il l'appelait.

Ils devinrent bons amis. Deux ou trois fois par semaine, ils sortaient ensemble, mangeaient ensemble, buvaient ensemble. Selig avait toujours imaginé qu'une amitié avec quelqu'un d'autre de son espèce serait intensément unique, mais ce n'était pas le cas. Après la première semaine, ils considérèrent leur particularité comme acquise, et discutèrent rarement par la suite du don qu'ils avaient en commun. Ils ne se félicitèrent non plus jamais d'avoir formé une coalition contre le monde démuni qui les entourait. Ils communiquaient parfois par mots, parfois par le contact direct de leur esprit. Leurs relations devinrent aisées, chaleureuses, tendues seulement dans les moments où Selig retombait dans sa mélancolie habituelle et où Nyquist le raillait de s'apitoyer sur lui-même. Même cela n'était pas un problème, cependant, jusqu'au jour du fameux blizzard, où les tensions devinrent exagérées parce qu'ils passaient trop de temps ensemble.

« Donne-moi ton verre », dit Nyquist.

Il lui versa une nouvelle rasade de bourbon. Selig s'enfonça en arrière dans son fauteuil pour siroter son verre tandis que Nyquist s'occupait de trouver deux filles libres. L'opération dura cinq minutes. Il passa mentalement l'immeuble en revue et en trouva deux qui logeaient ensemble au cinquième étage. « Vise un peu », dit-il à Selig. Celui-ci pénétra dans l'esprit de Nyquist. Il s'était réglé sur les ondes mentales de l'une des deux filles, sensuelle, chatte, ensommeillée, et à travers ses yeux il regardait l'autre, une grande blonde maigre. L'image mentale doublement réfractée n'en avait pas moins de clarté : la blonde avait des jambes magnifiques et un port de mannequin. « Celle-ci, c'est la mienne, dit Nyquist. Dis-moi maintenant ce que tu penses de la tienne. » Il sauta, avec Selig toujours en remorque, dans l'esprit de la blonde. Oui, un vrai mannequin, plus intelligente que l'autre fille, plus froide, plus égocentriste, plus passionnée. À travers sa pensée, via Nyquist parvenait l'image de son amie, une petite rousse un peu boulotte, à la poitrine ample et au visage épanoui. « Bien sûr, dit Selig. Pourquoi pas ? » Nyquist, fouillant l'esprit des deux filles, trouva leur numéro de téléphone, appela, fit opérer son charme. Elles montèrent prendre un verre. « Cette horrible tempête de neige, dit la blonde en frissonnant. Elle me rendrait folle ! » Tous les quatre burent pas mal d'alcool sur un accompagnement de jazz en sourdine : Mingus, le M.J.Q., Chico Hamilton. La rousse était plus jolie que Selig ne s'y était attendu : pas tellement boulotte, finalement — la double réfraction avait dû provoquer quelques distorsions — mais elle n'arrêtait pas de glousser, et il s'aperçut qu'il éprouvait pour elle une certaine antipathie. Il était cependant trop tard pour reculer maintenant. Finalement, très tard dans la soirée, ils se séparèrent par couples, Nyquist avec la blonde dans la chambre à coucher et Selig avec la rousse dans le living-room. Selig se tourna vers elle quand ils furent seuls avec un sourire sans spontanéité. Il n'avait jamais réussi à se débarrasser de ce sourire infantile qui devait, il le savait, révéler un mélange de maladresse anticipatrice et de terreur vertigineuse. « Hello », lui dit-il. Ils s'embrassèrent, et tandis que ses mains se posaient sur ses seins, elle se colla à lui d'une manière avide et sans pudeur. Elle paraissait un peu plus âgée que lui, mais toutes les femmes lui donnaient la même impression. Leurs vêtements tombèrent. « J'aime les hommes minces », dit-elle, et elle gloussa en lui pinçant ses hanches étriquées. Ses seins étaient dressés vers lui comme deux oiseaux roses. Il la caressa avec une intensité timide de jeune puceau. Depuis qu'il connaissait Nyquist, celui-ci lui avait repassé de temps à autre les femmes dont il ne voulait plus, mais cela faisait des semaines qu'il n'avait couché avec personne, et il avait peur que son abstinence ne provoque une précipitation désastreuse. Mais non, l'alcool avait eu pour effet de refroidir juste assez son ardeur, et il put se contenir et la labourer solennellement et énergiquement, sans crainte de jouir trop vite.

Au moment où il commençait à réaliser que la rousse était trop ivre pour pouvoir jouir, Selig sentit une présence dans son crâne. Nyquist était en train de le sonder ! Cette démonstration de curiosité, ce voyeurisme semblait une étrange déviation pour un esprit aussi réservé que celui de Nyquist. Le voyeurisme, c'est *ma* spécialité, pensa Selig, et pendant un instant il fut si décontenancé à l'idée d'être observé pendant qu'il faisait l'amour qu'il commença à se ramollir. Par un effort conscient, il reconstitua ses moyens. Il ne faut pas y voir de signification profonde, se dit-il. Nyquist est entièrement amoral, il fait ce qui lui plaît, il jette un œil ici et là sans s'occuper de bienséance, et pourquoi devrais-je me laisser troubler ? Se ressaisissant, il affronta Nyquist en lançant une sonde à son tour. Nyquist l'accueillit aussitôt :

ÇA VA COMME TU VEUX, DAVEY ?

ÇA VA, TOM. ÇA VA TRÈS BIEN...

JE SUIS TOMBÉ SUR UN DRÔLE DE BOUDIN VISE UN PEU ÇA.

Selig enviait le froid détachement de Nyquist. Ni honte, ni culpabilité, ni blocage mental d'aucune sorte. Pas de trace de fierté exhibitionniste, ni de pâmoison de voyeur. Il lui paraissait tout à fait naturel de se livrer à de tels échanges. Selig, par contre, ne pouvait s'empêcher de se sentir troublé en regardant, les yeux fermés, Nyquist en train de s'activer sur la blonde, et de l'observer comme il était observé, formant dans son esprit l'écho de leurs copulations parallèles qui se réverbérait à l'infini de l'un à l'autre. Nyquist, s'arrêtant un moment pour détecter et isoler le sentiment de gêne de Selig, se moqua doucement de lui : tu crains qu'il n'y ait une espèce d'homosexualité latente dans ce que nous faisons, lui reprocha-t-il. Mais je crois que ce qui t'épouvante vraiment, c'est le contact, n'importe quelle forme de contact. Ce n'est pas vrai ? C'est faux, se défendit Selig, mais il avait senti le coup porter. Pendant encore cinq ou six minutes, ils assistèrent au spectacle de leurs esprits respectifs, jusqu'à ce que Nyquist décide que le moment était venu de jouir, et comme d'habitude les soubresauts tempétueux de son système nerveux expulsèrent Selig de sa conscience. Peu de temps après, fatigué de jouer du piston au-dessus de la petite rousse suante et trémoussante, Selig s'abandonna à sa propre apothéose et s'écroula, frissonnant, épuisé.

Nyquist entra dans le living-room une demi-heure plus tard, accompagné de la blonde, tous les deux à poil. Il ne se donna pas la peine de frapper, ce qui surprit un peu la rousse. Selig ne pouvait pas lui expliquer comment Nyquist savait qu'ils avaient terminé. Nyquist mit un peu de musique et ils restèrent tranquillement assis, Selig et la rousse avec la bouteille de bourbon, Nyquist et la blonde avec celle de scotch. Peu avant l'aube, comme la neige s'apaisait un peu, Selig suggéra timidement de faire encore l'amour en changeant de partenaire. « Non, fit la rousse. Je suis crevée. J'ai envie de dormir. Une autre fois, d'accord ? » Elle ramassa ses habits à quatre pattes. Une fois à la porte, titubante, prenant congé d'une voix vaseuse, elle laissa échapper une petite phrase : « Je ne peux pas m'empêcher de penser qu'il y a quelque chose de particulier chez vous deux », dit-elle. *In vino veritas*. « Vous ne seriez pas un couple d'homosexuels, des fois ? »

## XVII

Je suis au point mort. Encalminé, statique, à l'ancre. Ou plutôt non, c'est un mensonge, ou bien si ce n'est pas un mensonge, il s'agit tout au moins d'une inexactitude bénigne, d'un groupe de métaphores erronées. Je reflue. Je reflue tout le temps. Ma marée est en train de baisser. Je me retrouve nu, vaseux, recouvert de mousses et d'algues brunes encore dégoulinantes et tendues vers le flot qui se retire. Des crabillons me parcourent en tous sens. Oui, je reflue, c'est-à-dire que je baisse, que je décline. Vous voulez savoir une chose, je me sens d'un calme étonnant maintenant. Bien sûr, mon humeur fluctue mais

Je me sens

On ne peut plus calme

En ce moment.

Voilà trois ans que j'ai commencé à me sentir décliner. Je crois que cela a commencé au printemps de 1974. Jusqu'alors, il avait marché sans à-coups, je veux parler du pouvoir, toujours présent quand j'en avais besoin, toujours sûr, accomplissant sa tâche coutumière, servant tous mes besoins malpropres. Et puis, un beau jour, sans prévenir, sans raison, il a commencé à s'éteindre. Petites coupures d'alimentation. Brefs accès d'impuissance psychique. J'associe ces événements au printemps précoce, avec ses traînées de neige noircie adhérant encore au bord des trottoirs, et ce ne pouvait pas être en 75, ni en 73 non plus, ce qui me conduit à situer le commencement vers la fin de l'année intermédiaire. J'étais peinardement installé dans la tête de quelqu'un, occupé à passer en revue des scandales supposément confortablement à l'abri, et subitement tout se brouillait et devenait incertain. Un peu comme de lire le *Times* et de voir le texte se transformer soudain en un délire joycéen d'une ligne à l'autre, de telle manière que le dernier compte rendu sec et linéaire des activités futiles de la Commission d'enquête présidentielle soit métamorphosé en une transcription brumeuse et incompréhensible des borborygmes du vieil Earwicker. À ces moments-là, j'étais saisi d'épouvante et je me retirais en hâte. Que feriez-vous si vous étiez persuadé d'être couché avec l'amour de votre vie et si vous vous réveilliez soudain pour vous apercevoir que vous baisez avec une étoile de mer ? Mais ces distorsions et ces périodes d'obscurité n'étaient pas ce qu'il y avait de pire. Le pire, je crois que c'étaient les inversions, les renversements complets des signaux. Comme de capter un message d'amour, alors que ce qui est transmis en réalité est un éclair de haine glacée. Ou vice versa. Quand il m'arrive une chose pareille, j'ai envie de cogner du poing sur les murs pour tester la réalité. De Judith un jour j'ai reçu des ondes très fortes de désir sexuel, des impulsions incestueuses qui m'ont coûté un bon dîner que je venais de faire en m'envoyant, courant, pris d'une soudaine envie de vomir, vers la cuvette des cabinets. Et tout cela pour une erreur, une mauvaise interprétation. C'étaient en réalité des flèches empoisonnées qu'elle me lançait, et je les avais prises pour des flèches de Cupidon, idiot que j'étais. Après cela, je connus des passages à vide, où la perception s'éteignait en plein contact, et encore après, des interférences, où deux esprits émettaient en même temps sans que je sois capable de les différencier. Pendant quelque temps, ma perception des nuances disparut, bien qu'elle soit revenue depuis, mais c'est un faux retour comme les autres. Il y eut aussi d'autres pertes, à peine discernables mais aux effets cumulatifs. Je me surprends maintenant à faire des listes de ce que je pouvais faire et que je ne peux plus accomplir maintenant. L'inventaire des dégâts. Comme un agonisant confiné dans son lit, incapable de bouger mais non d'observer, assistant au pillage de ses biens par toute sa famille. Aujourd'hui, c'est le poste de télé qui a disparu, et les éditions originales de Thackeray, et les petites cuillers, et maintenant ils emportent mes Piranèse, et demain ce sera les casseroles et les marmites, les stores vénitiens, mes cravates et mes pantalons, et la semaine prochaine ils me prendront sans doute mes orteils, mes intestins, mes cornées, mes testicules, mes poumons, mes narines. Qu'est-ce qu'ils vont faire avec mes narines ? J'essayais de lutter par de longues marches, des douches froides, du tennis, des doses massives de vitamine A et autres remèdes improbables. Plus récemment, j'ai expérimenté le jeûne et la pureté de pensée, mais résister me paraît maintenant inapproprié, et même blasphématoire. Je recherche aujourd'hui la résignation sereine, avec le succès que vous avez pu remarquer. Eschyle m'avertit de ne pas me rebeller contre les piquants du destin, et Euripide aussi, et Pindare également je pense. Si je cherchais dans le Nouveau Testament, j'y trouverais sans doute la même injonction, aussi j'obéis, je ne me rebelle pas, même quand les piquants font mal. J'accepte, je me soumets. Voyez-vous cette soumission grandir en moi ? Ne vous y trompez pas, je suis sincère. Ce matin, tout au moins, je suis bien engagé sur le chemin de la soumission, tandis que la lumière dorée de l'automne emplit ma chambre et met un baume sur mon âme meurtrie. Je pratique les techniques qui me rendront invulnérable à la connaissance que le pouvoir m'échappe. J'essaie de trouver la joie qui doit se cacher quelque part dans la conscience du déclin. Vieillissez avec moi ! Le meilleur est encore à venir, le crépuscule de la vie pour qui l'aube fut faite. Vous y croyez, vous ? Moi j'y crois. Je fais des progrès, j'arrive à croire à toutes sortes de choses. Parfois, je crois à six choses impossibles différentes avant le petit déjeuner. Sacré vieux Browning ! Comme il est rassurant :

*Accepte dans la joie chaque déconvenue*
*Qui rend amère la douceur de la terre,*
*Chaque coup d'aiguillon qui dit, ni debout ni assis, mais marche !*
*Que nos joies contiennent trois parts de douleur !*
*Endure, et ne fais pas cas de l'effort.*

Oui. Évidemment. Et que nos douleurs contiennent trois parts de joie, aurait-il pu ajouter. C'est vraiment la joie ce matin. Et il me quitte toujours. Il reflue. Je me vide par tous mes pores.

Le silence descend sur moi. Je ne parlerai plus à personne quand il sera parti. Et personne ne me parlera plus.

Je suis là penché sur la cuvette, pissant patiemment mon pouvoir. Évidemment, je ressens un peu de chagrin pour ce qui se produit. Je ressens des regrets, je ressens — pourquoi tourner autour du pot — de la colère et de la frustration et du désespoir, mais aussi, curieusement, de la honte. Mes joues sont en feu, mes yeux n'acceptent pas de rencontrer d'autres yeux, j'ai tellement honte que je ne puis faire face à mes mortels semblables, comme si quelque chose de précieux m'avait été confié et que je n'avais pas réussi à le garder. Il faut que je le dise au monde. J'ai gaspillé mon capital, j'ai dilapidé mon patrimoine, je l'ai laissé filer, partir, partir. J'ai fait banqueroute. J'ai déposé mon bilan. Peut-être que ça tient de famille, cet embarras au moment du désastre. Nous autres les Selig nous aimons proclamer au monde que nous sommes des gens ordonnés, capitaines de nos âmes, et quand quelque chose d'extérieur nous terrasse nous perdons contenance. Je me souviens de la fois où mes parents gardèrent peu de temps une voiture, une Chevrolet vert foncé, modèle 1948, achetée à un prix ridiculement bas en 1950. Nous roulions quelque part dans les faubourgs de Queens, peut-être pour accomplir notre pèlerinage annuel sur la tombe de ma grand-mère, lorsqu'une autre voiture émergea d'une impasse et nous heurta. Il y avait un *schvartze* au volant, visiblement ivre. Personne ne fut blessé, mais nous eûmes une aile salement amochée et la grille du radiateur tordue, avec le motif en T caractéristique du modèle 1948 complètement arraché. Bien que la collision ne fût aucunement de sa faute, mon père s'empourpra autant qu'il put, émettant un signal d'embarras fébrile, comme s'il voulait s'excuser devant l'univers d'avoir commis une faute aussi impardonnable que de laisser tamponner sa voiture. Et comme il s'excusa auprès de l'autre conducteur aussi, mon triste père ! Ça va bien, ça va bien, les accidents ça arrive, il ne faut pas vous mettre dans tous vos états pour ça, regardez, personne n'a rien ! Rega'dez ma bagnole, rega'dez ma bagnole, ne cessait de répéter l'autre, qui avait visiblement repéré le pigeon, et je craignais que mon père ne lui refile de l'argent pour les réparations, mais ma mère, qui avait eu la même idée, prit les devants en l'en empêchant. Une semaine plus tard, l'affaire le tarabustait toujours. Je fis une incursion dans son esprit pendant qu'il discutait avec un de ses amis, et je l'entendis prétendre que c'était ma mère qui conduisait, ce qui était absurde, car elle n'avait pas son permis. Je me sentis alors gêné pour lui. Et Judith également, plus tard, quand son mariage se brisa et qu'elle s'extirpa d'une situation impossible, ressentit une énorme peine devant le fait honteux que quelqu'un d'aussi efficace et résolu dans la vie que Judith Selig se fût fourvoyé dans un mariage boiteux destiné à finir misérablement devant le tribunal des divorces. Ego, ego, quand tu nous tiens. Et moi, le miraculeux télépathe, frappé d'un mystérieux déclin, je voulais me faire excuser pour ma négligence. J'ai mal placé mon pouvoir quelque part. Me pardonnerez-vous ?

*Pardonner, c'est bien ;*
*Oublier, c'est mieux !*
*Vivants, nous nous tracassons ;*
*Morts, nous vivons.*

Prenez une lettre imaginaire, Mr. Selig. Hum ! Miss Kitty Holstein, Quelque part Soixantième Rue et Quelque, New York City. Vous chercherez l'adresse plus tard. Ne vous occupez pas du code postal.

*Chère Kitty,*

*Je sais que tu n'as pas reçu de mes nouvelles depuis une éternité, mais je crois que le moment est venu pour moi de reprendre contact avec toi. Treize ans ont passé, et nous avons dû acquérir depuis une certaine maturité, capable je pense de guérir les anciennes blessures et de rendre possible la communication. Malgré tout le ressentiment qui a pu jadis exister entre nous, je n'ai jamais perdu mon affection pour toi et ton souvenir reste vivace dans mon esprit.*

*À propos de mon esprit, il y a une chose qu'il faut que je te dise. Je ne vois plus très bien les choses avec. Par « choses », j'entends la chose mentale, le truc télépathique, que bien sûr je ne pouvais exercer sur toi de toute façon, mais qui définissait et établissait mes relations envers le reste du monde. Ce pouvoir semble en train de me quitter graduellement à présent. Il nous a causé tellement de tort, tu te souviens ? C'est ce qui a finalement contribué le plus à nous séparer, comme j'essayais de l'expliquer dans la dernière lettre que je t'ai écrite, celle à laquelle tu n'as jamais répondu. D'ici un an environ — qui sait, peut-être six mois, un mois, une semaine ? — il ne m'en restera plus rien, et je ne serai plus qu'un être humain comme les autres, comme toi. Je ne serai plus un monstre. Peut-être qu'à ce moment-là il y aurait une possibilité de reprendre les relations interrompues en 1963, et de les rétablir sur des bases plus réalistes ?*

*Je sais que je me suis conduit de façon stupide à l'époque. Je t'ai poussée à bout sans pitié. J'ai refusé de t'accepter pour ce que tu étais. Je voulais faire de toi quelque chose de différent, quelque chose de monstrueux, quelque chose comme moi, en fait.*

*J'avais de bonnes raisons en théorie pour essayer de faire ce que je faisais, c'est du moins ce que je pensais, mais elles étaient toutes mauvaises, elles étaient nécessairement mauvaises, et cela, je ne l'ai compris que lorsqu'il était trop tard. Je te paraissais dominateur, opprimant, dictatorial — moi si timide, si effacé ! — parce que j'essayais de te transformer. Et j'ai fini par t'excéder. Naturellement, tu étais jeune alors, tu étais — te le dirai-je ? — superficielle, sans personnalité. Et tu m'as résisté. Mais maintenant que nous sommes tous deux adultes, nous devrions être capables d'essayer pour de bon.*

*Je ne sais pas au juste ce que sera ma vie en tant qu'être humain ordinaire incapable de lire dans la pensée des autres. En ce moment, je suis embarrassé, je suis à la recherche de définitions pour moi, de nouvelles structures. J'envisage sérieusement de me tourner vers l'Église Catholique Romaine* (Seigneur Dieu, c'est vrai, ça? Première nouvelle! L'odeur infecte de l'encens, les marmonnements des prêtres, c'est vraiment cela que je veux?). *Ou peut-être l'Épiscopale, je ne sais pas encore. Ce sera pour moi une façon de m'affilier au genre humain. Et je veux également connaître l'amour à nouveau. Je veux faire partie de quelqu'un d'autre. J'ai déjà commencé, timidement, progressivement, à rétablir des liens avec ma sœur Judith, après toute une existence de guerre larvée. Nous avons pour la première fois une signification l'un pour l'autre, et c'est encourageant pour moi. Mais j'ai besoin de davantage : une femme à aimer, pas seulement sexuellement, mais de toutes les manières à la fois. Je n'ai connu cela que deux fois dans ma vie jusqu'à présent, une fois avec toi, et une fois cinq ans plus tard environ, avec une fille appelée Toni, qui ne te ressemblait pas beaucoup. Et les deux fois, c'est ce fichu pouvoir qui a tout gâché, soit parce qu'il m'éloignait, soit parce qu'il me faisait approcher de trop près. Maintenant que le pouvoir est en train de me glisser des doigts, maintenant qu'il est en train de mourir, il y a peut-être une chance pour que des relations humaines normales s'établissent enfin entre nous, telles que les gens ordinaires en ont tout le temps. Car je serai une personne ordinaire. Une personne très, très ordinaire.*

*Je me demande ce que tu es devenue. Tu dois avoir trente-cinq ans, maintenant. Ça me paraît très vieux, bien que j'en aie quarante et un. (Quarante et un, ça ne fait pas vieux, je ne sais pas pourquoi !) Mais je pense toujours à toi comme si tu avais vingt-deux ans. Tu paraissais encore plus jeune que ça . ensoleillée, ouverte, naïve. Bien sûr, ce n'était que l'image que je me faisais de toi sur des critères entièrement extérieurs. Je ne pouvais pas faire mon numéro habituel sur ta psyché, et donc je fabriquais une Kitty de toutes pièces qui n'avait probablement pas grand-chose à voir avec la vraie Kitty. Quoi qu'il en soit, te voilà maintenant âgée de trente-cinq ans. J'imagine que tu ne les parais pas aujourd'hui. T'es-tu mariée ? Bien sûr. Mariage heureux ? Beaucoup d'enfants ? Es-tu restée mariée ? Quel est ton nouveau nom, et où habites-tu ? Où puis-je te trouver ? Si tu es mariée, pourras-tu me voir quand même ? Je ne sais pas pourquoi, je n'ai pas l'impres-*

*sion que tu ferais une épouse tout à fait fidèle — tu te sens insultée ? — aussi, il devrait y avoir une petite place dans ta vie pour moi, en tant qu'ami, en tant qu'amant. Vois-tu quelquefois Tom Nyquist ? As-tu continué à le fréquenter longtemps lorsque toi et moi nous avons rompu ? M'en as-tu beaucoup voulu pour les choses que je te racontais sur lui dans cette lettre ? Si ton mariage s'est brisé, ou bien si jamais tu ne t'étais pas mariée du tout, accepterais-tu de vivre avec moi ? Pas comme épouse, pas encore, mais simplement comme compagne. Pour m'aider à franchir les dernières étapes de ce qui est en train de m'arriver. J'ai tellement besoin qu'on m'aide. J'ai tellement besoin qu'on m'aime. Je sais que c'est une foutue façon de faire une proposition, une demande, même, que de dire : Aide-moi, console-moi, reste avec moi. Je préférerais être fort plutôt que faible pour te tendre les mains, mais il se trouve qu'en ce moment je suis faible. Il y a cette sphère de silence qui gonfle dans ma tête, qui grandit, qui grandit, qui emplit tout mon crâne, créant un grand espace vide. Je souffre d'une perte de réalité. Je ne vois que le bord des choses et non pas leur substance, et maintenant même le bord est en train de devenir indistinct. Oh, mon Dieu. J'ai besoin de toi, Kitty. Comment ferai-je pour te retrouver, Kitty ? Je te connais à peine. Kitty Kitty Kitty*

*Dzong.* L'accord plaintif. *Dzing.* La corde qui casse. *Dzoung.* La lyre désaccordée. *Dzong. Dzing. Dzoung.*

Chers enfants du Seigneur, mon sermon de ce matin sera très bref. Je voudrais seulement que vous méditiez et ruminiez la signification profonde et le mystère de quelques vers que j'ai l'intention d'emprunter au saint Thomas Eliot, guide avisé pour temps troublés. Mes frères, je vous renvoie à ses *Quatre Quatuors*, et à ce vers paradoxal : « À mon commencement est ma fin », qu'il amplifie quelques pages plus loin avec ce commentaire : « Ce que nous appelons le commencement est bien souvent la fin / Et faire une fin, c'est faire un commencement. » Certains d'entre nous sont en train de faire une fin en ce moment même, mes chers frères ; c'est-à-dire que certains aspects de leur vie, qui furent jadis au centre de leurs préoccupations, touchent maintenant à leur terme. Est-ce une fin, ou est-ce un commencement ? La fin d'une chose ne peut-elle pas être le commencement d'une autre ? J'en suis persuadé, mes frères. Je suis persuadé que la fermeture d'une porte n'exclut pas l'ouverture d'une autre. Bien sûr, il faut du courage pour franchir cette nouvelle porte quand on ne sait pas ce qu'il peut y avoir derrière, mais celui qui a foi en Notre Seigneur Jésus-Christ qui s'est sacrifié pour nous, celui qui fait confiance à notre Sauveur, n'a nul besoin de craindre. Notre existence est un pèlerinage vers Lui. Nous pouvons mourir de petites morts chaque jour, mais nous renaissons d'une mort à l'autre, jusqu'au moment final où nous plongeons dans les ténèbres, dans le vide spatial interstellaire où Il nous attend, et pourquoi en aurions-nous peur, s'Il est là ? Jusqu'à ce que le moment arrive, vivons notre vie sans nous laisser aller à la tentation de nous apitoyer sur nous-mêmes. Souvenons-nous toujours que le monde est encore plein de merveilles, qu'il y a toujours de nouvelles quêtes, que les fins apparentes ne sont pas des fins pour de bon mais seulement des transitions, des escales sur la route. Pourquoi pleurerions-nous ? Pourquoi nous laissons-nous aller au chagrin, même si nos vies sont des soustractions quotidiennes ? Si nous perdons *ceci*, pourquoi perdrions-nous aussi *cela* ? Si la vue s'éteint, l'amour s'éteint-il aussi ? Si les sens s'affaiblissent, ne pouvons-nous pas revenir à d'anciens sentiments, et en tirer un réconfort ? Une grande part de notre douleur n'est que confusion.

Soyez donc de bonne composition en ce jour du Seigneur, mes frères, et ne tendez pas des filets où vous-mêmes serez capturés. Ne vous abandonnez pas au péché de détresse sybarite, et ne bâtissez pas de fausses distinctions entre les fins et les commencements. Allez de l'avant, toujours vers de nouvelles extases, de nouvelles communions, de nouveaux mondes, et ne laissez aucune place dans votre âme à la crainte. Soumettez-vous à la Paix du Christ, et restez en attente de ce qui doit s'accomplir. Au nom du Père et du Fils et du Saint-Esprit, Amen.

Arrive maintenant un sombre équinoxe poussé par son propre élan. La lune délavée luit comme un vieux crâne misérable. Les feuilles s'étiolent et tombent. La flamme s'éteint. La colombe épuisée bat de l'aile et se pose. Les ténèbres s'étendent. Tout s'envole. Le sang pourpre circule avec peine dans les veines obstruées. Le froid oppresse le cœur forcé. L'âme dépérit. Même les pieds se dérobent. Les mots échouent. Nos guides avouent qu'ils sont perdus. Ce qui était opaque devient transparent. Les choses s'enfuient. Les couleurs passent. C'est un temps de grisaille, et je crains qu'il ne fasse encore plus gris les jours qui viennent. Locataires de la maison, pensées d'un cerveau desséché dans une saison desséchée.

# XVIII

Quand Toni eut quitté mon appartement de la 114e Rue, j'attendis deux jours avant de faire quoi que ce soit. J'escomptais qu'elle reviendrait quand elle serait calmée. Je pensais qu'elle appellerait, contrite, de chez un ami, pour me dire qu'elle regrettait d'avoir cédé à la panique, et qu'elle m'attendait si je voulais bien venir la chercher en taxi. Et puis, en ce temps-là, je n'étais pas tellement en mesure d'agir car je souffrais encore des contrecoups de mon trip indirect. J'avais l'impression que quelqu'un avait pris ma tête entre ses mains et l'avait tirée en tendant mon cou comme un élastique pour la lâcher ensuite avec un *chpok* qui faisait vibrer mon cerveau. Je passai ces deux jours au lit, sommeillant la plupart du temps, lisant de temps à autre et me précipitant comme un fou dans le hall chaque fois que le téléphone sonnait.

Mais elle ne revint pas, et elle ne téléphona pas. Le mardi qui suivit le trip à l'acide, je me mis à sa recherche. Je téléphonai d'abord à son bureau. J'eus Teddy au bout du fil, son patron, un type doux, posé, cultivé. Un peu efféminé. Non, elle n'était pas venue travailler cette semaine. Non, elle n'avait pas du tout donné de ses nouvelles. Était-ce urgent ? Est-ce que je voulais le numéro de téléphone de son domicile ? « J'appelle de son domicile, lui dis-je. Elle n'est pas ici, et j'ignore où elle est partie. C'est David Selig, Teddy. — Oh », fit-il. D'une voix très douce, pleine de compassion. « Oh. » Et je lui demandai : « Si jamais elle passait, pourriez-vous lui dire que je veux la voir ? » Puis je me mis à appeler toutes ses amies, celles du moins dont je réussis à trouver le numéro de téléphone : Alice, Doris, Helen, Pam, Grace. La plupart d'entre elles, je ne l'ignorais pas, ne pouvaient pas me voir. Nul besoin d'être télépathe pour deviner ça. Elles pensaient que Toni gâchait son temps avec moi, qui étais sans carrière, sans avenir ni argent ni ambition ni talent ni physique. Toutes les cinq me répondirent qu'elles ne l'avaient pas vue. Doris, Helen et Pam avaient une voix sincère. Les deux autres, me sembla-t-il, avaient menti. Je pris un taxi jusqu'à l'endroit où habitait Alice au Village, et je lançai une sonde, *vroum* ! jusqu'au neuvième étage dans sa pensée. J'appris sur Alice des tas de choses que je n'avais nulle envie de savoir, mais je ne trouvai pas où se cachait Toni. J'avais honte de jouer au voyeur, et je renonçai à sonder l'esprit de Grace. Au lieu de cela, j'appelai mon employeur, l'écrivain dont Toni éditait le livre, et lui demandai si par hasard il l'avait vue. Pas depuis des semaines, me répondit-il, de glace. L'impasse était complète.

Je me morfondis tout le mercredi, ne sachant pas quoi faire, puis finalement, la mort dans l'âme, je décidai d'appeler la police. Je donnai à un sergent qui s'en fichait complètement le signalement complet de Toni · grande, mince, longs cheveux bruns, yeux bruns. Pas de cadavre découvert à Central Park dernièrement ? Dans les poubelles du subway ? Dans les sous-sols des immeubles d'Amsterdam Avenue ? Non, non, non. Écoutez, mon vieux, si nous entendons parler de quelque chose, nous vous avertirons, mais votre affaire ne me paraît pas bien sérieuse. Autant pour la police. Agité, nerveux, horriblement tendu, j'allai au Great Shanghai m'asseoir devant un repas que je touchai à peine. De la bonne nourriture perdue. (Il y a des enfants qui meurent de faim en Europe, Duv. Mange, mange.) Après cela, contemplant les tristes restes éparpillés de mes crevettes sautées au riz et me sentant sombrer dans la mélancolie, je fis un levage facile d'une manière que j'ai toujours méprisée. Je sondai les filles seules assises dans le grand restaurant, et il y en avait des tas, à la recherche de celle qui était solitaire, frustrée, vulnérable, sexuellement tolérante, et d'une manière générale qui avait besoin d'un solide raffermissement de son ego. Ce n'est pas sorcier de lever une fille si vous possédez un moyen sûr de dire laquelle est disponible, mais ce n'est pas tellement du sport. Ce poisson tout ferré était une dame mariée passablement jolie de vingt-cinq, vingt-six ans, dont le mari, assistant à Columbia, s'intéressait de toute évidence davantage à sa thèse de doctorat qu'à elle. Il passait toutes ses nuits enfermé parmi les alignements de volumes de la

Butler Library à faire ses recherches, et rentrait tard, les jambes en coton, irritable et généralement impuissant. Je la conduisis chez moi. Je fus incapable de triquer aussi. Ça la tracassa, elle se sentait rejetée. Nous passâmes deux heures tendues à écouter l'histoire de sa vie. Finalement, je réussis à la tringler, et je jouis presque instantanément. Ce n'était pas mon heure de gloire. Quand je rentrai chez moi après l'avoir raccompagnée — au coin de la 110e Rue et de Riverside Drive — le téléphone était en train de sonner. C'était Pam. « J'ai des nouvelles de Toni », m'annonça-t-elle, et brusquement je me sentis débordant de culpabilité honteuse pour ma piètre infidélité consolatrice. « Elle est chez Bob Larkin, dans la 83e Rue. »

Jalousie. Désespoir. Humiliation. Souffrance.

« Bob qui ?

— Larkin. C'est ce décorateur plein aux as dont elle parle tout le temps.

— Pas à moi.

— Un des plus anciens amis de Toni. Ils étaient très intimes. Je crois qu'ils sortaient déjà ensemble quand elle était au lycée. » Un long silence. Puis elle éclata d'un rire gai : « Ne fais pas cette tête-là, David ! C'est un pédé ! Il lui sert seulement de père-confesseur. Elle va le trouver quand elle a des ennuis.

— Je vois.

— Vous avez rompu tous les deux, non ?

— Je ne sais pas. Je crois que oui. Je ne suis pas sûr.

— Est-ce que je peux faire quelque chose ? »

Ceci venant de Pam, dont j'avais toujours cru qu'elle me considérait comme exerçant une influence pernicieuse sur Toni, et qu'elle lui conseillait de me quitter.

« Donne-moi juste son numéro de téléphone », lui dis-je.

J'appelai. Le téléphone sonna, sonna, sonna. Finalement, ce fut Bob Larkin qui décrocha. C'était bien un pédé, sans l'ombre d'un doute. Petite voix de ténor, complète avec le cheveu sur la langue, pas très différente de celle du Teddy du boulot. Qui leur apprend à parler avec cet accent de tantouze ? Je demandai : « Est-ce que Toni est là ? » Réponse prudente : « C'est de la part de qui, je vous prie ? » Je lui dis qui j'étais. Il me demanda d'attendre, et une minute ou deux s'écoulèrent tandis qu'il conférait avec elle, la main sur le combiné. Finalement, il me déclara que Toni était là, oui, mais qu'elle était très fatiguée et qu'elle se reposait. Elle ne désirait pas me parler maintenant. « C'est urgent, insistai-je. Dites-lui que c'est très urgent. » Nouvelles palabres étouffées. Même réponse. Il me suggéra vaguement de rappeler dans deux ou trois jours. Je me mis à gémir, prier, supplier. Au milieu de cette peu héroïque démonstration, le téléphone changea brusquement de mains et Toni me parla :

« Pourquoi appelles-tu ?

— Tu le sais très bien. Je veux que tu reviennes.

— Je ne peux pas. »

Elle ne disait pas : je ne veux pas, elle disait : je ne peux pas.

« Peux-tu me dire pourquoi ? demandai-je.

— Pas vraiment.

— Tu n'as même pas laissé un mot. Pas une explication. Tu t'es enfuie comme ça.

— Pardonne-moi, David.

— C'est quelque chose que tu as vu en moi pendant que tu trippais, c'est ça ?

— Ne parlons pas de ça, David. C'est fini, maintenant.

— Je ne veux pas que ce soit fini.

— Moi, si. »

*Moi, si.* C'était comme le bruit d'un grand portail qui se refermait à mon nez. Mais je n'allais pas la laisser refermer le verrou. Pas encore. Je lui dis qu'elle avait oublié quelques-unes de ses affaires chez moi, des livres, des vêtements. Un mensonge : elle avait tout emporté. Mais je sais être persuasif quand je n'ai pas d'autre ressource, et elle finit par se laisser persuader que c'était vrai. Je proposai de les lui amener sur-le-champ. Elle ne voulait pas que je vienne. Elle préférait ne plus jamais me revoir, me dit-elle. C'était moins pénible pour tout le monde, de cette façon. Mais sa voix manquait de conviction ; elle était plus haut perchée et beaucoup plus nasale que quand elle parlait avec sincérité. Je savais qu'elle m'aimait encore, plus ou moins ; même après un incendie de forêt, certaines souches demeurent en vie et donnent naissance à de nouvelles pousses. C'est ce que je me disais. Idiot que j'étais. De toute manière, elle ne pouvait me rembarrer comme ça. De même qu'elle n'avait pas pu s'empêcher de prendre l'écouteur, elle se trouvait maintenant dans l'impossibilité de me refuser de la voir. En la mitraillant de paroles, je réussis à la faire céder. D'accord, fit-elle. Tu peux venir. Tu peux venir, mais je t'avertis que tu perds ton temps.

Il n'était pas loin de minuit. L'atmosphère avait une moiteur d'été, comme si l'orage était sur le point d'éclater. Aucune étoile n'était visible. Je me hâtai, oppressé par les vapeurs de la cité humide et les humeurs bilieuses de mon amour détruit, vers l'appartement de Larkin, qui se trouvait au dix-neuvième étage d'une immense tour blanche qui surplombait York Avenue. Lorsqu'il m'ouvrit la porte, il me lança un doux regard compatissant, comme pour me dire : Pauvre vieux, tu es blessé, sanglant, et maintenant tu vas recevoir le coup de grâce. Il avait une trentaine d'années, et c'était un homme trapu au visage de petit garçon et aux longs cheveux blonds bouclés et indisciplinés. Son sourire, qui laissait entrevoir de larges dents irrégulières, irradiait la bonté et la sympathie. Je comprenais pourquoi Toni se réfugiait chez lui en des moments pareils. « Elle est dans le living, me dit-il. Sur la gauche. »

C'était un appartement immense, impeccable, au décor presque monstrueux, avec des taches de lumière multicolores dansant sur les murs, des statuettes précolombiennes exposées dans des armoires vitrées illuminées, des masques africains baroques, un mobilier en acier chromé — le genre d'appartement impossible qu'on voit photographié dans la section magazine du *Sunday Times*. Le living-room était le morceau de résistance du spectacle. C'était une vaste pièce aux murs blancs et à la longue baie vitrée incurvée qui révélait les splendeurs de Queens de l'autre côté d'East River. Toni était assise à l'extrémité opposée, près de la baie vitrée, sur un canapé angulaire bleu marine strié d'or. Elle portait de vieux habits sans grâce qui juraient furieusement avec toute la splendeur qui l'entourait : un sweater rouge mangé par les mites et que je détestais, une jupe noire qui lui allait comme un sac et des collants noirs. Elle était affalée sur le dos, appuyée sur un coude, les jambes maladroitement disposées dans le prolongement de son corps. C'était une position qui faisait saillir ses os et la rendait disgracieuse. Une cigarette pendait entre ses doigts, et il y avait un monceau de mégots dans le cendrier posé à côté d'elle. Ses yeux étaient sinistres. Sa longue chevelure était en désordre. Elle ne fit pas un mouvement quand je m'avançai vers elle. Une telle aura d'hostilité émanait d'elle que je m'arrêtai à vingt pas.

« Quelles affaires m'amènes-tu ? me demanda-t-elle.

— Aucune. C'était juste un prétexte pour te voir.

— Je m'en doutais.

— Qu'est-ce qu'il y a eu, Toni ?

— Ne me le demande pas. Ne me le demande pas, je t'en prie. » Sa voix était passée à un registre plus grave, un contralto amer et sombre. « Tu n'aurais pas dû insister pour venir.

— Si tu voulais me dire ce que je t'ai fait…

— Tu as voulu me faire du mal, dit-elle. Tu as

essayé de me faire rater mon trip. » Elle écrasa sa cigarette, et en alluma aussitôt une autre. Ses yeux, sombres et cernés, refusaient de rencontrer les miens. « J'ai compris finalement que tu étais mon ennemi, et qu'il fallait que je t'échappe. Alors, j'ai fait mes valises et je suis partie.

— Ton ennemi ? Tu sais bien que ce n'est pas vrai.

— C'est étrange, dit-elle. Je n'ai pas compris ce qui s'est passé. J'ai parlé à des gens qui ont pris plusieurs fois du L.S.D., et ils ne comprennent pas non plus. C'était comme si nos deux esprits étaient reliés, David. Comme si un canal télépathique s'était ouvert entre nous. Et toutes sortes de choses se déversaient de toi à moi. Des choses haïssables. Des choses vénéneuses. Je pensais tes pensées. Je me voyais telle que tu me voyais. Tu te souviens, quand tu m'as dit que tu trippais aussi, bien que tu n'aies pas pris d'acide ? Et ensuite, tu as ajouté une chose, tu as dit que tu lisais dans mon esprit. C'est cela qui m'a épouvantée. Cette manière dont nos esprits semblaient se fondre ensemble, se superposer. Devenir un seul. Je n'aurais jamais cru que l'acide pouvait faire ça aux gens. »

C'était l'occasion ou jamais de lui dire que ce n'était pas seulement l'acide, que ce n'était pas une illusion due à la drogue, que ce qu'elle avait ressenti était l'effet d'un pouvoir spécial que j'avais reçu à la naissance, un don, une malédiction, une monstruosité de la nature. Mais les mots se figèrent avant d'arriver à mes lèvres. Ils me paraissaient insensés. Comment avoue-t-on une chose pareille ?

Je laissai passer l'occasion. Je me contentai de dire d'un air misérable : « D'accord, ç'a été une drôle d'expérience pour chacun de nous. Nous avons un peu perdu la tête. Mais le trip est fini maintenant. Tu n'es plus obligée d'avoir peur de moi, Toni. Reviens !

— Non.

— Dans quelques jours, alors ?

— Non.

— Je ne comprends pas.

— Tout est changé, dit-elle. Je ne pourrais plus jamais vivre avec toi. Tu me fais trop peur. Le trip est fini, mais quand je te regarde je vois des démons. Je vois une sorte de créature à moitié homme, à moitié chauve-souris, avec de grandes ailes froides et de longs crocs jaunes et… Oh, mon Dieu ! Je ne peux rien y faire, David. J'ai *encore* l'impression que nos cerveaux sont reliés. Que tu m'envoies des choses dans la tête. Je n'aurais jamais dû toucher à l'acide. » Machinalement, elle écrasa sa cigarette et en sortit une autre. « Je ne peux plus supporter ta simple présence. Je voudrais que tu t'en ailles. Je t'en prie, David, je t'en prie, pardonne-moi ! »

Je n'osais pas jeter un coup de sonde dans son esprit. J'avais peur d'y trouver quelque chose qui m'assaillirait et m'anéantirait. Mais à cette époque-là mon pouvoir était encore si puissant que je ne pouvais m'empêcher de capter, volontairement ou non, des radiations mentales générales de tous ceux que j'approchais. Ce qui me parvenait en ce moment de l'esprit de Toni confirmait ce qu'elle me disait. Elle n'avait pas cessé de m'aimer, mais l'acide, bien qu'il fût lysergique et non sulfurique, avait exercé son action corrosive sur nos relations en creusant ce terrible canal entre nous. C'était une torture pour elle que de se trouver dans la même pièce que moi. Il n'y avait rien que je puisse faire contre ça. J'envisageai diverses stratégies, je recherchai des angles d'approche, des manières de la raisonner, de la guérir par de douces paroles, mais c'était sans espoir. Il n'y avait rien à faire. J'imaginai une douzaine de dialogues avec elle, et ils finissaient tous de la même façon, elle me suppliait de sortir de sa vie. C'était fini, cette fois. Pour de bon. Elle restait là, pratiquement immobile, prostrée, le visage sombre, la bouche crispée de douleur, son sourire si gai disparu. Elle paraissait avoir vieilli de vingt ans. Sa beauté étrange, exotique, de princesse du désert, l'avait entièrement abandonnée. Soudain, elle était devenue plus réelle pour moi, dans son linceul de douleur, qu'elle ne l'avait jamais été. Embrasée de souffrance, foisonnante d'angoisse. Et aucun moyen de l'atteindre. « D'accord, lui dis-je tranquillement. Je suis désolé. » C'est fini, comme ça, sans avertissement. La balle siffle dans les airs, la grenade traîtreusement roule dans la tente, l'enclume tombe d'un ciel placide. Fini. De nouveau seul. Et pas même de larmes. Pleurer ? Que pleurerais-je ?

Bob Larkin était discrètement resté à l'écart, dans le long vestibule tapissé d'illusions d'optique en noir et blanc. De nouveau, le sourire peiné apparut sur son visage quand je ressortis.

« Merci de m'avoir permis de vous déranger à cette heure indue, murmurai-je.

— Vous ne m'avez pas dérangé. Je regrette, pour Toni et vous. »

Je hochai la tête : « Moi aussi. »

Nous nous regardâmes, hésitants, un instant, puis il fit un pas vers moi, m'enfonçant ses doigts dans le gras du bras, histoire de me dire : courage, il faut prendre les choses comme elles sont, se ressaisir. Il était si grand ouvert que mon esprit pénétra le sien sans le vouloir, et je vis tout, étalé devant moi : sa bonté, sa gentillesse, son chagrin sincère. Une image monta vers moi, un souvenir aigu et encapsulé : Toni sanglotante, brisée, avec lui la nuit dernière, allongés nus dans son lit circulaire à la mode, la tête de Toni au creux de sa poitrine musclée et velue, ses mains à lui caressant le globe pâle de ses seins lourds. Le corps de Toni frémissant de besoin, et la virilité récalcitrante de Larkin essayant de lui apporter la consolation du sexe. Son caractère de douceur se faisant violence, il était envahi de pitié et d'amour pour elle, mais dérouté par sa féminité étrangère, ces seins, cette fente, ce corps lisse. Ne te crois pas obligé, Bob, répétait-elle. Ne te crois vraiment pas obligé. Mais il lui disait qu'il en avait envie, qu'il était temps qu'ils fassent ça ensemble, depuis tout le temps qu'ils se connaissaient. Ça te remontera un peu, Toni, et puis il faut bien un peu de variété, n'est-ce pas ? Son cœur s'élance vers elle, mais son corps résiste, et quand ils font finalement l'amour, c'est quelque chose de précipité, pathétique, maladroit, le frottement de deux corps réticents qui s'achève par des larmes, des frémissements, des détresses partagées, et finalement des rires, la défaite de la douleur. Il couvre ses larmes de baisers. Elle le remercie gravement de ses efforts. Ils s'endorment comme des enfants, côte à côte. Comme c'est tendre. Comme c'est civilisé. Ma pauvre Toni. Adieu. Adieu. « Je suis heureux qu'elle soit venue vers vous », lui dis-je. Il me raccompagna jusqu'à l'ascenseur. Que pleurerais-je ? « Si jamais ça lui passe, je veillerai à ce qu'elle vous appelle », me dit-il. Je lui serrai le bras comme il avait serré le mien, et je le gratifiai du plus beau sourire de mon répertoire. Adieu.

# XIX

C'est mon antre. Au onzième étage de l'Ensemble résidentiel de Marble Hill, à l'intersection de Broadway et de la 228e Rue. Primitivement, c'était un immeuble municipal à loyer modéré. Aujourd'hui, c'est un dépotoir urbain pour les sans-classe et les déracinés. Deux pièces plus salle de bains, kitchenette, vestibule. Il fut un temps où on ne pouvait obtenir un appartement ici que si on était marié et si on avait des enfants. Aujourd'hui, quelques célibataires ont réussi à s'y glisser en tant que sans-ressources. Les choses changent à mesure que la cité pourrit. Les règlements s'effondrent. La majorité de l'immeuble est d'origine portoricaine, avec quelques rares Irlandais et Italiens. Dans ce repaire de papistes, un David Selig est une grande anomalie. Parfois, il pense qu'il devrait donner à ses voisins, pour ne pas être en reste, une bonne et sonore interprétation quotidienne du *Chema Israël*, mais il ne connaît pas les paroles. Du *Kol Nidre*, peut-être. Ou du *Kaddisch*. C'est le pain de l'affliction que nos ancêtres mangeaient en terre d'Égypte. Heu reusement que nous avons été conduits dans la Terre Promise.

Voulez-vous faire une visite guidée dans l'antre de David ? Très bien. Par ici siouplaît. Vous êtes priés de ne toucher à rien et de ne pas parquer votre chewing-gum derrière les meubles. L'homme sensible, intelligent, aimable, névrosé, qui va vous servir de guide n'est nul autre que David Selig soi-même. Les pourboires ne sont pas autorisés. Bienvenue, bonnes gens, bienvenue dans mon humble demeure. Nous commencerons notre visite par la salle de bains. Voyez, ça c'est la baignoire — cette tache jaune dans l'émail était déjà là quand il a emménagé — et ça c'est la cuvette des chiottes, et ça l'armoire à pharmacie. Selig passe une grande partie de son temps ici. C'est une pièce fondamentale pour la compréhension profonde de son existence. Par exemple, il prend parfois deux ou trois douches par jour. De quoi, allez-vous demander, essaie-t-il de se laver ? Ne touche pas à cette brosse à dents, fiston. Très bien, suivez-moi. Vous voyez ces posters dans le vestibule ? Ce sont des productions de 1960. Celui-ci montre le poète Allen Ginsberg dans le costume de l'Oncle Sam. Celui-là est la grossière vulgarisation d'un subtil paradoxe topologique inventé par le graveur d'estampes hollandais M. C. Escher. Celui-là montre un jeune couple nu en train de faire l'amour dans les vagues du Pacifique. Il y a huit ou dix ans, des centaines de milliers de jeunes gens décoraient leur chambre avec des posters comme ceux-là. Selig, bien qu'il ne fût pas particulièrement jeune, même à l'époque, faisait comme eux. Il lui est souvent arrivé de suivre les modes et les tendances du moment, dans un effort pour s'intégrer plus fermement aux structures de l'existence contemporaine. Je suppose que ces posters ont beaucoup de valeur aujourd'hui ; il les emporte avec lui d'un meublé sordide à l'autre.

Cette pièce, c'est la chambre à coucher. Sombre, exiguë, avec le plafond bas typique des constructions municipales d'il y a une génération. Je laisse la fenêtre fermée tout le temps pour que le bruit du métro aérien qui fonce dans le ciel adjacent jusqu'aux petites heures du matin ne me réveille pas. C'est déjà suffisamment difficile de trouver le sommeil, même quand tout est tranquille autour de vous. Ici, c'est le lit, où il fait des rêves agités et où à l'occasion, même maintenant, il lit involontairement dans l'esprit de ses voisins et incorpore leurs pensées à ses propres fantasmes. Sur ce lit, il a copulé avec une quinzaine de femmes, une ou deux fois, et rarement trois, avec chacune, depuis deux ans et demi qu'il a établi sa résidence ici. Ne prenez pas cet air offusqué, madame ! Le sexe est un aspect normal du comportement humain, et représente une part essentielle de l'existence de Selig, même maintenant qu'il commence à se faire vieux ! Il sera peut-être encore plus essentiel dans les années à venir, car c'est après tout un moyen d'établir une communication avec d'autres êtres humains, vu que certains autres moyens semblent sur le point de lui faire défaut. Qui sont ces filles ? Certaines sont des femmes bien avancées sur le chemin de la vie. Il exerce son charme sur elles à sa manière embarrassée, et les persuade de partager avec lui une heure de plaisir. Il les invite rarement à revenir, et celles qu'il invite refusent la plupart du temps, mais ça ne fait rien. Ses besoins sont satisfaits. Qu'est-ce que vous dites ? Quinze filles en deux ans et demi, ce n'est pas tellement pour un célibataire ? Et qui êtes-vous pour me juger ? Pour sa part, il trouve cela amplement suffisant, je vous assure. Ne vous asseyez pas sur son lit, je vous prie. Il est vieux, acheté d'occasion dans un entrepôt de brocante que tient l'Armée du Salut à Harlem. Je l'ai eu pour quelques dollars quand j'ai déménagé de mon dernier appartement, un studio meublé de St. Nicholas Avenue, et que j'ai eu besoin de me meubler. Quelques années avant, vers 1971, 1972, j'avais un *waterbed*, autre exemple de mon faible pour les modes passagères, mais je n'ai jamais pu m'habituer au bruit de succion que faisait le va-et-vient de l'eau. Finalement, je l'ai donné à une jeune fille à la coule qui aimait bien ça. Qu'est-ce qu'il y a d'autre dans cette chambre ? Peu de choses dignes d'intérêt, je le crains. Une commode contenant des vêtements ordinaires. Une paire de pantoufles usées. Un miroir fêlé : êtes-vous superstitieux ? Une bibliothèque bancale pleine à craquer de vieilles revues qu'il ne regardera plus jamais. *Partisan Review*, *Evergreen*, *Paris Review*, *New York Review of Books*, *Encounter*, une montagne de trucs littéraires au goût du jour, plus quelques bulletins de psychanalyse et de psychiatrie que David lit sporadiquement dans l'espoir d'améliorer sa connaissance de soi. Habituellement, il finit par les rejeter de déception et d'ennui. Mais sortons d'ici. Cette chambre doit vous déprimer. Nous passons par la kitchenette — cuisinière à quatre feux, réfrigérateur moyen, table en formica — où il confectionne ses petits déjeuners et ses déjeuners modestes (pour dîner, il sort généralement) et nous entrons dans le saint des saints, le bureau-living-room en forme de L, aux murs bleus et au fouillis indescriptible.

Vous pouvez observer ici la pleine mesure du développement intellectuel de David Selig. Ici, sa collection de disques, une centaine d'albums passablement usés, certains achetés depuis 1951. (Disques monos archaïques !) Presque uniquement de la musique classique, à part deux notes discordantes : cinq ou six disques de jazz datant de 1959, et cinq ou six disques de rock datant de 1969, les deux séries représentant un vague effort sans suite pour étendre le champ de ses goûts musicaux. Autrement, vous ne trouverez ici que des trucs austères, épineux, inaccessibles : Schoenberg, le Beethoven dernière période, Mahler, Berg, les quatuors de Bartók et les passacailles de Bach. Rien que vous puissiez siffloter après une seule audition. Il n'est pas particulièrement ferré en musique, mais il sait ce qu'il aime ; cela ne vous intéresserait pas beaucoup.

Là, ce sont ses livres, accumulés depuis l'âge de dix ans, qu'il trimbale avec amour d'un déménagement à l'autre. Les strates archéologiques de ses lectures sont faciles à isoler et à examiner. Jules

Verne, H. G. Wells, Mark Twain, Dashiell Hammett au fond. Sabatini. Kipling. Sir Walter Scott. Van Loon, *L'Histoire de l'humanité*. Verrill, *Les Grands Conquérants de l'Amérique centrale et de l'Amérique du Sud*. Lectures du petit garçon sage, sérieux, réservé. Soudain, avec l'adolescence, un saut quantique : Orwell, Fitzgerald, Hemingway, Hardy, le Faulkner le plus accessible. Voyez ces *paperbacks* introuvables des années 40 et 50, dans des formats de toutes sortes, avec des couvertures de plastique laminé ! Voyez ce que vous pouviez acheter alors avec 25 *cents* ! Voyez les couvertures lascives, les caractères agressifs ! Ces livres de science-fiction datent de la même époque. Je les gobais tout crus, espérant trouver quelques indices sur la nature de mon pauvre moi disloqué dans les univers fantastiques de Bradbury, Heinlein, Asimov, Sturgeon, Clarke. Tenez, voici *Odd John*, de Stapledon, et *Hampdenshire Wonder* de Beresford ; et là, un livre qui s'appelle *Outsiders* : *Children of Wonder*, rempli d'histoires de supermouflets aux pouvoirs délirants. J'ai souligné des tas de passages dans ce dernier bouquin, en général à des endroits où je n'étais pas d'accord avec l'auteur. *Outsiders ?* Ces écrivains avaient beau être doués, c'étaient eux les outsiders, à vouloir imaginer des pouvoirs qu'ils n'avaient jamais eus. Et moi, qui voyais les choses d'en dedans, moi le juvénile détrousseur d'âmes (le livre est daté de 1954), j'aurais eu un mot ou deux à leur dire. Ils mettaient toute l'emphase sur l'angoisse d'être supranormal, et oubliaient l'extase. Bien que, si je me penche aujourd'hui sur le problème extase / angoisse, je sois bien obligé d'admettre qu'ils n'avaient pas tellement tort.

Remarquez comme les lectures de Selig deviennent plus aériennes à mesure que nous approchons des années d'université. Joyce, Proust, Mann, Eliot, Pound, la vieille hiérarchie d'avant-garde. Et la période française : Zola, Balzac, Montaigne, Céline, Rimbaud, Baudelaire. Le gros pavé de Dostoïevski occupe la moitié d'un rayon. Lawrence. Woolf. La période mystique : saint Augustin, saint Thomas d'Aquin, le *Tao-tö-king*, les *Upanishad*, le *Bhagavad-Gita*. La période psychologique : Freud, Jung, Adler, Reich, Reik. La période philosophique. La période marxiste. Tous ces Koestler. Retour à la littérature : Conrad, Forster, Beckett. On approche de la fracture des années 60 : Bellow, Pynchon, Malamud, Mailer, Burroughs, Barth. *Catch-22* et *The Politics of Experience*. Eh oui, mesdames et messieurs, vous êtes en présence d'un fin lettré !

Ici, nous avons ses dossiers. Une mine de papiers personnels qui n'attendent qu'un biographe encore inconnu. Bulletins trimestriels, toujours une mauvaise note en conduite. (« David manifeste peu d'intérêt pour son travail et perturbe fréquemment la classe. ») Cartes d'anniversaire laborieusement griffonnées à l'intention de son père et de sa mère. Vieilles photographies. Est-il possible que ce gros garçon aux taches de rousseur soit l'individu émacié qui se trouve devant vous ? Cet homme au front haut et au sourire forcé est le regretté Paul Selig, père de notre sujet, décédé (*olav hasholom !*) le 11 août 1971 de complications consécutives à une intervention chirurgicale sur un ulcère perforé. Cette femme aux cheveux gris et yeux hyperthyroïdiens est la regrettée Martha Selig, épouse de Paul, mère de David, décédée (*oy, veh, mama !*) le 15 mars 1973 d'une mystérieuse décrépitude interne, probablement d'origine cancéreuse. Cette sévère jeune fille au visage en lame de couteau est Judith Hannah Selig, enfant adoptive de P. et M., sœur haineuse de D. La date figure au dos de la photo : juillet 1963. Judith est donc dans sa dix-huitième année, au printemps de sa haine envers moi. Ce qu'elle peut ressembler à Toni sur cette photo ! Je n'avais jamais remarqué la ressemblance jusqu'ici, mais elles ont le même regard yéménite et sombre, les mêmes cheveux noirs. Sauf que les yeux de Toni étaient toujours emplis d'amour et de chaleur, excepté à la fin, tandis que ceux de Jude n'ont jamais recelé pour moi qu'une froideur glacée, plutonienne. Mais continuons l'examen des objets personnels de David Selig. Il y a une collection d'essais et de dissertations écrits au cours de ses années d'université. (« Carew est un poète raffiné et élégant dont l'œuvre reflète à la fois l'influence du classicisme précis de Johnson et celle du fantastique grotesque de Donne. La synthèse ne manque pas d'intérêt. Ses poèmes ont une construction nette et un langage clair. Dans un texte comme *Ask Me No More Where Jove Bestows*, il réussit à saisir à la perfection l'harmonie austère de Johnson, tandis que dans d'autres comme *Mediocrity in Love Rejec-*

*ted* ou *Ingrateful Beauty Threatened*, son esprit peut rivaliser avec celui de Donne. ») Heureusement pour D. Selig qu'il a conservé toutes ces foutaises littéraires : ces dernières années, ces devoirs sont devenus le capital qui lui permet de vivre, vous savez comment. Et que trouvons-nous d'autre dans ses archives ? Des doubles de lettres innombrables. Certaines étant des plus impersonnelles. *Cher Président Eisenhower. Cher Pape Jean. Cher secrétaire général Hammarskjöld.* Il fut un temps où il lançait de telles lettres aux quatre coins du globe. Effort louable unilatéral pour entrer en contact avec un monde sourd, tentative futile pour restaurer un ordre dans un univers visiblement en train de se précipiter cahin-caha vers un ultime destin thermodynamique. Voulez-vous que nous jetions un coup d'œil sur certains de ces documents ? *Vous dites, Gouverneur Rockefeller, qu'« avec la multiplication des armes nucléaires, notre sécurité dépend de la crédibilité de notre détermination d'avoir recours aux moyens de dissuasion dont nous disposons. Nous avons la lourde tâche, en tant que responsables publics et en tant que citoyens, de protéger la vie et la santé de notre peuple. Un relâchement dans notre effort de défense civile ne saurait avoir pour prétexte que la guerre nucléaire est une tragédie et que nous devons nous efforcer par tous les moyens honorables d'assurer la paix ». Permettez-moi de ne pas être d'accord. Votre programme de construction d'abris antiatomiques, Gouverneur, est un programme issu d'un cerveau moralement déficient. Détourner des ressources et de l'énergie de la recherche d'une paix durable en faveur de cette politique de l'autruche est à mon avis une action stupide et dangereuse que...* Le gouverneur, en guise de réponse, envoya ses compliments et un tiré à part du même discours que Selig attaquait. Que peut-on attendre de plus ? *Mr. Nixon, votre campagne entière repose sur la théorie que l'Amérique n'a jamais été aussi prospère que sous le Président Eisenhower, et donc il faut remettre ça pour quatre ans. Vous me faites penser à Faust s'écriant au moment qui passe : « Verweile doch, du bist so schön ! » (Suis-je trop littéraire pour vous, M. le Vice-Président ?) Souvenez-vous que c'est au moment où Faust prononce ces mots que Méphistophélès arrive pour prendre livraison de son âme. Croyez-vous honnêtement que cet instant de l'Histoire soit si doux qu'il faille arrêter les montres éternellement ? Écoutez la voix des Noirs du Mississippi. Écoutez les cris des enfants affamés des ouvriers que la récession républicaine a jetés au chômage. Écoutez... Chère Mrs. Hemingway, permettez-moi d'ajouter ma voix aux mille autres qui ont exprimé leur chagrin en apprenant la mort de votre mari. Le courage dont il a fait preuve face à une existence qui devenait invivable et intolérable est en vérité un exemple pour ceux d'entre nous qui... Cher Dr. Buber... Cher Professeur Toynbee... Cher Président Nehru... Cher Mr. Pound : Le monde civilisé tout entier se réjouit avec vous de la fin de cette cruelle et inhumaine réclusion qui... Cher Lord Russell... Cher Président Khrouchtchev... Cher M. Malraux... cher... cher... cher...* Une remarquable collection épistolaire, vous en conviendrez. Avec des réponses non moins remarquables. Voyez celle-ci qui dit : *Vous avez peut-être raison*, et cette autre qui dit : *Je vous suis reconnaissant de votre intérêt*, et celle-là : *Bien que nous soyons dans l'impossibilité matérielle de répondre à toutes les lettres reçues, nous vous prions de croire que vos réflexions seront examinées avec toute l'attention nécessaire.*

Malheureusement, nous n'avons pas les lettres imaginaires qu'il se dicte constamment à lui-même, mais qu'il n'envoie jamais. *Cher Mr. Kierkegaard, je suis entièrement d'accord avec votre jugement assimilant « l'absurde » au fait qu'« avec Dieu rien n'est impossible », et déclarant : « L'absurde n'est guère un des facteurs que l'on peut différencier dans le champ de la compréhension normale. Il n'est pas identique à l'improbable, à l'inattendu, à l'imprévu. » De par mon expérience personnelle de l'absurde... Cher Mr. Shakespeare, Comme vous avez raison quand vous dites : « L'amour n'est pas l'amour / Qui change quand il rencontre un changement / Ou répond à un pas en arrière par un pas en arrière. » Votre sonnet, cependant, élude la question : Si l'amour n'est pas l'amour, qu'est-ce donc que ce sentiment de rapprochement qui peut être de manière si absurde et inattendue détruit par un rien ? Si vous pouviez proposer quelque autre mode de relation existentielle avec les autres qui...* Comme elles sont éphémères, produites par des impulsions erratiques, et souvent incompréhensibles, nous ne possédons aucun moyen d'accès satisfaisant à ce genre de communications, que Selig produit au rythme d'une centaine par heure. *Cher Juge Holmes, Dans l'affaire Southern Pacific Co. / Jensen, 244 U.S. 205221 (1917), vous avez déclaré parmi vos attendus : « Je n'hésite pas à reconnaître que les juges légifèrent et doivent légiférer. Mais ils ne peuvent le faire que par interstice. Ils sont restreints à des mouvements qui vont du molaire au moléculaire. » Cette splendide métaphore ne m'est pas tout à fait claire, je dois l'avouer, et…*

Cher Mr. Selig,

L'état actuel du monde et de l'existence dans son ensemble est gravement altéré. Si j'étais un médecin et si l'on me demandait mon avis, je répondrais : « Créez le silence. »

Très sincèrement vôtre,

SÖREN KIERKEGAARD

(1813-1855)

Il y a aussi ces dossiers d'épais carton beige. Ils ne sont pas exposés à la vue du public car ils contiennent une correspondance d'un genre un peu plus personnel. Selon les termes de notre accord avec la Fondation David Selig, je ne suis pas autorisé à citer, mais rien ne m'empêche de paraphraser. Ce sont des lettres adressées aux filles qu'il a aimées ou voulu aimer, et parfois leurs réponses. La plus ancienne porte la date de 1950 et la mention en grosses lettres rouges :

JAMAIS ENVOYÉE. *Chère Beverly* en est l'introduction, et elle est pleine de métaphores sexuelles graphiques et embarrassantes. Qu'avez-vous à nous dire de cette Beverly, Selig ? Eh bien, qu'elle était petite de taille, mignonne et pleine de taches de rousseur, avec d'énormes avant-scènes et un caractère de miel. Elle était assise devant moi au cours de biologie, et elle avait une jumelle détestable nommée Estelle, qui fronçait tout le temps les sourcils et qui, par un étrange caprice génétique, était aussi plate que Beverly était plantureuse. Peut-être était-ce pour cela qu'elle fronçait tant les sourcils. Estelle m'aimait bien, à sa manière revêche, et je pense que finalement elle aurait accepté de coucher avec moi, ce qui aurait fait le plus grand bien à mon ego meurtri de 15 ans, mais je la méprisais. Elle m'apparaissait comme une imitation grossière et repoussante de Beverly, dont j'étais amoureux. Je me promenais sur la pointe des pieds dans l'esprit de Beverly pendant que la prof, Miss Mueller, nous infligeait son monologue sur les mitoses et les chromosomes. Beverly venait de se faire dépuceler par Victor Schlitz, le grand rouquin maigre aux yeux verts qui était assis à côté d'elle, et j'appris beaucoup d'elle sur le sexe, en un seul coup, avec un décalage horaire de douze heures, tandis qu'elle irradiait chaque matin son aventure de la nuit passée avec Victor. Je n'étais pas jaloux de lui. Il était beau et plein d'assurance, et il la méritait. J'étais trop timide pour m'envoyer quelque fille que ce soit, à l'époque, aussi je me contentai de suivre leur romance à distance et d'imaginer que je faisais avec Beverly les choses excitantes que Victor lui faisait, jusqu'à ce que je ne puisse plus tenir d'envie de la pénétrer à mon tour; mais mes explorations de son esprit m'apprenaient qu'à ses yeux je n'étais qu'une espèce de gnome amusant, un rigolo, un enfant. Comment arriver à mes fins? Je lui écrivis donc cette lettre où je lui exposais dans les moindres détails tout ce qu'elle avait fait avec Victor, et où je lui demandais : Tu voudrais bien savoir comment j'ai appris tout cela, hé, hé! Impliquant par là que j'étais une espèce de surhomme capable de pénétrer l'intimité de l'esprit d'une femme. Je m'imaginais que cela suffirait à la faire tomber dans mes bras avec un frisson de pâmoison épouvantée, mais en y réfléchissant bien, je compris qu'elle penserait que j'étais ou un fou ou un voyeur, et que dans les deux cas cela l'éloignerait encore plus de moi. Je mis donc la lettre de côté sans l'expédier. Ma mère la trouva un jour, mais elle n'osa pas m'en parler, tellement les questions sexuelles étaient un tabou pour elle. Elle se contenta de la remettre en place dans mes affaires. Cette nuit-là, je captai ses pensées et découvris qu'elle l'avait lue. Était-elle troublée, choquée? Elle l'était, oui, mais elle était surtout fière que son fils soit un homme enfin, et qu'il écrive des cochonneries à de belles jeunes filles. Mon fils le pornographe.

La plupart des lettres qui sont dans le dossier datent des années 1954 à 1968. La plus récente a été écrite à l'automne 1974, date après laquelle

Selig commença à se sentir de moins en moins relié au reste de l'humanité et cessa d'écrire de telles missives, excepté dans sa tête. Je ne sais combien de filles sont représentées ici, mais cela doit en faire quelques-unes. En général, c'étaient des aventures assez superficielles, car Selig, comme vous le savez, ne se maria jamais et ne connut guère de liaisons vraiment importantes. Comme dans le cas de Beverly, les femmes qu'il aima le plus n'eurent en fait aucune relation avec lui, mais il fut par contre capable de feindre d'éprouver de l'amour pour des filles qui étaient de simples passades. Il y eut des époques où il se servit délibérément de son don particulier pour exploiter sexuellement des femmes, particulièrement vers l'âge de vingt-cinq ans. Il n'est pas très fier de cette période. Vous voudriez bien lire ces lettres, bande de voyeurs ? Mais vous ne mettrez pas vos sales pattes dessus. Pourquoi vous ai-je invité à entrer ici, d'ailleurs ? Pourquoi vous ai-je laissé fourrer le nez dans mes bouquins et mes photos et ma vaisselle sale et ma baignoire souillée ? Ce doit être que mon sens de l'identité est en train de m'échapper. L'isolement m'étouffe. Les fenêtres sont closes, mais au moins j'ai entrouvert la porte. J'ai besoin que vous consolidiez mon emprise sur la réalité en contemplant ma vie, en en incorporant des parties à votre propre expérience, en vous apercevant que je suis réel, que j'existe, que je souffre, que j'ai un passé, sinon un avenir. Afin que vous puissiez vous en aller d'ici en disant : Oui, je connais David Selig, je le connais même très bien. Mais ça ne veut pas dire qu'il faut que je vous montre absolument tout. Hé, ça c'est une lettre adressée à Amy ! Amy, qui m'a soulagé de mon pucelage purulent au printemps 1953. Vous voudriez savoir comment c'est arrivé ? La première fois chez n'importe qui exerce une fascination irrésistible. Mais allez vous faire foutre. Je ne me sens pas d'humeur à discuter de ça maintenant. D'ailleurs, ce n'est pas terrible comme histoire. Je l'ai enfilée et j'ai relui, et elle pas. C'est tout ; et si vous voulez savoir le reste, qui elle était, comment je l'ai séduite, vous n'avez qu'à imaginer. Où est Amy maintenant ? Elle est morte. Qu'est-ce que vous dites de ça ? La première fille qu'il a baisée, et il l'a déjà enterrée. Elle est morte d'un accident d'auto à l'âge de vingt-trois ans et son mari, qui me connaissait vaguement, m'a téléphoné pour me prévenir car je faisais partie de ses anciens amis. Il était encore sous le choc parce que la police l'avait convoqué pour identifier le corps, et elle n'était vraiment pas belle à voir, toute mutilée, défigurée, écrabouillée. Quelque chose venu d'une autre planète, voilà à quoi elle ressemblait, me dit-il. Catapultée contre un arbre à travers le pare-brise. Je dis au mari : « Amy était la première fille avec qui j'aie couché », et il se mit à me consoler. Lui, me consoler, moi qui essayais seulement de faire du sadisme.

Le temps passe, comme toute chose. Amy est morte, et Beverly est sans doute une mère de famille respectable. Tenez, celle-ci est adressée à Jackie Newhouse. Je lui dis que je ne peux pas dormir tellement je pense à elle. Jackie Newhouse ? Qui c'est ? Ah ! oui. Un mètre cinquante-cinq, et une paire de nichons à déséquilibrer Marilyn Monroe. Douce. Conne. Lèvres retroussées, yeux bleus de bébé. Jackie n'avait rien pour elle à part sa poitrine, mais c'était tout ce que je demandais, avec mes dix-sept ans et ma fixation sur les nénés, Dieu sait pour quelle raison. Je l'aimais pour ses gros lolos, globulaires et agressifs dans les polos serrés qu'elle aimait porter. L'été 1952. Elle adorait Frank Sinatra et Perry Como, et elle avait FRANKIE écrit au rouge à lèvres sur la cuisse gauche de son blue-jean, et PERRY sur la droite. Elle était aussi amoureuse de son prof d'histoire, qui s'appelait, je crois, Léon Sissinger, Zippinger, ou quelque chose comme ça, et elle avait LEON également écrit sur ses jeans, d'une hanche à l'autre. Je l'avais embrassée deux fois, mais c'était tout, pas même ma langue dans sa bouche. Elle était encore plus timide que moi, et terrifiée à l'idée qu'une main mâle et sacrilège pourrait violer la pureté de ces puissants tétons. Je tournais autour d'elle, essayant de ne pas entrer dans sa tête de peur d'être déprimé par le vide que j'y trouverais. La fin de l'histoire ? Oui : son petit frère, Arnie, me racontait qu'il la voyait tout le temps à poil à la maison, et moi, avide de jeter un coup d'œil, même par personne interposée, sur ces fameux nichons, j'ai plongé sous son crâne pour voir comment ils étaient faits. Je n'avais jamais jusqu'alors réalisé l'importance d'un soutien-gorge. Sans entraves, ils pendaient jusqu'au milieu de son petit ventre rebondi. Deux gros morceaux de chair ballante parsemée de grosses veines bleues. Cela m'a guéri de ma fixation. Il y a si longtemps. C'est tellement irréel, maintenant. Jackie.

Tenez. Rincez-vous l'œil. Allez-y. Tous mes frénétiques débordements d'amour. Ils sont tous là. Lisez. Qu'est-ce que ça peut me faire ? Donna, Elsie, Magda, Mona, Sue, Loïs, Karen. Vous aviez cru que j'étais sexuellement privé ? Vous pensiez que mon adolescence boiteuse m'avait précipité à l'état de mâle incapable de se trouver des femmes ? Je me suis frayé un chemin entre leurs cuisses. Chère Connie, te souviens-tu de cette nuit volcanique ? Chère Chiquita, ton parfum flotte encore autour de moi. Chère Elaine, quand je me suis réveillé ce matin-là j'avais encore le goût de toi sur mes lèvres. Chère Kitty, je…

Seigneur. Kitty. *Chère Kitty, j'ai tant de choses à t'expliquer que je ne sais par quoi commencer. Tu n'as jamais su me comprendre, et je n'ai jamais su te comprendre. L'amour que je te portais devait fatalement nous jouer un mauvais tour, et c'est ce qui est arrivé. L'impossibilité de communiquer a joué à tous les niveaux de nos relations, et parce que tu étais différente de toutes les personnes que je connaissais, véritablement et qualitativement différente, j'ai fait de toi le centre de mes fantasmes au lieu de t'accepter comme tu étais et je n'ai eu de cesse de te marteler, marteler, marteler, jusqu'à ce que tu…* Oh, Seigneur. Là, ça fait trop de mal. Qu'est-ce qui vous prend de fourrer votre nez dans la correspondance des gens ? N'avez-vous aucune pudeur ? Je ne peux pas vous montrer ça. La visite est terminée. Tout le monde dehors. Dehors ! Pour l'amour du ciel, *sortez-moi d'ici* !

# XX

Il y avait constamment le danger d'être découvert. Il savait qu'il fallait se tenir tout le temps sur ses gardes. C'était une époque de chasse aux sorcières, où tous ceux qui s'écartaient des normes de la communauté étaient traqués sans pitié et jetés au bûcher. Les espions étaient partout, épiant les secrets du jeune Selig, essayant de percer à jour l'horrible vérité sur lui. Même Miss Mueller, sa prof de biologie. C'était une petite bonne femme boulotte comme un caniche, la quarantaine, le visage morose, avec des cernes noirs sous les yeux. Comme une espèce de crypto-gouine, elle se tondait les cheveux à ras et se rasait sous la nuque. Chaque matin, elle arrivait en classe avec sa blouse grise de laboratoire. Miss Mueller était branchée à fond sur les sciences occultes et les phénomènes parasensoriels. Évidemment, on n'utilisait pas des expressions comme « branché à fond » en 1949, époque à laquelle David Selig était dans sa classe, mais passons sur l'anachronisme : elle était en avance sur son temps, une espèce de hippie avant la lettre. Elle cultivait l'irrationnel et l'inexplicable. Elle devait préparer ses cours dans son sommeil, et c'était plus ou moins la façon dont elle enseignait. La seule chose qui l'intéressait, réellement, c'était des trucs comme la télépathie la clairvoyance, la télékinésie, l'astrologie, tout le répertoire parapsychologique. Le plus mince prétexte était bon pour la détourner de la leçon du jour, l'étude du métabolisme ou du système circulatoire ou n'importe quoi d'autre, et lui faire enfourcher un de ses dadas favoris. Elle avait été la première de l'école à posséder le *Yi-King*. Elle avait séjourné dans des caissons d'orgone. Elle croyait que la Grande Pyramide de Gizeh recelait des révélations divines pour l'humanité. Elle avait recherché des vérités profondes dans le Zen, la Sémantique générale, les exercices oculaires de Bates et les écrits d'Edgar Cayce. (Comme il est facile d'imaginer la suite après l'année où j'ai été sous son empire ! Elle a dû passer à la dianétique, Velikovsky, Bridey Murphy puis Timothy Leary, et terminer, dans son vieil âge, comme dame gourou dans quelque nid d'aigle de Los Angeles bourré de peyotl et de psilocybine. Pauvre vieille salope crédule.)

Naturellement, elle suivait de près les recherches sur la perception extrasensorielle que J. B. Rhine menait à l'Université de Duke. Chaque fois qu'elle parlait de ça, David était terrorisé. Il craignait qu'elle ne cède à la tentation de faire en classe quelques-uns des tests de Rhine, et qu'il ne soit ainsi irrémédiablement percé à jour. Il avait lu Rhine lui-même, évidemment, *The Reach of Mind* et *New Frontiers of the Mind*. Il avait même essayé de percer les opacités du *Journal of Parapsychology*, dans l'espoir d'y trouver quelque chose qui lui donnerait la clef de lui-même, mais il n'y avait rien d'autre que des statistiques et des conjectures brumeuses. D'accord, Rhine n'était pas une menace pour lui tant qu'il continuait à enfiler les mouches en Caroline du Nord, mais cette vieille folle de Miss Mueller pouvait le mettre à nu et le livrer aux flammes.

Inévitable progression vers le désastre. Le sujet de la leçon, cette semaine, était : le cerveau humain, ses fonctions et ses capacités. Voyez les encéphales, le cervelet, la moelle allongée. Une jardinière de synapses. Le joufflu Norman Heimlich, visant la bonne note, sachant exactement sur quel bouton appuyer, lève innocemment la main pour demander : « Miss Mueller, croyez-vous qu'il sera un jour possible aux êtres humains de communiquer par la pensée, c'est-à-dire télépathiquement, et sans l'aide d'aucun appareil ? » Il fallait voir la joie de Miss Mueller ! Son visage bouffi était resplendissant. Elle avait un prétexte pour se lancer dans une discussion animée sur la P.E.S., la parapsychologie, les phénomènes inexplicables, les moyens de perception et de communication supranormaux, les travaux de Rhine, etc. Un torrent de digressions métaphysiques. David aurait voulu se cacher sous son pupitre. Le mot « télépathie » le faisait frissonner. Il était persuadé que la moitié de la classe soupçonnait déjà ce qu'il était. Est-ce qu'ils me regardent, est-ce qu'ils se tournent vers moi en se poussant du coude ? Ses craintes étaient naturellement irrationnelles. Il avait sondé maintes fois l'esprit de tous ses camarades de classe dans l'espoir de se distraire un peu durant les longues périodes de passivité aride, et il n'ignorait pas que son secret ne risquait rien. Ses condisciples, tous des gosses de Brooklyn, ne se douteraient jamais qu'ils abritaient en leur sein un superman en herbe. Ils le trouvaient bizarre, oui, mais ils n'avaient pas idée de l'ampleur de sa bizarrerie. Cependant, Miss Mueller était plus dangereuse. Elle parlait de faire des tests parapsychologiques à la classe pour démontrer l'étendue potentielle des capacités du cerveau humain. Oh, Dieu, où se cacher ?

Aucune échappatoire possible. Le lendemain, elle apportait ses cartes : « On les appelle les cartes de Zener », expliqua-t-elle solennellement en les brandissant devant elle et en les déployant comme Wild Bill Hickok sur le point de se servir une quinte floche. David n'avait jamais vu de près la série de cartes, mais elles lui étaient aussi familières que le paquet que ses parents utilisaient dans leurs interminables parties de canasta. « Elles ont été conçues il y a environ vingt-cinq ans à l'Université de Duke par le Dr. Karl E. Zener et le Dr. J. B. Rhine. On les appelle aussi cartes de P.E.S. Qui peut me dire ce que signifie P.E.S. ? »

La main potelée de Norman Heimlich s'agite en l'air. « Perception extrasensorielle, Miss Mueller !

— Très bien, Norman. » D'un geste machinal, elle commence à remuer les cartes. Son regard habituellement inexpressif brille d'un éclat intense comme si elle se trouvait à Las Vegas. « Le paquet comporte vingt-cinq cartes, réparties en cinq *séries* ou symboles. Cinq cartes représentent une étoile, cinq un cercle, cinq une série de lignes ondulées et cinq une croix ou le signe plus. Autrement, elles ont exactement l'aspect de cartes à jouer ordinaires. » Elle tendit le paquet à Barbara Stein, une autre de ses favorites, et lui demanda de dessiner les cinq symboles au tableau noir. « Le principe est que le sujet testé regarde le dos des cartes une à une et essaie de deviner le symbole qui est de l'autre côté. Le test peut être conduit de différentes manières. Parfois, l'expérimentateur jette d'abord un bref coup d'œil à la carte, ce qui permet au sujet de lire la réponse dans sa pensée, s'il en est capable. Ou au contraire, ni l'expérimentateur ni le sujet ne voient la carte à l'avance. Parfois, le sujet a le droit de toucher la carte avant de donner sa réponse. Parfois, il a les yeux bandés. De toute manière, le but recherché est toujours le même : le sujet doit découvrir, en utilisant ses facultés extrasensorielles, le motif d'une carte qu'il ne voit pas. Supposons, Estelle, que notre sujet ne possède aucun pouvoir extrasensoriel, et que ses réponses soient purement le fruit du hasard. Combien de réponses justes pouvons-nous nous attendre à le voir donner à ton avis sur un paquet de vingt-cinq cartes ? »

Estelle, prise au dépourvu, rougit et bredouille : « Euh… douze et demie ? »

Sourire doux-amer de Miss Mueller, qui se tourne vers la jumelle plus éveillée. « Beverly ?

— Cinq, Miss Mueller ?

— C'est exact. Vous avez toujours une chance sur cinq de deviner la série correcte. Cinq bonnes réponses sur vingt-cinq, pas plus, voilà ce que vous permettent les lois du hasard. Naturellement, le résultat n'est jamais aussi tranché. Une fois, vous aurez quatre réponses correctes, et une autre fois six, et puis cinq, et puis sept, ou peut-être seulement trois — mais la *moyenne*, sur une longue série d'essais, devrait tourner autour de cinq. Cela, bien sûr, si le hasard est la seule loi qui gouverne vos réponses. En réalité, dans les expériences de Rhine, certains groupes de sujets ont atteint une moyenne de six et demie ou sept sur vingt-cinq, et cela sur un grand nombre de tests. Rhine pense que ce résultat ne peut être expliqué que par la P.E.S. Et certains sujets ont fait bien mieux. Quelqu'un une fois a deviné neuf cartes d'affilée, deux jours de suite. Et puis, quelques jours plus tard, il a trouvé quinze cartes d'affilée, vingt et une en tout sur vingt-cinq. Les chances qu'il y a pour qu'il s'agisse d'une simple coïncidence sont incroyablement basses. Combien d'entre vous pensent qu'il pouvait s'agir d'un simple coup de chance ? »

Environ un tiers des mains se levèrent. Certaines appartenaient à des crétins qui n'avaient pas compris qu'il était de bonne politique de manifester de l'intérêt pour les petites marottes du professeur. D'autres étaient celles d'incorrigibles sceptiques qui dédaignaient ces manipulations cyniques. L'une des mains appartenait à David

Selig. Il s'efforçait simplement de revêtir une coloration protectrice.

Miss Mueller déclara : « Nous allons faire quelques tests aujourd'hui. Victor, veux-tu être notre premier cobaye ? Viens au tableau. »

Souriant nerveusement, Victor Schlitz s'avance vers l'estrade en traînant les pieds. Il s'immobilise raidement devant le bureau de Miss Mueller, qui bat les cartes puis les coupe et les recoupe. Elle jette un coup d'œil à la carte du dessus, et la glisse vers lui le dos dessus. « Quel symbole ? fait-elle.

— Cercle ?

— Nous allons voir. Vous autres, ne dites rien. » Elle tend la carte à Barbara Stein, en lui disant de faire une croix sous le symbole correspondant dessiné au tableau. Barbara met une croix sous le carré. Miss Mueller regarda la carte suivante. *Étoile*, pense David.

« Lignes ondulées », dit Victor. Barbara coche l'étoile.

« Croix. » *Carré, idiot ! Carré.*

« Cercle. » *Cercle.* Cercle. Soudaine vague d'excitation dans la classe devant le succès de Victor. Miss Mueller, d'un regard flamboyant, rétablit le silence.

« Étoile. » *Lignes ondulées.* Barbara coche les lignes ondulées.

« Carré. » *Carré*, approuve David. Carré. Nouvelle excitation, un peu plus discrète.

Victor arrive au bout du paquet. Miss Mueller fait le compte : quatre réponses justes. Même pas le niveau du hasard. Nouvelle tentative : cinq coups au but. O.K., Victor. Tu es peut-être beau garçon, mais tu n'es pas télépathe. Le regard de Miss Mueller fait le tour de la classe. Un autre sujet ? Faites que ce ne soit pas moi, prie David. Mon Dieu, faites que ce ne soit pas moi. Ce n'est pas lui. Elle fait venir au tableau Sheldon Feinberg. Il trouve cinq réponses la première fois, six la seconde. Respectable. Sans surprise. Ensuite, Alice Cohen. Quatre et quatre. Les temps sont durs, Miss Mueller. David, qui avait suivi carte par carte, avait un score de vingt-cinq sur vingt-cinq chaque fois, mais il était le seul à le savoir.

« Suivant ? » demanda Miss Mueller. David se fit tout petit sur son banc. Combien de temps encore jusqu'à la cloche ? « Norman Heimlich. » Norman se dandine vers le tableau. Miss Mueller regarde une carte. David la sonde et perçoit l'image d'une étoile. Il fait ensuite un bond dans l'esprit de Norman, et a la surprise d'y déceler l'image embryonnaire d'une étoile, dont les bouts s'arrondissent perversement pour former un cercle puis redevenir une étoile. Qu'est-ce que c'est que ça ? L'odieux Heimlich aurait-il des bribes de pouvoir ? « Cercle », murmure-t-il. Mais au suivant, il tombe juste : ondulations. Et au suivant encore : carré. Il semblait bel et bien recevoir des émanations, embrumées et indistinctes, mais des émanations quand même, du cerveau de Miss Mueller. Le gros Heimlich avait des parcelles de don. Mais seulement des parcelles. David, sondant son esprit et celui de la prof, voyait les images devenir de plus en plus confuses avec chaque carte, pour disparaître ensuite complètement vers la dixième, le faible pouvoir de Norman complètement épuisé. Il eut sept réponses justes, cependant, de loin le meilleur score. *La cloche*, priait David. *La cloche, par pitié, la cloche !* Mais il restait encore vingt minutes.

Petit répit. Miss Mueller distribue allègrement des feuilles de copie. Elle veut tester toute la classe d'un seul coup. « Je vais compter de un à vingt-cinq, dit-elle. À côté de chaque numéro, vous écrirez le nom du symbole que vous croyez voir. Prêts ? *Un.* »

David vit un cercle. *Lignes ondulées*, écrivit-il.

Une étoile. *Carré.*

Des lignes ondulées. *Cercle.*

Une étoile. *Lignes ondulées.*

Comme le test approchait de sa fin, il lui vint à l'idée que c'était peut-être une erreur tactique que de saboter toutes les réponses. Il décida d'en mettre une ou deux justes, pour que ça paraisse normal. Mais il était trop tard : il ne restait plus que quatre cartes. S'il les devinait après avoir raté toutes les autres, cela paraîtrait suspect. Il continua donc à se tromper.

Miss Mueller frappa dans ses mains : « Maintenant, échangez vos feuilles de papier avec votre voisin, et cochez ses réponses. Prêts ? Numéro un : cercle. Numéro deux : étoile. Numéro trois : lignes ondulées. Numéro quatre… »

Dans une atmosphère tendue, elle se fit donner les résultats. Quelqu'un avait-il trouvé dix bonnes réponses ou plus ? Non, Miss. Neuf ? Huit ? Sept ? Norman Heimlich avait sept bonnes réponses. Il se rengorgeait : Heimlich le télépathe. David était écœuré à l'idée que Heimlich avait même une miette de pouvoir. Six ? Quatre élèves avaient eu six réponses. Cinq ? Quatre ? Miss Mueller notait consciencieusement les résultats. Moins de quatre ? Sidney Goldblatt se mit à glousser. « Et si on a zéro, Miss ? »

Elle parut stupéfaite. « Zéro ? Il y a quelqu'un qui n'a donné que des réponses *fausses* ?

— David Selig, Miss. »

David Selig aurait voulu disparaître sous le plancher. Tous les regards étaient sur lui. Des rires cruels l'assaillaient. *David Selig a tout fait faux.* C'était comme si on avait dit : David Selig a fait dans sa culotte, David Selig a copié à la composition, David Selig est allé aux toilettes des filles. En essayant de se dissimuler, il n'avait réussi qu'à braquer tous les feux sur lui. Miss Mueller prenant des airs d'oracle, déclara : « Un score nul peut avoir une valeur très significative également, mes enfants. Cela peut dénoter des capacités de P.E.S. particulièrement fortes et non totalement absentes, comme vous pourriez le croire. » Oh, mon Dieu, des capacités de P.E.S. particulièrement fortes ! Elle poursuivit : « Rhine mentionne des phénomènes de "déplacement en avant", ou de "déplacement en arrière", où une force de P.E.S. peut se concentrer accidentellement sur la carte qui précède ou la carte qui suit immédiatement la bonne, parfois même avec un décalage de deux ou trois cartes. Le sujet semblerait donc obtenir un résultat inférieur à la moyenne, alors qu'en réalité il fait mouche chaque fois, mais à côté de la cible ! Porte-moi tes réponses, David.

— Je n'ai perçu aucun symbole, Miss Mueller. J'ai essayé de deviner, et je me suis trompé partout.

— Fais-moi voir ça. »

Comme s'il marchait à l'échafaud, il lui porta sa feuille de copie. Elle la plaça à côté de sa propre liste et essaya de la réaligner, de la placer différemment en recherchant une corrélation, une séquence de déplacement. Mais le caractère arbitraire de ses réponses délibérément mauvaises le protégea. Un déplacement en avant d'une carte lui donna deux touchés ; un déplacement en arrière d'une carte lui en donna trois. Rien de bien significatif. Néanmoins, Miss Mueller ne s'avouait pas vaincue. « J'aimerais te tester encore, dit-elle. Nous ferons plusieurs sortes d'essais. Un score nul, c'est fascinant. » Elle commença à remuer les cartes. Seigneur, Seigneur, où es-tu donc ? Ah… La cloche ! Sauvé par la cloche. « Pourrais-tu rester après la classe ? » demanda-t-elle. Il secoua la tête d'un air navré : « Il faut que j'aille au cours de géométrie, Miss. » Elle se calma : demain, alors. On fera d'autres tests demain. Bon Dieu ! Il n'arriva pas à dormir de toute la nuit. Il se sentait pris dans un tourbillon de peur, de sueur, d'horribles frissons. Vers quatre heures du matin, il se leva pour vomir. Il espérait que sa mère ne l'enverrait pas à l'école le lendemain matin, mais pas de chance : à sept heures et demie, il était dans le bus. Miss Mueller aurait-elle oublié, pour les tests ? Mais non. Miss Mueller n'avait pas oublié.

Les cartes fatidiques étaient sur son bureau. Il n'y avait rien à faire pour y échapper. Il se trouva une fois de plus le point de mire de toute la classe. O.K., Duv. Cette fois-ci, ne te fais pas avoir. « Es-tu prêt ? » demanda Miss Mueller en retournant la première carte. Il lut une croix dans son esprit.

« Carré », dit-il.

Il vit un cercle. « Lignes ondulées. »

Un autre cercle. « Croix. »

Une étoile. « Cercle. »

Un carré. « Carré », dit-il. Ça fait un.

Il garda soigneusement le compte. Quatre réponses mauvaises, ensuite une bonne. Trois réponses mauvaises, une bonne. En les espaçant avec une apparence de hasard, il s'accorda cinq bonnes réponses en tout au premier test. Pour le second, il en mit quatre. Au troisième, six. Au quatrième, quatre. Est-ce que c'est trop moyen ? se demandait-il. Si je ne lui donnais qu'une seule réponse, maintenant ? mais elle commençait à perdre son intérêt. « Je ne comprends toujours pas ce score nul, David, lui dit-elle. Mais il me semble que tu n'as aucune faculté de P.E.S. » Il s'efforça de prendre un air déçu. Navré, même. Désolé, M'dame, j'ai pas d'P.E.S. Humblement, l'élève déficient regagne son banc.

En un flamboyant instant de communion et de révélation, j'aurais pu, Miss Mueller, justifier votre longue quête de l'improbable et de l'irrationnel. Du miraculeux. Mais je n'ai pas eu le courage de le faire. Il fallait avant tout que je préserve ma propre sécurité. Que je passe inaperçu. Me pardonnerez-vous jamais ? Au lieu de vous dire la vérité, j'ai triché avec vous, Miss Mueller, et je vous ai lancée tourbillonnante, un bandeau sur les yeux, vers les tarots, les signes du zodiaque, les soucoupes volantes, vers un million de vibrations surréelles, de mondes astraux apocalyptiques, alors que le toucher de mon esprit sur le vôtre aurait pu vous guérir de votre folie. Un seul toucher de moi. En un instant. Un simple clin d'œil.

## XXI

Ce sont les journées de la passion de David, où il se tord sur son lit de pointes. Allons-y par petits coups. Ça fait moins mal ainsi.

Mardi. Jour des élections nationales. Depuis des mois, le vacarme de la campagne électorale pollue l'atmosphère. Le monde libre se choisit un nouveau superleader. Les camions munis de haut-parleurs sillonnent Broadway, vomissant leurs slogans. Notre prochain Président ! Un homme pour toute l'Amérique ! Votez ! Votez ! Votez ! Votez pour X ! Votez pour Y ! Les mots creux s'agglomèrent et fusionnent et dégoulinent. Républocrate. Démoricain. *Boum.* Pourquoi voterais-je ? Je n'irai pas voter. Je ne vote jamais. Je ne fais pas partie du circuit. Le vote, c'est pour *eux*. Une fois, c'était à la fin de l'automne 68, je crois, j'étais devant Carnegie Hall, avec l'intention de traverser jusqu'à la librairie en face, quand soudain toute la circulation fut arrêtée sur la 57$^{e}$ Rue, et des dizaines de flics surgirent de la chaussée comme les guerriers de Cadmos naissant des dents de dragon. Un cortège de voitures officielles arrivait de l'est à toute vitesse, et merveille ! dans une limousine d'un noir étincelant était Richard M. Nixon, Président-élu des États-Unis d'Amérique, saluant jovialement des deux mains la populace assemblée. Voilà enfin ma chance, pensai-je. Je vais sonder son esprit et connaître tous les grands secrets d'État. Je vais découvrir ce qu'il y a chez nos dirigeants qui les met à part des autres mortels. Et je m'insinuai dans ses pensées. Ce que j'y trouvai, je ne vous le dirai pas, à part que c'était plus ou moins ce que j'aurais dû m'attendre à y trouver. Et depuis ce jour-là, je n'ai plus jamais eu rien à faire avec la politique ni avec les politiciens. Aujourd'hui, je me tiens à l'écart des votes. Que les autres élisent leur prochain Président sans moi.

Mercredi. Je bricole la dissertation à moitié achevée de Yahya Lumumba et autres travaux du même genre. Quelques lignes futiles sur chaque. Je n'arrive nulle part. Le téléphone sonne. C'est Judith. « Une soirée, dit-elle. Tu es invité. Tout le monde y sera.

— Une soirée ? Qui ? Où ça ? Quand ?

— Samedi soir. Près de Columbia. C'est Claude Guermantes qui invite. Tu connais ? Professeur de littérature française. » Non, le nom n'est pas Guermantes. J'ai changé son patronyme pour protéger le coupable. « C'est un de ces nouveaux profs emplis de charisme. Jeune, dynamique, beau. Un ami de

Simone de Beauvoir et de Genet. Nous y allons, Karl et moi. Et beaucoup d'autres. Il invite toujours les gens les plus intéressants.

— Genet ? Simone de Beauvoir ? Ils y seront ?

— Non, idiot, pas eux. Mais ça vaut le déplacement, tu verras. Claude organise les meilleures réceptions qui soient. Les combinaisons de personnes les plus brillantes.

— Il me fait l'effet d'un vampire.

— Il sait donner en même temps qu'il prend, Duv. Il m'a demandé spécialement de t'inviter.

— Comment sait-il que j'existe ?

— Par moi, Duv. Je lui ai parlé de toi. Il meurt d'envie de faire ta connaissance.

— Je n'aime pas les réceptions.

— *Duv...* »

Je reconnais l'avertissement contenu dans sa voix. Je n'ai pas le goût de discuter en ce moment. « D'accord, lui dis-je en soupirant. Samedi soir. Donne-moi l'adresse. » Pourquoi suis-je si influençable ? Pourquoi est-ce que je laisse Judith me manipuler ainsi ? Est-ce là-dessus que j'édifie mon amour pour elle ? Sur ces renoncements ?

Mardi. Je fais deux paragraphes, le matin, pour Yahya Lumumba. Beaucoup d'appréhension quant à sa réaction devant ce que je suis en train d'écrire. Il va peut-être honnir cela. Si jamais je le termine. Mais il *faut* que je le termine. Encore jamais raté une échéance. Pas le courage. L'après-midi, je descends à pied jusqu'à la librairie de la 230$^{e}$ Rue, histoire de respirer un peu et de voir s'il y a des nouveautés intéressantes depuis ma dernière visite, il y a trois jours. J'achète machinalement quelques livres de poche — une anthologie de poètes métaphysiques mineurs, le *Rabbit Redux* de John Updike, et une épaisse étude anthropologique lévi-straussienne sur les mœurs d'une tribu d'Amazonie. *Ça*, je sais que je ne le lirai jamais. Il y a une nouvelle employée à la caisse : une blonde pâle, dix-neuf, vingt ans, chemisier en soie blanche, jupe-plaid, sourire impersonnel. Séduisante malgré son regard vague. Elle ne m'intéresse pas, ni sexuellement ni autrement, et au moment où je pense cela, je me reproche de faire si peu cas d'elle — que rien d'humain ne me soit étranger — et je décide, comme ça, d'envahir son esprit tout en payant mes livres, de sorte que je ne la jugerai pas sur de simples apparences. Je m'enfonce aisément, profondément, dans les strates successives, sans rencontrer de résistance. J'arrive au cœur des choses. Ah ! Quelle illumination soudaine, quelle communion d'âme à âme ! Elle resplendit. Elle lance des flammes. Elle vient à moi avec une clarté et une plénitude qui m'éblouissent, tant ce genre d'expérience m'est devenu inconnu. Ce n'est plus un mannequin pâle et muet. Je la vois pleine et entière, avec ses rêves, ses fantasmes, ses ambitions, ses amours, ses extases éminentes (la copulation haletante d'hier soir, et la honte et la culpabilité qui en résultèrent), tout le bouillonnement d'une âme humaine. Une fois seulement au cours des six derniers mois j'ai pu atteindre à un contact aussi étroit. Une fois seulement, ce jour affreux, avec Yahya Lumumba sur les marches de la bibliothèque universitaire. Et tandis que le souvenir cuisant, douloureux, me revient, quelque chose se déclenche en moi et la même chose se produit. Un rideau noir retombe. Le contact est rompu. Mon emprise sur sa conscience est réduite à néant. Le silence, ce terrible silence mental, se rue sur moi pour m'engloutir. Je reste planté là, bouche bée, abasourdi, seul à nouveau et empli de terreur. Je me mets à trembler et je perds ma monnaie. Elle me dit, inquiète : « Monsieur ? *Monsieur ?* » de sa voix flûtée de petite fille.

Vendredi. Réveil endolori, migraine, température. Sans doute un accès de fièvre psychosomatique. L'esprit furieux, amer, flagellant sans pitié le corps sans défense. Frissons, suivis de sueurs chaudes, suivies de frissons. Vomissements atroces. Je me sens vidé. La tête bourrée de son. Hélas ! Je suis incapable de travailler. Je gribouille quelques lignes pseudo-lumumbesques et je déchire la page. Malade comme un chien. Enfin. C'est toujours une bonne excuse pour ne pas aller à cette foutue soirée. Je lis mes métaphysiques mineurs. Certains ne sont pas si mineurs que ça : Traherne, Crashaw, William Cartwright. Prenez Traherne, par exemple :

*Des Puissances naturelles et pures qui abhorrent la*
*Corruption,*
*Comme le plus clair Miroir*

*Ou le Cuivre étincelant et sans tache,*
*De l'Image de leurs Objets d'emblée se revêtaient :*
*Les Impressions Divines en me parvenant*
*Entraient sans plus attendre dans mon Âme pour*
*l'enflammer.*
*C'est la Lumière et non l'Objet*
*Qui fait le Ciel ; c'est une vue plus claire.*
*La Félicité*
*Ne vient qu'à ceux qui ont la vue pure.*

J'ai encore vomi après ça. Ne pas interpréter comme une critique. Je me suis senti mieux pendant quelque temps. Il faudrait que j'appelle Judith. Qu'elle me fasse un peu de bouillon de poulet. Oy, veh. Veh is mir.

Samedi. Sans l'aide d'aucun bouillon de poulet, je suis remis et je décide d'aller à la soirée. Veh is mir, au carré. Souvenez-vous, souvenez-vous du six novembre. Pourquoi David a-t-il laissé Judith le sortir de son antre ? Le voyage en subway qui n'en finit pas. Des nègres pleins du vin de leur week-end ajoutent un frisson spécial à l'aventure des transports manhattanesques. Finalement, c'est la station familière de Columbia. J'ai quelques rues à traverser, frissonnant, peu adéquatement habillé pour l'hiver. Claude Guermantes est censé habiter un vieil immeuble résidentiel au coin de Riverside Drive et de la 112$^{e}$ Rue. J'hésite devant le portail. Une brise froide, amère, m'apporte pardessus l'Hudson son souffle malveillant chargé de l'odeur des détritus du New Jersey. Les feuilles mortes tournoient dans le parc. À l'intérieur, un portier acajou me reluque d'un œil glauque. « Le Professeur Guermantes ? » Il indique du pouce la cage d'ascenseur. « Septième étage, appartement 7-G. » Je suis en retard ; il est presque dix heures. Le vieil Otis craque et grince. La porte d'acier coulisse. Un poster en sérigraphie proclame le chemin. Non pas qu'il soit vraiment nécessaire. Un rugissement chargé de décibels en provenance de la gauche m'indique l'endroit où se situe l'action. Je sonne. J'attends. Rien. Je resonne. Trop de bruit pour qu'on m'entende. Ah, si j'étais capable de transmettre des pensées au lieu de seulement les capter ! Je m'annoncerais en notes d'airain ! Je sonne encore, un peu plus agressivement. Cette fois, ça y est. On vient me répondre. La porte s'ouvre. Petite brune à l'allure d'étudiante, vêtue d'une sorte de sari orange qui laisse son sein droit — minuscule — découvert. La dernière mode. Elle découvre ses dents dans un sourire joyeux : « Entrez, entrez ! »

Scène de foule. Quatre-vingts, cent personnes, vêtues dans le style Flamboyantes Années 70, réunies par groupes de huit ou dix, se hurlant des choses profondes. Ceux qui n'ont pas de verre à la main sont occupés à se passer des joints : inhalation rituelle, toux frénétique, expiration passionnée. À peine ai-je ôté mon pardessus que quelqu'un me fourre dans la bouche une pipe au fourneau d'ivoire travaillé. « Super-hach, m'explique-t-il. Vient d'arriver de Damas. Aspire, mon garçon ! »

Bon gré, mal gré, j'inspire la fumée et j'en ressens l'effet immédiatement. Mes yeux clignent. « Hein ? hurle mon bienfaiteur. N'est-ce pas que ça a le pouvoir d'embrumer l'esprit des hommes ? » Au milieu de cette cohue, mon esprit est déjà assez embrumé comme ça, sans cannabis, rien qu'avec la saturation ambiante. Mon pouvoir semble fonctionner avec une intensité raisonnable ce soir, mais sans grande différenciation des sources, et je reçois involontairement un déluge de transmissions enchevêtrées, un chaos de pensées mêlées. Rien de très clair. Pipe et passeur ont disparu sans laisser de traces, et je me fraie un chemin, groggy, dans une pièce encombrée tapissée du sol au plafond d'étagères pleines de livres. J'aperçois Judith au moment où elle m'aperçoit, et une ligne de contact direct s'établit aussitôt d'elle à moi, extrêmement nette au début, puis perdant peu à peu son intensité : *frère, douleur, amour, peur, souvenirs partagés, pardon, oubli, haine, hostilité, mrumnie, fromzbl, zzzhhh, mmm. Frère. Amour. Haine. Zzzhhh.*

« Duv ! s'écrie-t-elle. Par ici, Duv ! »

Judith est sexy aujourd'hui. Son long corps souple est enveloppé dans un fourreau satiné pourpre qui la moule en faisant ressortir pleinement le bout de ses seins et la faille entre ses fesses. Sur son cœur est nichée une plaque étincelante de jade à bordure d'or, gravée d'un motif complexe. Ses cheveux, libres, flottent glorieusement. Je me sens fier de sa beauté. Elle est entre deux hommes à l'allure impressionnante. D'un côté, Dr. Karl F. Silvestri, auteur des *Études sur la physiologie de la thermorégulation.* Il correspond grosso modo à l'image de lui que j'avais extraite du cerveau de Judith la semaine dernière chez elle, sauf qu'il est un peu plus vieux que je ne m'y attendais : au moins cinquante-cinq, peut-être plus près de soixante. Plus grand, aussi : dans les un mètre quatre-vingt-dix. J'essaie de me représenter ce grand corps massif au-dessus de la frêle Judith, la compressant de tout son poids, mais je n'y arrive pas. Il a des joues rosées, une expression faciale satisfaite et entière, un regard doux et intelligent. Il irradie vers elle quelque chose d'avunculaire, de paternel même. Je vois pourquoi Judith est attirée par lui : il représente cette puissante image paternelle que le pauvre Paul Selig n'a jamais su être pour elle. De l'autre côté de Judith se trouve un homme que je soupçonne d'être le Professeur Claude Guermantes. Je lui lance une sonde rapide qui me le confirme. Son esprit est du vif-argent, un puits scintillant et miroitant. Il pense en trois ou quatre langues à la fois. Son énergie effrénée m'épuise au premier contact. Il a une quarantaine d'années, un peu moins d'un mètre quatre-vingts, une carrure athlétique. Ses élégants cheveux blond roux sont ondulés en vagues tournoyantes et baroques, et son bouc effilé est impeccablement taillé. Ses vêtements sont d'un style si avancé que le vocabulaire me manque pour les décrire, moi qui ne suis pas au courant des modes. Une espèce de cape de tissu rêche or et vert (de la toile ? de la mousseline ?), une large ceinture de tissu écarlate, un pantalon de satin évasé vers le bas, des chaussures médiévales au bout retourné. Son apparence de dandy et ses attitudes maniérées auraient pu suggérer qu'il était homosexuel, mais il émane de lui une puissante aura d'hétérosexualité. À en juger par la manière dont Judith le regarde, je me demande même s'il n'y aurait pas eu jadis une liaison entre eux. Peut-être qu'elle dure encore. Je n'ose pas utiliser mon pouvoir pour le vérifier. Il y a eu trop de frictions entre Judith et moi à propos de mes atteintes à sa vie privée.

« Je te présente mon frère David », fait Judith.

Silvestri me fait un sourire radieux : « J'ai beaucoup entendu parler de vous, Mr. Selig.

— Vraiment ? » (*J'ai un frère qui est un véritable phénomène, Karl. Croirais-tu qu'il est capable de lire dans l'esprit des gens ? Pour lui, tes pensées sont aussi claires qu'une émission de radio.*) Combien Judith lui en a-t-elle révélé sur moi ? J'essaierai de le sonder pour voir. « Mais vous pouvez m'appeler David. Vous êtes le Dr. Silvestri, n'est-ce pas ?

— C'est exact. Karl. Je préfère Karl.

— Jude m'a également beaucoup parlé de vous », dis-je. Impossible avec la sonde. Mon abominable pouvoir déclinant. Tout ce que je reçois, ce sont des parasites, des bribes de pensées inintelligibles. Son esprit m'est fermé. J'ai la tête qui commence à trépider. « Elle m'a montré deux de vos livres. J'aimerais pouvoir comprendre ces choses-là. »

Gloussement de rire satisfait de Silvestri. Pendant ce temps, Judith a commencé à faire les présentations avec Guermantes. Il murmure son plaisir de faire ma connaissance. Je m'attends presque à ce qu'il me baise la main, ou même la joue. Sa voix est tendre, ronronnante. Il a un accent, mais pas français. Quelque chose de bizarre, un mélange d'italien et de français, peut-être, ou bien d'espagnol et de français. Lui, au moins, je peux le sonder, même maintenant. Je ne sais pas pourquoi son esprit, plus volatil que celui de Silvestri, demeure à ma portée. Je m'y glisse et j'y jette un œil, tout en échangeant des platitudes sur le temps et les récentes élections. Seigneur ! Casanova revividus ! Il a couché avec tout ce qui marche ou rampe sur la planète, masculin, féminin, neutre, y compris bien sûr mon accessible sœur Judith, qu'il a — selon une mémoire de surface bien tenue en ordre — enfilée il n'y a pas cinq heures, dans cette même pièce où nous sommes. Sa semence est en train de cailler en elle. Il est obscurément inquiet du fait qu'elle n'a jamais joui avec lui. Il prend cela pour un défaut de sa technique sans faille. L'élégant professeur spécule de manière civilisée sur les chances qu'il a de me faire passer à la casserole avant la fin de la nuit. Rien à faire, Professeur. Je ne me laisserai pas ajouter à votre collection de Selig. Il me demande plaisamment quels sont mes diplômes. Juste un, lui dis-je. Un *Bachelor of Arts*, en 56. J'aurais voulu continuer des études sur la littérature anglaise, mais je n'ai pas pu. Il enseigne Rimbaud, Verlaine, Mallarmé, Baudelaire, Lautréamont, toute cette bande de cloches, et il s'identifie à eux spirituellement. Ses cours sont remplis d'étudiantes pâmées de Barnard qui lui ouvrent leurs cuisses avec joie, bien que dans sa facette Rimbaud il ne soit pas contre les ébats à l'occasion avec les joyeux étudiants de Columbia. Tout en conversant avec moi, il tripote affectueusement les omoplates de Judith, d'un air de propriétaire. Le Dr. Silvestri ne semble rien remarquer, ou alors c'est qu'il s'en fout. « Votre sœur, me murmure Guermantes, c'est une merveille, une personnalité, une splendeur, *Monsieur.* » Un compliment, au sens gaulois du terme. Je fais une nouvelle incursion dans son esprit, et j'apprends qu'il est en train d'écrire un roman sur une jeune divorcée amère et voluptueuse et un intellectuel français qui est l'incarnation de la force vitale, et qu'il espère en tirer des millions de dollars. Je le trouve fascinant : si cabotin, si emphatique, si manipulateur, et malgré tout si attirant en dépit de ses défauts transparents. Il m'offre cocktails, whisky, liqueur, brandy, hach, marie-jeanne, cocaïne, tout ce que je désire. Je me sens submergé. Je m'échappe, soulagé, pour me verser un peu de rhum.

Une fille m'accoste au buffet. Une des étudiantes de Guermantes, pas plus de vingt ans. Cheveux bruns épais tombant en bouclettes ; nez en pied de marmite ; regard aigu, perceptif. Lèvres pleines et charnues. Pas vraiment belle, mais intéressante. Je l'intéresse visiblement aussi, car elle me sourit et dit : « Tu veux venir chez moi ?

— Je viens d'arriver.

— Plus tard. Plus tard. Rien ne presse. Ça doit être rigolo de baiser avec toi.

— Tu dis ça à tous ceux dont tu viens de faire la connaissance ?

— Nous n'avons même pas fait connaissance, me fait-elle remarquer. Non, je ne dis pas ça à tout le monde. À quelques-uns seulement. Qu'est-ce qu'il y a de mal ? Les filles peuvent bien prendre l'initiative aujourd'hui. De plus, c'est une année bissextile[1]. Es-tu un poète ?

— Pas vraiment.

— Tu ressembles à un poète. Je suis sûre que tu es un garçon sensible et que tu souffres beaucoup. » Mon fantasme cotonneux familier, prenant vie sous mes yeux. Ses yeux à elle ont des cernes rouges. Elle est envapée. Une odeur âcre de sueur monte de son sweater noir. Ses jambes sont trop courtes pour son tronc, ses hanches trop larges, ses seins trop lourds. Probable qu'elle a la vérole. Est-ce qu'elle se fout de moi ? *Je suis sûre que tu es un garçon sensible et que tu souffres beaucoup. Es-tu un poète ?* J'essaie de l'explorer, mais c'est peine perdue ; la fatigue me brouille l'esprit, et le cri collectif de la foule des invités noie toutes les émissions individuelles.

« Comment tu t'appelles ? me demande-t-elle.

— David Selig.

— Moi, c'est Lisa Holstein. Je suis en quatrième année à Bar...

— *Holstein ?* » Le nom me fait sursauter. Kitty, Kitty, Kitty ! « C'est bien Holstein que tu as dit ?

1. Allusion à une tradition américaine selon laquelle, les années bissextiles, ce sont les filles qui déclarent leurs sentiments aux garçons. (*N.d.T.*)

— Oui, Holstein.

— Est-ce que tu n'aurais pas une sœur nommée Kitty ? Catherine, sans doute. Kitty Holstein. Trente-cinq ans à peu près. Ou peut-être une cousine…

— Non. Jamais entendu parler. Quelqu'un que tu connais ?

— Que j'ai connu. » Je prends mon verre et je m'éloigne.

« Hé, m'appelle-t-elle, tu croyais que je plaisantais ? Tu veux venir chez moi, ou tu ne veux pas ? »

Un colosse noir me surplombe. Immense nimbe afro, terrifiant visage de la jungle. Ses vêtements une nova de couleurs criantes. Lui, ici ? Oh, mon Dieu. Juste celui que j'avais besoin de voir. Je pense à la dissertation inachevée, boiteuse, monstruosité reposant sur un coin de mon bureau. Qu'est-ce qu'il peut faire ici ? Comment Claude Guermantes a-t-il attiré Yahya Lumumba dans son orbite ? Le Noir symbolique de la soirée, peut-être. Ou bien le représentant du monde sportif, destiné à faire la preuve de la versatilité intellectuelle de notre hôte. Lumumba me dévisage froidement, m'examine de toute sa hauteur vertigineuse comme un Zeus d'ébène. Une femme noire spectaculaire lui donne le bras, déesse presque aussi grande que lui, à la peau comme de l'onyx poli, aux yeux comme des balises. Ils forment un couple stupéfiant. Ils nous écrasent de leur beauté. Finalement, Lumumba me dit :

« Je vous connais, vous. Je vous ai déjà vu quelque part.

— Selig. David Selig.

— J'ai entendu ce nom. Où ça ?

— Euripide. Sophocle. Eschyle.

— Qu'est-ce que c'est que ça ? » Il cherche sans comprendre. Soudain, un sourire l'illumine : « Ah, oui. Je vois. Cette putain de dissertation. Vous vous débrouillez avec ça ?

— Je me débrouille.

— Elle sera finie mercredi ? Mercredi, c'est le jour de la remise.

— Elle sera prête, Mr. Lumumba. » *Je fais de mon mieux, missié.*

« J'espère, mon vieux. Je compte sur vous.

— ... Tom Nyquist... »

Le nom a jailli soudain, par surprise, du bourdonnement confus de la conversation générale. Pendant quelques secondes, il reste en suspens dans l'air enfumé comme une feuille morte saisie par une brise paresseuse d'octobre. Qui vient de dire : « Tom Nyquist ? » Qui a prononcé son nom ? Une voix de baryton bien timbrée, à moins de cinq mètres de moi. Je cherche le propriétaire plausible de cette voix. Uniquement des hommes alentour. Lui ? Lui ? Lui ? Difficile à dire. Mais il y a un moyen. Quand on prononce un mot à haute voix, il résonne ensuite quelque temps dans l'esprit de celui qui a parlé. (Dans l'esprit de ceux qui l'ont entendu aussi, mais la réverbération n'a pas la même tonalité.) Je rassemble mon pouvoir défaillant et, au prix d'un gros effort de concentration, j'envoie des aiguilles-sondes dans les consciences environnantes à la recherche d'un écho. La tension est insupportable. Les crânes que je veux percer sont de solides dômes où seules de rares crevasses peuvent livrer passage à mes faibles moyens. Mais je réussis à entrer quand même. Je cherche la bonne réverbération. *Tom Nyquist? Tom Nyquist?* Qui a prononcé ce nom? Pas vous? Pas vous! Ah! J'ai trouvé. L'écho a presque disparu, comme un coup sourd à l'extrémité éloignée d'une caverne. Un homme de haute taille, le ventre rebondi, avec une frange comique de barbe blonde.

« Excusez-moi, lui dis-je. Je vous ai entendu malgré moi mentionner le nom d'un de mes très vieux amis.

— Ah?

— Et je n'ai pas pu m'empêcher de venir vous demander de ses nouvelles. Tom Nyquist. Nous étions très intimes. Si vous pouviez me dire où il se trouve maintenant, ce qu'il fait...

— Tom Nyquist?

— Je suis sûr de vous avoir entendu prononcer ce nom. »

Sourire sans expression. « Je crains que vous ne fassiez erreur. Je ne connais personne de ce nom-là. Jim? Fred? Ça vous dit quelque chose?

— Mais je ne peux pas me tromper. J'ai bien entendu... » L'écho. *Boum.* Au fond de la caverne. Me suis-je trompé? À bout portant, j'essaie de pénétrer dans sa tête pour voir si ses archives mémorielles contiennent le nom de Tom Nyquist. Mais le pouvoir me laisse en plan complètement maintenant. Ils discutent entre eux. Nyquist ? Nyquist ? Quelqu'un a prononcé ce nom ? Quelqu'un ici connaît un Tom Nyquist ?

Soudain, l'un d'eux s'écrie : « John Leibnitz !

— Oui, fait le barbu, heureux. C'est sans doute ce nom que vous m'avez entendu prononcer. Je parlais de John Leibnitz il y a quelques instants. Un ami commun. Au milieu de tout ce vacarme, vous avez confondu avec Nyquist. »

Leibnitz. Nyquist. Leibnitz. Nyquist. *Boum. Boum.* « Vous avez sans doute raison, lui dis-je. C'est certainement ce qui s'est produit. C'est idiot de ma part. » John Leibnitz. « Désolé de vous avoir ennuyé. »

Guermantes est en train de me dire, plastronnant à mes côtés : « Vous devriez venir assister à mon cours un de ces jours. Mercredi après-midi, je commence Rimbaud et Verlaine. La première de six séances qui leur seront consacrées. Venez donc faire un tour. Vous serez sur le campus mercredi, je crois bien ? »

Mercredi est le jour où je dois remettre sa dissertation à Yahya Lumumba. Je serai sur le campus, oui, j'aurai intérêt à y être. Mais comment Guermantes le sait-il ? Est-ce qu'il lit dans ma pensée ? Est-ce qu'il a le pouvoir, lui aussi ? Je lui suis grand ouvert. Il sait tout sur moi, mes pauvres et pathétiques secrets, la fuite quotidienne de mes capacités, et il me nargue, d'un air supérieur, parce que je décline et qu'il est en possession de tous les moyens que j'avais jadis. En un éclair paranoïaque, j'entrevois toute la vérité : non seulement il possède le don, mais c'est une espèce de sangsue télépathique qui me draine l'esprit, qui me saigne du pouvoir à son profit. Peut-être qu'il se nourrit ainsi de ma substance depuis 74.

Je chasse ces stupidités insensées. « Je serai là-bas mercredi, c'est exact. Peut-être que je viendrai. »

Il n'y a aucune chance pour que j'aille écouter Claude Guermantes commenter Baudelaire et Rimbaud. S'il possède le pouvoir, qu'il mette ça dans sa poche avec son mouchoir par-dessus !

« Je serais ravi que vous veniez », me dit-il. Il se penche sur moi. Ses manières doucereuses de Méditerranéen androgyne lui permettent de passer outre aux conventions de distance de mâle à mâle. Je respire une odeur de lotion capillaire, d'after-shave, de déodorant et autres parfums. Petit bienfait : tous mes sens ne déclinent pas en même temps. « Votre sœur, me susurre-t-il, quelle merveilleuse femme ! Comme je l'aime ! Elle me parle souvent de vous.

— Vraiment ?

— Avec beaucoup d'amour. Et aussi de culpabilité. Il semble que vous et elle ayez eu des difficultés pendant de longues années.

— C'est du passé, maintenant. Nous sommes devenus finalement amis.

— J'en suis ravi pour tous les deux. » Il fait un geste accompagné d'un clin d'œil. « Ce docteur. Pas bien pour elle. Trop vieux, trop statique. Après cinquante ans, la plupart des hommes perdent leur capacité d'évoluer. Il la fera mourir d'ennui avant six mois.

— Peut-être que c'est d'un peu d'ennui qu'elle a besoin, lui dis-je. Elle a mené une vie trépidante. Ça ne l'a pas rendue heureuse.

— Personne n'a jamais besoin d'ennui», fait Guermantes avec un clin d'œil.

«Karl et moi nous aimerions t'avoir à dîner la semaine prochaine, Duv. Nous avons tellement de choses à nous dire tous les trois.

— Je verrai, Jude. Je ne peux pas faire de projets pour la semaine prochaine. Je te téléphonerai.»

Lisa Holstein. John Leibnitz. Je crois que j'ai besoin d'un autre verre.

Dimanche. Horrible G.D.B. Hach, rhum, vin, marie-jeanne, Dieu sait quoi d'autre. Et quelqu'un qui me fout du nitrite d'amyle sous le nez à deux heures du matin. Putain de soirée. Je n'aurais jamais dû y aller. Ma tête, ma tête, ma tête. Où est la machine à écrire ? Il faut que je fasse un peu de travail. Allons-y gaiement, donc :

Nous constatons ainsi une différence dans les méthodes de traitement par ces trois tragédiens d'un thème identique. La préoccupation première d'Eschyle réside dans les implications théologiques du crime et dans l'inexorable action des dieux : Oreste est déchiré entre le commandement d'Apollon de tuer sa mère et sa propre peur du matricide.

En conséquence, il devient fou. Euripide insiste davantage sur la psychologie des personnages et son point de vue est moins allégorique.

C'est vachement mauvais. Laissons ça pour plus tard.

Silence entre mes deux oreilles. Le vide noir résonne. Aujourd'hui, je n'ai absolument rien. Tout est parti. Je ne capte même pas la clameur des Portoricains d'à côté. Novembre est le mois le plus cruel, qui fait pousser des oignons sur l'esprit trépassé. Je suis en train de vivre un poème d'Eliot. Je me transforme en mots sur une page. Vais-je rester comme ça à m'apitoyer sur moi-même ? Non. Non. Non. Non. Je me défendrai. Exercices spirituels destinés à me restaurer mon pouvoir. À genoux, Selig. Baisse la tête. Concentre-toi. Transforme-toi en une fine aiguille de pensée, un rayon laser télépathique, partant de cette pièce pour gagner le voisinage de la magnifique étoile Bételgeuse. Tu y es ? Parfait. Le rayon mental effilé et pur perce l'univers. Attends une seconde. Tiens bon. Ne le laisse pas s'épaissir. Bon. Grimpe, maintenant. L'ascension de l'échelle de Jacob. C'est une expérience hors-du-corps, David. Grimpe, grimpe toujours ! Transperce le plafond, transperce le toit, transperce l'atmosphère, l'ionosphère, la stratosphère. Plus haut. Dans les espaces interstellaires. Oh, noir noir noir. Froid le sens et perdu le motif de l'action. Non, arrête ! Seules les pensées positives sont autorisées dans ce voyage. Élève-toi ! Élève-toi ! Vers les petits hommes verts de Bételgeuse IX. Pénètre leur esprit, Selig. Effectue le contact. Effectue... le contact. Grimpe, bordel de yid ! Pourquoi ne grimpes-tu pas ? *Grimpe !*

Et alors ?

— Rien. *Nada. Niente.* Nulle part. *Nulla. Nichts.*

La redescente sur la terre. Dans les funérailles silencieuses. D'accord, abandonne, si c'est ça que tu veux. D'accord, repose-toi un peu. Repose-toi et prie, Selig. Prie.

Lundi. La gueule de bois a disparu. Le cerveau est redevenu réceptif. Dans un glorieux accès de frénésie créatrice, je récris *Le thème d'Électre dans Eschyle, Sophocle et Euripide* de fond en comble, je le refaçonne complètement, je le clarifie, je renforce les idées tout en saisissant simultanément ce qui à mon avis est juste le ton d'improvisation du nègre « hip ». Tandis que j'assemble les derniers mots, le téléphone sonne. Synchronisation parfaite. Je me sens d'humeur sociable maintenant. Qui appelle ? Judith ? non. C'est Lisa Holstein : « Tu avais promis de me raccompagner chez moi après la soirée, me dit-elle, lugubre et accusatrice. Qu'est-ce qui t'a pris de te défiler en douce ?

— Comment as-tu eu mon numéro ?

— Par Claude. Le professeur Guermantes. » Le salaud. Il est au courant de tout. « Écoute, qu'est-ce que tu fais en ce moment ?

— J'allais prendre une douche. J'ai travaillé toute la matinée et je pue comme un bouc.

— Quelle sorte de travail fais-tu ?

— Je fais le nègre sur des dissertations pour les types de Columbia. »

Elle médite ça un long moment. « Tu es un drôle de mec, toi. Mais blague à part, qu'est-ce que tu fais ?

— Je viens de te le dire. »

Long silence digestif. Puis : « O.K. Je saisis. Tu fais le nègre sur des dissertations. Écoute, Dave. Va prendre ta douche. Combien de temps faut-il pour aller de la 110ᵉ Rue et Broadway jusque chez toi par le subway ?

— Quarante minutes environ, si tu as une rame tout de suite.

— Magnifique. On se voit dans une heure, alors. » *Clic.*

Je hausse les épaules. Cinglée de nana. Dave, elle m'appelle. Personne ne m'appelle comme ça. Je me déshabille et je vais sous la douche. Je me savonne lentement et longuement. Après ça, je m'étends. Un des rares interludes de relaxation. David Selig relit le fruit de son labeur du matin. Il est content de ce qu'il a écrit. Espérons que Lumumba sera content aussi. Ensuite, je prends le bouquin d'Updike. J'arrive jusqu'à la page quatre, et le téléphone sonne encore. Lisa : elle est à la station de la 225ᵉ Rue, et elle veut savoir comment on fait pour venir chez moi. Ce n'est plus une plaisanterie, maintenant. Pourquoi me poursuit-elle avec autant d'opiniâtreté ? Mais d'accord. Je veux bien jouer à son jeu. Je lui donne les indications. Dix minutes plus tard, on frappe à la porte.

Lisa en sweater noir, le même truc épais et crasseux que samedi, et en blue-jean serré. Sourire timide, étrangement déplacé chez elle. « Salut », dit-elle. Elle s'installe. « La première fois que je t'ai vu, j'ai eu un éclair d'intuition sur toi : *Ce type-là a quelque chose de spécial. Arrange-toi pour aller avec lui.* S'il y a une chose que j'ai apprise, c'est qu'il faut se fier à ses intuitions. Je me laisse porter par le courant, Dave. Je me laisse porter. » Son sweater est passé par-dessus sa tête. Ses seins sont lourds et ronds, avec des bouts presque imperceptibles. Une étoile juive est nichée dans la vallée profonde qui les sépare. Elle erre dans la chambre, examinant mes livres, mes disques, mes photos. « Alors, dis-moi, me demande-t-elle. Maintenant que je suis ici. Est-ce que j'avais raison ? Est-ce que tu as quelque chose de spécial ?

— J'avais quelque chose jadis.

— Quoi ?

— C'est ce qu'il me reste à savoir, et à toi, à découvrir. » Rassemblant mes forces, je lance mon esprit à l'assaut du sien. C'est une attaque de front, un viol, un véritable baisage mental. Naturellement, elle ne s'aperçoit de rien. « J'avais un don réellement extraordinaire, lui dis-je. Il est presque parti maintenant, mais il y a des fois où ça me revient, et à vrai dire je l'utilise sur toi en ce moment.

— Terrible », fait-elle, en laissant glisser son jean. Elle ne porte pas de culotte. Elle aura de la cellulite avant trente ans. Ses cuisses sont massives, son ventre protubérant. Sa toison pubienne est étrangement dense et étalée, moins un triangle qu'une espèce de losange, un losange noir qui pousse jusqu'à ses hanches, presque. Ses fesses ont des fossettes profondes. Tandis que j'examine ainsi sa chair, je pille impitoyablement son esprit, n'épargnant aucune zone de son intimité, profitant de ce renouveau de pouvoir tant qu'il dure. Je n'ai pas à être discret. Je ne lui dois rien : c'est elle qui s'est imposée à moi. Je vérifie d'abord si elle a dit la vérité en déclarant ne pas connaître Kitty. C'est vrai : Kitty ne lui est pas apparentée. Simple coïncidence de patronymes. « Je suis sûre que tu es un poète, Dave, me dit-elle tandis que nous nous agrippons l'un à l'autre en nous laissant tomber sur le lit défait. C'est une intuition également. Même si tu fais ces dissertations maintenant, ce qui t'intéresse vraiment c'est la poésie, n'est-ce pas ? » Je fais glisser mes mains sur sa poitrine et sur son ventre. Une odeur forte monte de son corps. Elle n'a pas dû se laver depuis trois ou quatre jours. Ça ne fait rien. Le bout de ses seins émerge mystérieusement, petits monticules rigides et roses. Elle se tortille. Je continue de mettre son esprit à sac comme un Goth déchaîné dévastant le Forum. Elle m'est grande ouverte. Je jubile de ce retour de vigueur inattendu. Son autobiographie s'assemble pour moi. Née à Cambridge il y a vingt ans. Père professeur, mère professeur. Un seul frère, plus jeune. Enfance de garçon manqué. Rougeole, varicelle, scarlatine. Puberté à onze ans, perd sa virginité à douze. Avortement à seize. Plusieurs aventures lesbiennes. Intérêt passionné pour les poètes français décadents. Acide, mescaline, psilocybine, cocaïne, même de l'héroïne qu'elle a reniflée une fois. C'est Guermantes qui lui fournit tout ça. Elle a couché cinq ou six fois avec lui. Souvenir vivace. Elle me montre plus de Guermantes que je ne désire en voir. Il est formidablement pourvu. Lisa donne d'elle-même une image dure, agressive : maîtresse de son âme, reine de son destin, etc. Mais en dessous de tout ça, c'est juste le contraire, naturellement. Elle a une peur affreuse. Elle n'est pas méchante. Je me sens un peu coupable de la manière dont j'ai fait intrusion dans son esprit, sans considération pour son intimité. Mais j'ai mes nécessités. Je continue à la parcourir, et pendant ce temps elle se baisse au-dessus de moi. Je ne me souviens même pas de la dernière fois que quelqu'un m'a fait ça. Je ne me souviens pas de la dernière fois que j'ai baisé. Les temps ont été durs, récemment. C'est une experte en fellation. J'aimerais lui faire la réciproque, mais je ne peux pas m'y décider. Parfois, je suis délicat, et elle n'est pas du genre à se doucher trois fois par jour. Bah, laissons cela pour les Guermantes de ce monde. Je reste allongé immobile, épluchant son esprit et acceptant le don de sa bouche. Je me sens viril, plein de sève, sûr de ma pine et, pourquoi pas, prenant mon plaisir des deux sources à la fois, la tête et la queue. Sans me retirer de sa tête, je me retire, enfin, de sa bouche, je me retourne, je lui écarte les cuisses et je plonge au plus profond de son havre étroit aux lèvres serrées. Selig l'étalon. Selig le bouc. « Aaah, fait-elle en pliant les genoux. Oooh. » Et nous commençons à jouer à la bête à deux dos.

En secret, je me nourris de ses rétroactions, je capte ses réponses aux stimuli de plaisir et je double les miens par la même occasion. Chaque saccade me procure un plaisir délicieusement multiplié. Mais alors une drôle de chose se passe. Bien qu'elle soit encore à des lieues de jouir — ce qui, je le sais, interrompra notre contact mental quand cela se produira — l'émission en provenance de son esprit se met à devenir erratique et indistincte, et à ressembler davantage à un bruit qu'à un signal. Les images se brisent en un crépitement d'interférences. Ce qui me parvient quand même est lointain et déformé. Je lutte pour maintenir ma prise sur sa conscience, mais c'est peine perdue, peine perdue, elle m'échappe, instant après instant s'éloignant de moi jusqu'à ce qu'il n'y ait plus de communion du tout. Et en cet instant de rupture, ma queue soudain devient molle et glisse hors d'elle. Elle sursaute, saisie de surprise. « Qu'est-ce qui t'a fait partir ? » demande-t-elle. Je ne peux pas lui expliquer. Je revois Judith, il y a quelques semaines, me demandant si je n'avais jamais considéré le déclin de mon pouvoir comme une descente métaphorique vers l'impuissance. Parfois oui, lui avais-je répondu. Et maintenant, pour la première fois, la métaphore se mêle à la réalité, les deux échecs sont intégrés. Impuissant d'un côté, impuissant de l'autre. Pauvre David. « J'ai dû me laisser distraire », lui dis-je. Mais elle a sa technique. Pendant une demi-heure, elle me travaille, doigts, lèvres, langue, cheveux, nichons, sans arriver à redresser la situation. En fait, tant de sollicitude ne réussit qu'à empirer les choses. « Je ne comprends pas, avoue-t-elle. Tu te débrouillais si bien. Est-ce que j'ai quelque chose qui te rebute ? » Je la rassure. « Tu as été parfaite, ma louloute. Des choses comme ça, ça arrive, personne ne sait pourquoi. On va se reposer un peu, et peut-être que ça ira mieux après. » Nous nous allongeons côte à côte. Je la caresse abstraitement tout en lançant quelques coups de sonde expérimentaux. Pas un frémissement au niveau télépathique. Pas une réaction. Un silence de tombe. Est-ce que ça y est, est-ce que c'est la fin ? La mèche est consumée ? Je suis quelqu'un comme vous, maintenant. Condamné à me contenter de mots.

« J'ai une idée, dit-elle. Allons prendre une douche ensemble. Parfois, ça réussit à te ravigoter un type. »

Moi, je n'ai rien contre. Cela pourrait marcher, et de toute manière elle sentira moins mauvais après. Nous allons à la salle de bains. Torrents d'eau froide.

Succès. Les soins éclairés de sa main savonneuse opèrent un redressement.

Nous courons vers le lit. Encore raidi, je l'enfourche et je la pénètre. Han han han, mmm mmm mmm. Toujours rien dans la bande mentale. Soudain, elle a un petit spasme rigolo, intense mais rapide, et je gicle moi aussi peu après. Fini pour le sexe. Nous nous relaxons dans les bras l'un de l'autre, épuisés. J'essaie encore un coup de sonde. Zéro. Le néant. Est-il parti ? Je crois que cette fois-ci, il est réellement parti. Vous venez d'assister à un événement historique, jeune dame. La fin d'un remarquable pouvoir extrasensoriel. Qui laisse derrière lui cette pauvre coque mortelle que je suis. Hélas, trois fois hélas.

« J'aimerais que tu me fasses lire tes poèmes, Dave », me dit-elle.

Lundi soir, environ sept heures trente. Lisa a fini par s'en aller. Je descends dîner dans une pizzeria voisine. Je suis calme. L'impact de ce qui m'arrive ne s'est pas encore totalement imprimé en moi. Comme c'est étrange, la façon dont j'accepte ça. Mais d'un moment à l'autre, je le sais, ça va me déferler dessus, m'écraser, me mettre en pièces. Je vais pleurer, je vais hurler, je vais me cogner la tête contre les murs. Pour l'instant, cependant, je demeure étrangement froid. J'ai une sorte de sentiment posthume, comme si j'avais survécu à ma propre mort. Et aussi une impression de soulagement : le suspense est terminé, le processus est arrivé à son terme, la mort est passée, et j'ai survécu. Naturellement, je ne m'attends pas à voir durer cet état d'âme. J'ai perdu quelque chose qui était au centre de mon existence, et maintenant j'attends stoïquement l'angoisse et le chagrin et le désespoir qui ne vont pas manquer de faire bientôt éruption.

Il semble que le deuil doive être remis à plus tard, cependant. Ce que je croyais tout à fait terminé ne l'est pas encore, paraît-il. J'entre dans la pizzeria, et le garçon qui est derrière le comptoir m'adresse son froid sourire de bienvenue new-yorkais. Sans le vouloir, je capte derrière son visage graisseux une pensée : *Tiens, voilà le pédé qui demande toujours un supplément d'anchois.*

Je le lis on ne peut plus clairement. Ainsi, tout n'est pas encore fini ! Pas encore mort ! Il se reposait seulement un peu. Il se cachait.

Mardi. Un froid vif. Une de ces terribles journées de fin d'automne, où l'atmosphère a été pressée jusqu'à sa dernière goutte d'humidité et où le soleil pique comme des aiguilles. Je termine deux autres dissertations à rendre demain. Je lis Updike Judith m'appelle après déjeuner. L'habituelle invitation à dîner. Mon habituelle réponse oblique.

« Comment as-tu trouvé Karl ? me demande-t-elle.

— Un type plein de substance.

— Il veut m'épouser.

— Et alors ?

— C'est un peu trop tôt. Je le connais à peine, Duv. Je l'aime bien, je l'admire énormément, mais je ne sais pas encore si j'éprouve de l'amour pour lui.

— Alors, inutile de précipiter les choses avec lui », dis-je. Ses hésitations à la guimauve m'exaspèrent. Je ne comprends pas pourquoi quelqu'un qui a l'âge de raison se marie, de toute façon. Pourquoi l'amour aurait-il besoin d'un contrat ? Pourquoi se fourrer dans les griffes de l'État et lui donner barre sur vous ? Inviter les hommes de loi à fourrer le nez dans vos affaires ? Le mariage est pour les instables, les inquiets, les ignorants. Nous qui savons la vérité sur ces institutions devrions nous estimer heureux de vivre ensemble, sans aucun moyen de coercition légal, n'est-ce pas, Toni, hein ? « En outre, dis-je, si tu l'épouses, il exigera probablement que tu laisses tomber Guermantes. Je ne pense pas qu'il s'en accommoderait.

— Tu es au courant, pour Claude et moi ?

— Naturellement.

— Tu es toujours au courant de tout.

— Ça se voit tout de suite, Jude.

— Je croyais que ton pouvoir s'en allait.

— Il s'en va, il s'en va plus que jamais. Mais ce n'était pas difficile à voir. À l'œil nu.

— D'accord. Comment l'as-tu trouvé ?

— Mortel. C'est un tueur de dames, Jude.

— Tu le juges mal.

— J'ai pénétré dans sa tête. Je l'ai vu, Jude. Il n'est pas humain. Les gens sont des jouets pour lui.

— Si tu pouvais entendre le son de ta propre voix quand tu dis ça ! L'hostilité, la jalousie qui s'en dégage...

— Jalousie ? Serais-je incestueux à ce point ?

— Tu l'as toujours été, Duv. Mais passons. Je croyais vraiment que ça te ferait plaisir de rencontrer Claude.

— Ça m'a fait plaisir. Il est fascinant. Les cobras aussi sont fascinants.

— Tu me fais chier, Duv.

— Tu voudrais que je fasse semblant de l'aimer ?

— Je ne te demande pas de faveur. » L'ancien ton glacé de Judith.

« Quelle est la réaction de Karl envers Guermantes ? »

Pas de réponse pendant quelques instants. Puis « Assez négative. Karl est extrêmement conventionnel, tu sais. Un peu comme toi.

— Moi ?

— Oui, tu es tellement guindé, Duv ! Un vrai puritain ! Toute ma putain de vie, tu n'as fait que me faire des sermons sur la moralité. La première fois que j'ai baisé, tu étais là au pied de mon lit à m'agiter ton doigt sous le nez.

— Pourquoi Karl ne l'aime-t-il pas ?

— Je l'ignore. Il trouve Claude sinistre. Accapareur. » Sa voix est soudain plate et terne. « Peut-être qu'il est seulement jaloux. Il sait que je couche toujours avec Claude. Oh, mon Dieu, Duv, pourquoi faut-il que nous nous disputions toujours ? Pourquoi ne pouvons-nous pas bavarder tranquillement ?

— Ce n'est pas moi qui me dispute. Ce n'est pas moi qui ai élevé la voix.

— Tu me provoques. Tu le fais tout le temps. Tu m'espionnes, et tu me provoques jusqu'à ce que je m'emporte.

— Les vieilles habitudes sont difficiles à briser, Jude. Je t'assure que je ne suis pas fâché.

— Tu parais si content de toi-même !

— Je ne suis pas fâché. C'est toi qui l'es. Tu t'es fâchée parce que tu as constaté que Karl et moi nous sommes d'accord sur ton ami Guermantes

Les gens se fâchent toujours quand on leur dit des vérités qu'ils ne veulent pas entendre. Mais écoute, Jude, tu es libre de faire ce que tu veux. Si Guermantes est ton type, moi je n'ai plus rien à dire.

— Je ne sais pas. Je ne sais vraiment pas. » Concession inattendue. « Peut-être qu'il y a quelque chose de pathologique dans mes relations avec lui. » Son assurance à toute épreuve a disparu abruptement. C'est ce qu'il y a de merveilleux chez Judith : elle change toutes les deux minutes. À présent, elle se radoucit. C'est le dégel. Elle hésite. Dans un moment, elle dirigera ses préoccupations ailleurs, vers l'extérieur, vers moi. « Tu viens dîner la semaine prochaine ? Nous aimerions beaucoup passer une soirée avec toi.

— Je tâcherai.

— Je me fais du souci pour toi, Duv. » Voilà que ça commence. « Tu avais l'air si mal en point, samedi.

— Cela a été dur pour moi, mais ça ira. » Je n'ai pas envie de parler de moi. Je ne veux pas de sa pitié, parce que, après la sienne, c'est la mienne qui va couler. « Écoute, Jude, je t'appellerai, d'accord ?

— Ça fait toujours aussi mal, Duv ?

— Je m'adapte. Je me résigne. Ça ira, tu sais. À bientôt, Jude. Salut à Karl. » Et à Claude, dis-je pour moi-même en reposant le combiné.

Mercredi matin. Je descends en ville pour livrer ma dernière fournée de chefs-d'œuvre. Il fait encore plus froid qu'hier. L'air est plus pur, le soleil plus brillant, plus éloigné. Comme tout semble sec. L'humidité doit être à moins de seize pour cent. Ce sont les conditions dans lesquelles le pouvoir fonctionnait avec le plus d'acuité. Mais pendant le voyage en subway, je n'ai pratiquement rien capté. Quelques échos confus, absolument rien de distinct. Je ne peux plus être certain d'avoir le pouvoir un jour donné, et c'est apparemment un de mes mauvais jours. Imprévisible. Voilà ce que tu es, toi qui vis dans ma tête : imprévisible. Apparaissant et disparaissant n'importe comment, en proie aux affres de la mort. Je me rends à mon emplacement habituel, et j'attends mes clients. Ils arrivent, je leur donne ce qu'ils sont venus chercher, et ils me mettent des dollars au creux de la main. David Selig, bienfaiteur de l'humanité étudiante. J'aperçois Yahya Lumumba, comme un séquoia noir, arrivant à grandes enjambées de la Butler Library. Pourquoi est-ce que je tremble ? C'est l'air glacé, sans doute, l'annonce de l'hiver, la mort de l'année. Tout en se rapprochant, la vedette de basket-ball fait des signes de main, sourit, hoche la tête. Tout le monde le connaît, tout le monde l'appelle. J'éprouve un sentiment de participation à sa gloire. Quand la saison commencera, peut-être que j'irai le regarder jouer.

« Vous avez mon devoir ?

— Le voici. » Je l'extrais de la pile. « Eschyle, Sophocle et Euripide. Six pages. Ça fait vingt et un dollars, moins les cinq que vous m'avez déjà donnés, vous me devez seize dollars.

— Une minute. » Il s'assied à côté de moi sur les marches. « Il faut que je lise d'abord ce putain de truc, vrai ou pas ? Comment savoir si vous avez fait le boulot comme il faut, si je ne le lis pas ? »

Je le regarde lire. Je m'attends à le voir remuer les lèvres, à trébucher sur les mots difficiles, mais non, son regard parcourt rapidement les lignes. Il se mord la lèvre. Il lit de plus en plus vite, tournant les pages impatiemment. Finalement, il se tourne vers moi et me fusille du regard.

« C'est de la merde, mon vieux, me dit-il. C'est rien que de la merde. À quel jeu tu essaies de jouer avec moi ?

— Je vous garantis un B +. Vous n'avez pas à me payer jusqu'à ce que vous ayez la note. Si vous avez moins que B +, je…

— Non, écoute-moi. Qui te parle de note ? Je ne peux pas remettre ce bordel de devoir comme ça. La moitié, c'est du *jive*, et l'autre moitié c'est copié dans un bouquin. De la merde, voilà ce que c'est. Le prof, il va lire ça, il va me regarder et il va dire : Lumumba, pour qui tu me prends ? Tu me prends pour un imbécile, Lumumba ? C'est pas toi qui as écrit ces conneries, il va me dire. Tu n'en penses pas le premier mot. » Il se lève, furieux : « Écoute un peu. Je vais te lire un passage. Je vais te faire entendre ce que tu me donnes. » Il feuillette le devoir, il secoue la tête, il crache par terre. « Pas la peine. Pourquoi je me fatiguerais ? Tu sais ce que tu as voulu faire avec ça, mon vieux ? Tu as voulu te foutre de la gueule d'un pauvre con de négro.

— Je voulais seulement rendre la chose plausible…

— Mes couilles. Tu as voulu te foutre de moi.

Tu me refiles tes conneries de youpin puant sur Europide en souhaitant que j'aie des emmerdements quand je dirai que c'est de moi.

— C'est un mensonge. J'ai fait de mon mieux, et ne croyez pas que je n'ai pas peiné dessus. Quand on engage un type pour se faire faire ses devoirs, on doit s'attendre à une certaine…

— Combien de temps tu as passé dessus ? Dix minutes ?

— Huit heures, peut-être dix. Vous savez ce que je pense que vous êtes en train de faire, Lumumba ? Je pense que vous faites du racisme à l'envers. Juif par-ci et Juif par-là, si vous détestez tellement les Juifs, pourquoi n'avoir pas pris un Noir pour vous faire votre travail ? Pourquoi ne l'avoir pas fait vous-même ? Je vous ai donné un travail honnête. Je n'aime pas vous entendre dire que ce sont des conneries de youpin. Et je vous répète que si vous le remettez, vous aurez plus que la moyenne, c'est certain. Vous aurez au moins un B +.

— Je vais me faire étendre, c'est ce qui va m'arriver.

— Non, non. Peut-être que vous ne voyez pas bien ce que j'ai voulu faire. Laissez-moi essayer de vous l'expliquer. Si vous voulez me le passer une seconde, je vais vous lire quelques passages. Peut-être que ce sera plus clair si… » Je me mets debout, et je tends la main vers le devoir. Mais il ricane et le tient dressé au-dessus de ma tête. Il me faudrait une échelle pour l'attraper. Inutile d'essayer de sauter. « Allons, donnez-moi ça ! Ne faites pas de bêtises ! » lui dis-je, et d'un mouvement de poignet il lance les six feuilles de copie au vent. Elles s'envolent en direction de College Walk. La mort dans l'âme, je les regarde partir. Je serre les poings. Un étonnant accès de colère fait explosion en moi. Je voudrais lui foutre mon poing dans son visage hilare. « Vous n'auriez pas dû faire ça, lui dis-je. Vous n'auriez pas dû les jeter.

— Tu me dois cinq dollars, p'tite tête.

— Non, une minute. Vous m'avez engagé pour faire un travail, et...

— Tu as dit que tu ne prenais rien si le devoir était mauvais. D'accord, ton devoir c'est de la merde. Je ne te dois rien. Rends-moi mes cinq dollars.

— Vous ne jouez pas le jeu, Lumumba. Vous essayez de m'escroquer.

— Qui c'est qui escroque l'autre ? Qui c'est qui a parlé de rembourser l'argent ? Moi ? Ou toi ? Qu'est-ce que je vais faire avec le prof, maintenant ? Il va me manquer une matière, et c'est ta faute. Suppose que je ne puisse plus faire partie de l'équipe à cause de ça. Hein ? Alors, hein ? Écoute, mon vieux. Tu me donnes envie de vomir. Donne-moi les cinq dollars. »

Est-ce qu'il parle sérieusement ? Je suis incapable de le savoir. L'idée de lui rembourser son argent me donne la nausée. Pas seulement à cause des cinq dollars. J'aimerais pouvoir lire ses pensées, mais je n'ai pas la moindre ressource sur ce plan. Je suis complètement bloqué. Je vais essayer de bluffer. Je lui dis : « Qu'est-ce que c'est que ça ? L'esclavage à l'envers ? J'ai exécuté le travail. J'ignore quelles raisons insensées et irrationnelles vous avez de le refuser, mais je garderai les cinq dollars. Au moins ça.

— Donne-moi l'argent, p'tit con.

— Allez vous faire foutre. »

Je fais mine de m'éloigner. Il m'attrape — son bras, dans toute sa portée, doit être aussi long qu'une de mes jambes — et me tire vers lui. Il se met à me secouer. Mes dents s'entrechoquent Il ricane plus que jamais, et son regard est démoniaque. J'agite mon poing dans sa direction, mais il me tient à bout de bras et je ne peux même pas le toucher. Je me mets à hurler. Une foule s'assemble. Soudain, il y a trois ou quatre autres types en blazer universitaire, tous des Noirs, qui nous entourent. Ils sont gigantesques, mais pas autant que lui. Ses coéquipiers. Ils s'esclaffent, ils gambadent. Je suis un jouet pour eux. « Hé, il t'embête ? » demande l'un d'eux. « Tu as besoin qu'on t'aide, Yahya ? » crie un autre. « Qu'est-ce qu'il te fait, cet enculé de youtre ? » hurle un troisième. Ils forment un cercle, et Lumumba me pousse vers celui qui est à sa gauche, qui m'attrape et me relance dans le cercle. Je trébuche. Je tournoie. Je vacille. Ils ne me laissent jamais tomber par terre. Tourne et tourne et tourne. Un coude explose contre ma lèvre. Le goût du sang. Quelqu'un me gifle à la volée, et ma tête vole en arrière. Des doigts s'enfoncent dans mes côtes. Je me rends compte que je vais être sérieusement amoché. Ces géants ont décidé de me tabasser. Une voix que je reconnais à peine comme la mienne propose à Lumumba de lui rembourser son argent, mais personne ne s'en aperçoit. Ils continuent à me faire tournoyer de l'un à l'autre. Plus de claques, maintenant, plus de bourrades, mais des coups de poing. Où est la police du campus ? Au secours ! Au secours ! Les flics à la rescousse ! Mais personne ne vient. Je ne peux plus reprendre mon souffle. J'aimerais me laisser tomber à genoux et embrasser la poussière. Ils continuent à me lancer des épithètes raciales, des mots que je comprends à peine, un jargon *soul* qui doit dater de la semaine dernière. Je ne sais pas de quoi ils me traitent, mais je ressens la haine derrière chaque syllabe. Au secours ? Au secours ? Le monde tourbillonne affreusement. Je sais maintenant ce que ressentirait un ballon de basket si un ballon de basket pouvait ressentir quelque chose. Les coups incessants, le mouvement vertigineux. S'il vous plaît, quelqu'un, n'importe qui, arrêtez-les, aidez-moi. J'ai mal à la poitrine. Un morceau de métal chauffé à blanc derrière le sternum. Je ne vois plus rien. Je ne sens plus que la douleur. Où sont mes pieds ? Je tombe, enfin. Les marches se précipitent vers moi. Le baiser glacé de la pierre me meurtrit la joue. J'ai peut-être déjà perdu connaissance ; qui sait ? Une consolation, au moins. Je ne peux pas descendre plus bas.

# XXII

Il était prêt à tomber amoureux quand il rencontra Kitty. Tout mûr, tout bon pour un engagement émotionnel. Peut-être que c'était là l'ennui ; ce qu'il ressentait pour elle n'était pas tant de l'amour que la simple satisfaction d'être amoureux. Ou peut-être pas. Il n'avait jamais réussi à voir clair dans les sentiments qu'il éprouvait envers Kitty. Ils avaient eu leur période romantique pendant l'été 63, qui reste dans son souvenir comme le dernier été de l'espoir et de l'abondance avant que le long automne du chaos entropique et du désespoir philosophique ne s'abatte sur la société occidentale. John Kennedy était alors en place et, même si politiquement les choses n'étaient pas particulièrement fameuses pour lui, il s'arrangeait pour donner l'impression que tout allait s'arranger, sinon tout de suite, du moins à l'occasion de son second mandat inévitable. Les essais nucléaires dans l'atmosphère venaient d'être interdits. Le téléphone rouge entre Moscou et Washington était en cours d'installation. Le Secrétaire d'État Rusk avait annoncé au mois d'août que le gouvernement sud-vietnamien prenait rapidement le contrôle des opérations dans des secteurs supplémentaires. Le nombre des Américains tombés au Vietnam n'avait pas encore atteint la centaine.

Selig, qui avait vingt-huit ans, venait de quitter son appartement de Brooklyn Heights pour prendre un meublé près de la 70e Rue Ouest. Il avait un emploi de courtier en Bourse à cette époque-là, aussi bizarre que cela puisse paraître. L'idée était de Tom Nyquist. Depuis six ans, Nyquist était son meilleur et peut-être son seul ami, bien que leur amitié se fût considérablement relâchée ces deux dernières années. L'assurance presque arrogante de Nyquist rendait Selig de plus en plus mal à l'aise, et il préférait mettre quelque distance, aussi bien sur le plan psychologique que sur le plan géographique, entre son aîné et lui. Un jour, Selig avait dit pensivement que si seulement il pouvait réunir une certaine somme d'argent — par exemple vingt-cinq mille dollars — il irait sur une île lointaine pour y passer un ou deux ans à écrire un roman, quelque chose de percutant sur l'aliénation de l'homme moderne. Il n'avait jamais rien écrit de conséquent, et il n'était pas sûr que son projet était sincère. Il espérait seulement en secret que Nyquist lui proposerait de lui donner l'argent — Nyquist était capable, s'il le voulait, de gagner vingt-cinq mille dollars en un après-midi de travail — en lui disant : « Prends ça, vieux, et sois créatif. » Mais il n'avait pas l'habitude de faire les choses de cette façon. Au lieu de cela, il disait que la manière la plus facile pour quelqu'un qui n'a pas de capital de se faire beaucoup d'argent en un minimum de temps était de se faire engager comme agent dans une maison de courtage. Les commissions étaient décentes, suffisamment pour vivre et parfois pour mettre de côté, mais il y avait surtout à gagner en se mettant au parfum de toutes les combines maison des courtiers expérimentés : ventes à découvert, acquisition de nouvelles émissions, opérations d'arbitrage. Avec un peu de persévérance, lui expliqua Nyquist, on peut se faire autant d'argent qu'on veut. Selig protesta qu'il ne savait rien de Wall Street. « Je peux tout t'apprendre en trois jours », répondit Nyquist.

Il fallut moins que cela, en fait. Selig se glissa dans l'esprit de son ami qui lui fit un cours éclair et intensif de terminologie financière. Nyquist possédait toutes les définitions impeccablement ordonnées : valeurs fiduciaires ou privilégiées, long et court terme, option, obligations, convertibilités, plus-values, situations spéciales, capital fixe contre capital variable, offres secondaires, les spécialistes et leurs combines, le marché parallèle, l'indice Dow-Jones et tout le reste. Il y avait quelque chose de limpide dans ces transferts avec Nyquist qui rendait la mémorisation extrêmement aisée. Le stade suivant consistait à trouver une place d'assistant dans une agence de courtage. Toutes les grosses boîtes étaient constamment à la recherche de débutants : Merrill Lynch, Goodbody, Hayden Stone, Clark Dodge, des dizaines. Selig en choisit une au hasard et posa sa candidature. Ils lui firent passer un test préliminaire. Il connaissait la plupart des réponses, et celles qu'il ne connaissait pas, il les extirpa de l'esprit des autres candidats testés, dont la plupart suivaient le marché depuis leur enfance. Le résultat fut proche de la perfection, et il fut accepté. Après un rapide stage de perfectionnement, il passa l'examen officiel et peu de temps après put opérer comme agent agréé dans une agence de courtage qui venait de se créer dans Broadway près de la 72ᵉ Rue.

Il faisait partie d'une équipe de cinq agents, tous très jeunes. La clientèle était à prédominance juive et généralement gérontocratique : veuves de soixante-quinze ans habitant les immeubles énormes de la 72ᵉ Rue, fabricants de vêtements à la retraite, cigare au coin des lèvres, venus de West End Avenue et de Riverside Drive. Certains étaient bourrés d'argent, qu'ils investissaient de la manière la plus prudente possible. D'autres étaient pratiquement sans le sou, mais insistaient pour acheter quatre actions de Continental Edison, ou trois actions des Téléphones juste pour se donner l'illusion de la prospérité. Comme la plupart des clients étaient vieux et ne travaillaient pas, la grande majorité des affaires de l'agence étaient traitées en personne plutôt qu'au téléphone. Il y avait en permanence dix ou douze personnes âgées en train de discuter le coup devant le *ticker,* et de temps à autre l'un d'eux se dirigeait d'une démarche tremblotante vers le comptoir de son agent favori, et lui passait un ordre. Quatre jours après que Selig eut commencé à travailler à l'agence, un de ces vénérables clients eut une attaque qui lui fut fatale à l'occasion d'une reprise de neuf points. Personne ne parut surpris ni atterré, ni les courtiers, ni les amis de la victime. Cela se produisait au moins une fois par mois, apprit-on à Selig. Le mektoub. Une fois qu'ils ont atteint un certain âge, vous finissez par vous attendre à voir tomber vos amis comme des mouches. Il devint rapidement le favori des vieilles dames. Elles l'aimaient parce qu'il était un jeune homme juif comme il faut, et plusieurs lui proposèrent même de le présenter à leur petite-fille. Il refusait invariablement, mais d'une manière polie. Il se faisait un point d'honneur de les traiter toujours avec patience et courtoisie, comme un véritable petit-fils. La plupart d'entre elles étaient des femmes ignorantes, pratiquement illettrées, qui avaient été maintenues dans un état d'innocence à vie par un mari aussi actif et possessif que faible de la coronaire. Maintenant, ayant hérité beaucoup plus d'argent qu'elles n'étaient capables d'en dépenser, elles n'avaient pas la moindre idée de ce qu'elles pouvaient en faire, et elles s'en remettaient entièrement au jeune et sympathique courtier. Quand Selig leur sondait l'esprit, il les trouvait presque toujours éteintes et tristement incomplètes. Comment peut-on vivre jusqu'à l'âge de soixante-quinze ans sans savoir ce que c'est qu'une idée ? Mais quelques-unes de ces vieilles dames faisaient preuve d'un esprit de rapacité vigoureuse, passionnée et paysanne, qui avait presque son charme. Les hommes étaient moins agréables : bourrés de fric, et pourtant toujours avides d'en gagner plus. La vulgarité et la férocité de leurs ambitions écœuraient Selig, qui ne plongeait dans leur esprit que par nécessité, quand il voulait se faire une opinion précise de la manière dont ils voulaient investir, afin de pouvoir les servir comme ils le souhaitaient. Un mois parmi des gens comme ça, se disait-il, aurait suffi à transformer n'importe quel Rockefeller en socialiste.

Les affaires étaient régulières et sans histoires. Une fois qu'il eut constitué son petit noyau d'habitués, ses commissions commencèrent à tourner autour de cent soixante dollars par semaine, ce qui représentait bien plus d'argent qu'il n'en avait jamais gagné avant, mais qui n'était rien, imaginait-il, à côté de ce que les courtiers devaient se faire. « Tu as de la chance, lui déclara un autre agent de comptoir, d'être arrivé ici au printemps. Pendant les mois d'hiver, ils vont tous en Floride, et on pourrait crever ici avant que quelqu'un ne vienne nous passer un ordre. » Comme Nyquist le lui avait prédit, il put réaliser quelques bénéfices appréciables en opérant des transactions pour son compte. Il y avait toujours de bonnes petites affaires qui circulaient à l'agence, des tuyaux sûrs avec du répondant derrière. Il commença par économiser trois cent cinquante dollars, qui firent rapidement boule de neige. Il spéculait sur Chrysler, Control Data, RCA, Sunray DX Oil, achetait et vendait selon les rumeurs de fusions, de fractionnements ou de gains dynamiques. Mais il découvrit aussi que Wall Street n'évoluait pas que dans une seule tendance, et une grande part de ses gains fondit dans des transactions mal synchronisées de Brunswick, Beckman Instruments et Martin Marietta. Il comprit qu'il n'aurait jamais assez de magot pour s'en aller écrire son roman. Peut-être que c'était aussi bien ainsi : quel besoin le monde avait-il d'un romancier amateur de plus ? Il se demandait ce qu'il allait faire ensuite. Au bout de trois mois de courtage, il avait un peu d'argent à la banque, mais pas beaucoup, et il en avait affreusement marre.

La chance lui jeta Kitty entre les bras. Elle se montra par un matin lourd de juillet, sur le coup de neuf heures et demie. Le marché n'était pas encore ouvert, la plupart des clients s'étaient enfuis vers les Catskills pour la durée de l'été, et les seules personnes présentes à l'agence étaient Martinson, le directeur, Nadel, un des autres agents de comptoir, et Selig. Martinson était en train de vérifier ses comptes, Nadel était au téléphone en train de discuter avec un type qui voulait combiner un coup assez subtil sur l'American Photocopy, et Selig, qui n'avait rien à faire, rêvait vaguement à son comptoir qu'il tombait amoureux de la ravissante petite-fille de quelqu'un. C'est alors que la porte s'ouvrit et que la ravissante petite-fille de ses rêves entra. Elle n'était pas exactement belle, peut-être, mais séduisante. Une vingtaine d'années, mince et bien proportionnée. Un mètre cinquante-huit, un mètre soixante. Cheveux comme du duvet, châtain clair, traits finement dessinés, silhouette svelte et gracieuse. Elle paraissait timide, intelligente, d'une certaine manière innocente, avec un curieux mélange de connaissance et de naïveté. Elle portait un corsage de soie blanche — avec une chaîne en or reposant sur sa poitrine menue — et une jupe marron qui lui arrivait aux chevilles mais qui laissait deviner dessous des jambes agréablement galbées. Pas une belle fille, non, mais certainement jolie. Rafraîchissante à regarder. Que diable, se demandait Selig, peut-elle bien venir faire dans ce temple de Mammon à son âge ? Elle vient cinquante ans trop tôt. La curiosité lui fit lancer une sonde vers son front tandis qu'elle s'approchait du comptoir. Il ne recherchait que des renseignements de surface : âge, situation de famille, adresse, numéro de téléphone, but de la visite — quoi d'autre ?

Il ne capta rien.

Ce fut un choc. C'était une expérience incroyable. Unique. Se brancher sur un esprit et le trouver totalement inaccessible, opaque, caché comme par un mur impénétrable — une chose pareille ne lui était jamais arrivée. Il ne recevait d'elle absolument aucune émission. Elle aurait pu être aussi bien un mannequin de plâtre dans la vitrine d'un grand magasin, ou un robot sans âme venu d'une autre planète. Il restait là, clignant les yeux, essayant de trouver une explication. Il était tellement stupéfait par ce vide total qu'il ne pensait même pas à écouter ce qu'elle lui disait, et qu'il dut la prier de répéter.

« Je viens de dire que je voudrais ouvrir un compte de courtage. Êtes-vous un courtier ? »

Confus, maladroit, frappé d'une soudaine timidité d'adolescent, il lui passa les formulaires d'ouverture de compte. Les autres agents étaient arrivés pendant ce temps, mais trop tard : d'après la règle de la maison, elle était sa cliente. Assise derrière le comptoir encombré, elle lui parla de ses projets d'investissement tandis qu'il étudiait l'architecture élégante de son nez élancé et se heurtait une fois de plus à l'énigmatique inaccessibilité de son esprit. Malgré, ou peut-être à cause de cette inaccessibilité, il sentit qu'il tombait irrémédiablement amoureux d'elle.

Elle avait vingt-deux ans. Elle avait fini ses études à Radcliffe l'année dernière. Originaire de Long Island, elle partageait un appartement à West End Avenue avec deux autres filles. Elle était célibataire — il y avait eu, découvrit-il plus tard, une futile aventure terminée par des fiançailles rompues depuis peu de temps. (Comme cela lui semblait étrange, de ne pas tout connaître d'un coup et de ne pas puiser ces renseignements à mesure qu'il le désirait !) Sa formation était mathématique, et elle travaillait comme programmatrice d'ordinateur, expression qui en 1963 évoquait peu de chose aux yeux de Selig ; il ne savait pas très bien si elle dessinait des ordinateurs, ou si elle les faisait marcher, ou si elle les réparait. Récemment, elle avait hérité de six mille cinq cents dollars d'une tante de l'Arizona, et ses parents, qui visiblement étaient des partisans austères et irréductibles de la méthode « nage ou coule » en matière d'éducation, lui avaient demandé de se débrouiller pour investir cet argent toute seule, afin d'assumer ses responsabilités d'adulte. Elle s'était donc dirigée vers la maison de courtage la plus proche, tel un mouton vers la machine à tondre, pour investir son magot.

« Que préférez-vous ? lui demanda Selig. Un bon placement de mère de famille, ou quelque chose de plus risqué, avec une possibilité de gains importants ?

— Je ne sais pas. Je ne m'y connais pas du tout en Bourse. Je ne voudrais pas faire de bêtises, cependant. »

Un autre agent — Nadel, par exemple — y serait allé de son petit speech genre Qui ne risque rien n'a rien, et après lui avoir conseillé d'oublier des concepts aussi démodés que les valeurs sûres et les dividendes, l'aurait aiguillée sur la constitution d'un portefeuille actif — Texas Instruments, Collins Radio, Polaroid, des trucs comme ça. Puis il aurait bien remué le tout tous les deux ou trois mois, troquant Polaroid contre Xerox, Texas Instruments contre Fairchild Camera, Collins contre American Motors, et de nouveau American Motors contre Polaroid, en se taillant de belles petites commissions au passage et en lui faisant à l'occasion gagner un peu d'argent, ou en perdre peut-être. Selig n'avait pas suffisamment d'estomac pour se livrer à de telles manœuvres. « Je vais vous paraître prosaïque, lui dit-il, mais ne prenons pas de risque. Je vais vous recommander quelques valeurs qui ne vous rendront jamais riche, mais qui ne risquent pas non plus de faire mal. Vous n'aurez ensuite qu'à les ranger dans un tiroir et à les laisser pousser, sans être obligée de suivre les cotations chaque jour en vous demandant si ce n'est pas le moment de vendre. Parce que je ne pense pas que vous vous intéressiez aux fluctuations à court terme du marché, n'est-ce pas ? » C'était absolument tout le contraire de ce que Martinson lui avait demandé de dire aux nouveaux clients, mais Martinson pouvait aller au diable. Il lui prit quelques Jersey Standard, quelques Telephone, un peu d'I.B.M., deux bonnes compagnies d'électricité publique et trente parts d'un fonds d'investissement à capital fixe appelé Lehman Corporation, qu'un grand nombre de ses clients âgés affectionnaient. Elle ne posa pas de questions, elle ne demanda même pas ce qu'était un fonds d'investissement à capital fixe. « Là, dit-il. Maintenant, vous êtes titulaire d'un portefeuille de valeurs. Vous voilà devenue capitaliste. » Elle sourit. C'était un sourire timide, un peu forcé, mais il crut déceler une note d'invite dans son regard. C'était un supplice nouveau pour lui que de ne pas pouvoir lire sa pensée, et d'être obligé de s'en remettre à de seuls signes extérieurs pour savoir où il en était avec elle. Mais il tenta sa chance. « Que faites-vous ce soir ? lui demanda-t-il. Moi, je quitte ici à quatre heures. »

Elle était libre ce soir, mais elle travaillait jusqu'à six heures. Ils convinrent qu'il irait la prendre chez elle à dix-neuf heures. Il n'y avait pas à se méprendre sur son sourire quand elle quitta l'agence. « Sale veinard, lui dit Nadel. Tu lui as donné un rencard ? C'est contre le règlement de la commission de protection fédérale que de baiser avec la clientèle. »

Selig se contenta de rire. Vingt minutes après l'ouverture du marché, il se découvrit de deux cents Molybdènes sur l'American Stock Exchange, et couvrit sa vente un point et demi en dessous à l'heure du déjeuner. Ce devrait être suffisant, pensait-il, pour compenser les frais du dîner, et même un peu plus. Nyquist lui avait donné le tuyau la veille : « Moly est une bonne baissière, elle va tomber du lit. » Pendant l'accalmie du milieu de l'après-midi, satisfait de lui-même, il appela Nyquist au téléphone pour lui rapporter sa manœuvre. « Tu t'es couvert trop tôt, lui dit aussitôt son ami. Elles vont encore baisser de cinq ou six points cette semaine. Les petits malins n'ont pas encore bougé.

— Je ne suis pas si gourmand. Je me contenterai d'une part du gâteau.

— Tu ne deviendras jamais riche de cette façon.

— Je crois que je n'ai pas l'instinct du jeu », fit Selig. Il hésitait. Il n'avait pas appelé Nyquist pour parler des Molybdènes. J'ai fait la connaissance d'une fille, voulait-il lui dire, et il m'est arrivé une drôle de chose avec elle. J'ai fait la connaissance d'une fille. Une crainte subite le retenait. La présence silencieuse et passive de Nyquist à l'autre bout du fil lui semblait étrangement menaçante. Il va se moquer de moi, se disait Selig. Il se moque toujours de moi, discrètement, en croyant que je ne m'en aperçois pas. Mais je déraille. À haute voix, il se lança : « Tom, quelque chose d'étrange m'est arrivé aujourd'hui. Une fille est venue à l'agence, une fille très séduisante. Je sors ce soir avec elle.

— Félicitations.

— Attends. Ce qu'il y a, c'est que je n'ai absolument pas pu la capter. Pas même un halo. Le néant absolu. Ça ne m'était jamais arrivé avec personne d'autre jusqu'à présent. Et toi ?

— Je ne crois pas.

— Le néant absolu, je te dis. Je n'y comprends rien. Qu'est-ce qui peut expliquer l'existence d'un écran aussi puissant ?

— Peut-être que tu es fatigué aujourd'hui, suggéra Nyquist.

— Non, non. Je reçois tout le monde, exactement comme d'habitude. Il n'y a qu'elle.

— Ça te tracasse ?

— Évidemment, ça me tracasse.

— Pourquoi évidemment ? »

Pour Selig, c'était évident. Il se doutait bien que Nyquist voulait le pousser à bout : la voix calme, neutre, sans intonation... un jeu. Une manière de passer le temps. Il regrettait d'avoir téléphoné. Quelque chose d'important semblait être en train de passer au *ticker*, et l'autre téléphone s'allumait. Nadel, en l'empoignant, lui lança un regard féroce : *Remue-toi, il y a du travail !* Brusquement, Selig répondit :

« Je... m'intéresse beaucoup à elle. Et ça m'ennuie de ne pouvoir avoir accès à sa véritable personnalité.

— Tu veux dire que tu es embêté de ne pas pouvoir l'espionner, railla Nyquist.

— Je n'aime pas tellement cette expression.

— Elle n'est pas de moi. C'est bien ainsi que tu considères la chose, non ? Espionner. Tu te sens coupable d'espionner les gens. Mais on dirait que ça t'embête également quand tu ne peux pas le faire, pas vrai ?

— Je suppose, admit Selig, morose.

— Avec cette fille, tu te trouves dans l'obligation de revenir à la bonne vieille méthode de communication avec les autres que tout le monde est condamné à utiliser tout le temps, et tu n'aimes pas ça, pas vrai ?

— Ça sonne si horrible dans ta bouche, Tom.

— Que veux-tu que je te dise ?

— Rien du tout. Je voulais simplement te mettre au courant de l'existence de cette fille que je n'arrive pas à capter, et te dire que c'est une situation à laquelle je n'ai jamais été confronté jusqu'à présent. Je voulais savoir si tu as une théorie sur ce qui peut bien se passer.

— Je n'en ai pas, fit Nyquist. Vraiment pas la moindre.

— Très bien. Dans ce cas, je… »

Mais Nyquist n'avait pas fini : « Tu te rends bien compte que je ne possède aucun moyen de te dire si elle est hermétique à la télépathie en général, ou bien hermétique à toi seul, David. » Cette possibilité s'était présentée à l'esprit de Selig un moment plus tôt. Il la trouvait passablement inquiétante. Nyquist continua d'une voix feutrée : « Et si tu me l'amenais, un de ces jours, que je puisse la voir.

Peut-être que j'apprendrai sur elle quelque chose d'utile, de cette façon.

— D'accord », répondit Selig sans trop d'enthousiasme. Il savait qu'une telle rencontre était nécessaire et inévitable, mais l'idée d'exposer Kitty à l'action corrosive de Tom Nyquist créait chez lui une certaine agitation. Il ne voyait pas clairement pourquoi ce devait être ainsi. « Un de ces jours, bientôt, dit-il. Écoute, Tom, tous les téléphones sont allumés. Je te rappellerai.

— Donne-lui-en un de ma part », fit Nyquist.

# XXIII

David Selig
Études Selig 101
Professeur Selig
10 novembre 1976

## L'ENTROPIE EN TANT QUE FACTEUR DE LA VIE QUOTIDIENNE

L'entropie se définit en physique comme l'expression mathématique du degré auquel l'énergie d'un système thermodynamique est répartie de manière à ne pouvoir être convertie en travail. En termes plus généraux et métaphoriques, l'entropie peut être considérée comme la tendance irréversible d'un système, même si ce système est l'univers, à se diriger vers un désordre et une inertie croissants. C'est-à-dire que les choses ont une manière à elles d'empirer tout le temps, jusqu'à ce que finalement elles atteignent un stade de dégradation si poussé que nous ne pouvons même plus nous rendre compte de l'état où elles sont.

Le grand physicien américain Josiah Willard Gibbs (1839-1903) fut le premier à appliquer le second principe de thermodynamique — qui définit le désordre croissant vers lequel tend une énergie se déplaçant au hasard dans un système clos — à la chimie. C'est Gibbs qui énonça avec le plus de fermeté la loi selon laquelle le désordre s'accroît spontanément à mesure que l'univers devient plus vieux.

Parmi ceux qui transposèrent les vues de Gibbs dans le royaume de la philosophie figure le brillant mathématicien Norbert Wiener (1894-1964), qui écrit dans son livre *The Human Use of Human Beings* : « À mesure que l'entropie s'accroît, l'univers et tous les systèmes clos qu'il contient tendent naturellement à se détériorer et à se départir de leurs caractères distinctifs, à se déplacer de l'état le moins probable vers l'état le plus probable, d'un état d'organisation et de différenciation où la distinction et la forme existent vers un état de chaos et d'uniformité. Dans l'univers de Gibbs, l'ordre est ce qu'il y a de moins probable, et le chaos de plus probable. Mais tandis que l'univers global, si tant est qu'il y ait un univers global, tend à se dégrader, il existe des enclaves localisées dont la direction paraît opposée à celle de l'univers dans son ensemble, et où s'exerce une tendance limitée et temporaire à l'accroissement de l'organisation. C'est dans de telles enclaves que la vie peut trouver un abri. »

Wiener salue ainsi la vie en général et les êtres humains en particulier comme des héros de la guerre contre l'entropie, qu'il assimile dans un autre passage à la lutte contre le mal : « Cet élément imprévisible, cet état d'inachèvement organique [c'est-à-dire l'élément de hasard inhérent à la texture fondamentale de l'univers] peut être sans trop d'exagération métaphorique considéré comme représentant les forces du mal. Les êtres humains, continue Wiener, ont en eux un processus antientropique. Nous possédons des récepteurs sensoriels. Nous communiquons les uns avec les autres. Nous utilisons les connaissances que nous avons en commun. Nous sommes donc autre chose que les victimes passives de l'accroissement spontané du chaos universel. Nous ne sommes pas, en tant qu'êtres humains, des systèmes isolés. Nous absorbons de la nourriture, génératrice d'énergie, venant de l'extérieur, et nous faisons par conséquent partie d'un univers plus large qui contient les sources de notre vitalité. Mais plus important encore est le fait que nous recevons des informations par le truchement de nos organes des sens, et que nous agissons selon les informations reçues. En d'autres termes, il se produit une rétroaction. Grâce à la communication, nous apprenons à modifier notre environnement et, ajoute-t-il, par l'action et la communication nous résistons perpétuellement à la tendance de la nature à dégrader ce qui est organisé et à détruire ce qui est chargé de signification ; la tendance [...] de l'entropie à s'accroître. » À très longue échéance, l'entropie finira par nous posséder ; mais à court terme, nous pouvons nous défendre. « Nous ne sommes pas encore des spectateurs en train de contempler les derniers stades de la mort de l'univers. »

Oui, mais si un être humain se *transforme*, par inadvertance ou par choix, en un système isolé ?

Un ermite, par exemple. Il habite une caverne obscure. Aucune information ne pénètre. Il se nourrit de champignons. Ils lui donnent juste assez d'énergie pour se maintenir en vie, mais pas plus. Il est forcé d'avoir recours à ses propres ressources spirituelles et mentales, qu'il finit par épuiser. Graduellement, le chaos s'étend en lui, graduellement les forces de l'entropie prennent possession de tel ganglion, telle synapse. Il absorbe un nombre d'informations sensorielles qui va en décroissant, jusqu'au moment où la victoire de l'entropie sur lui est totale. Il cesse de bouger, de respirer, d'évoluer, de fonctionner en somme. Cet état s'appelle la mort.

Il n'est pas nécessaire de se retirer au fond d'une caverne. On peut opérer une migration intérieure, se refermer sur soi-même en se coupant des sources d'énergie vitale. C'est ce qui se produit souvent parce que les sources d'énergie paraissent menacer la stabilité du moi. En fait, n'importe quel apport d'énergie détruit l'équilibre. Mais cet équilibre lui-même est une menace pour le moi, bien qu'on l'ignore fréquemment. Il y a des gens mariés qui luttent avec acharnement pour atteindre un point d'équilibre. Ils se constituent en système hermétique, tournant le dos au reste de l'univers et s'accrochant l'un à l'autre. Ils se transforment en un système clos à deux composantes d'où toute vitalité est irrémédiablement et inexorablement repoussée par l'équilibre mortel qu'ils ont établi. Deux peuvent périr aussi bien qu'un, s'ils sont suffisamment isolés de tout le reste. J'appelle cela l'illusion monogamique. Ma sœur Judith prétend qu'elle a quitté son mari parce qu'elle se sentait mourir, jour après jour, en vivant avec lui. Mais naturellement Judith est une salope.

La baisse de perception sensorielle n'est évidemment pas toujours une circonstance voulue. Elle nous atteint, que nous le voulions ou pas. Si nous ne descendons pas de notre plein gré dans la tombe, nous y serons poussés de toute façon. C'est ce que je veux dire quand j'écris que l'entropie finira par nous posséder. Quelle que soit notre vitalité, notre vigueur, notre combativité farouche, le temps aura raison de nous. La vue, l'ouïe, l'odorat, le toucher, tout disparaîtra, comme disait le vieux William S., et nous finirons sans dents, sans yeux, sans goût, sans rien. Rien de rien. Ou, comme le décrit aussi le même poète de génie, heure après heure nous devenons de plus en plus mûrs, heure après heure nous pourrissons de plus en plus, et toute l'histoire est là.

Je me prends comme exemple. Que nous révèle la triste histoire de cet homme ? Une diminution inexplicable de pouvoirs jadis remarquables. Une baisse d'énergie. Une petite mort, subie de son vivant. Ne suis-je pas une victime de la guerre de l'entropie ? Ne me voyez-vous pas réduit à l'immobilité et au silence sous vos propres yeux ? Ma détresse n'est-elle pas poignante ? Que serai-je, quand j'aurai cessé d'être moi-même ? Je me rapproche du point zéro. C'est la dégradation spontanée. Un caprice de la probabilité est en train de causer ma perte. Et je regagne le néant. Je rejoins la poussière et les cendres. J'attendrai sans bouger le balai qui me ramassera.

Bravo, Selig. Quelle éloquence ! Mets-toi un A. Ta démonstration est claire et percutante, et tu as saisi à merveille toutes les implications philosophiques sous-jacentes. Tu peux venir t'asseoir au premier rang. Te sens-tu mieux maintenant ?

## XXIV

C'était une idée folle, Kitty. Une vaine lubie. Jamais cela n'aurait pu marcher. Je te demandais l'impossible. Il n'y avait qu'une seule issue concevable, vraiment : que je finisse par t'ennuyer et t'excéder au point de t'éloigner de moi. Mais c'est la faute à Tom Nyquist : c'est lui qui a eu cette idée. Ou plutôt non, c'est ma faute. Je n'étais pas obligé d'écouter ses stupidités. Mea culpa. Mea culpa.

Axiome : C'est un péché contre l'amour que d'essayer de remodeler l'âme de quelqu'un que vous aimez, même si vous croyez que vous l'aimerez davantage quand vous l'aurez transformé en quelque chose d'autre.

Nyquist avait dit : « Peut-être qu'elle est télépathe elle aussi, et que l'écran est une espèce d'interférence, une incompatibilité entre ses ondes mentales et les tiennes, qui annule les émissions dans un sens ou dans l'autre. De sorte que toute émission d'elle vers toi, et probablement de toi vers elle, est impossible.

— J'en doute », avais-je répondu. C'était en août 1963, deux ou trois semaines après notre rencontre. Nous ne vivions pas encore ensemble, mais nous avions couché ensemble deux ou trois fois. « Elle n'a pas un brin de pouvoir télépathique, insistais-je. Elle est on ne peut plus normale. C'est cela l'essentiel chez elle, Tom : c'est une fille on ne peut plus normale.

— N'en sois pas si sûr que cela », fit Nyquist.

Il ne te connaissait pas encore. Il voulait te voir, mais je n'avais pas pu me résoudre à organiser cette rencontre. Tu ignorais même son nom.

« S'il y a une chose que je sais d'elle, lui dis-je, c'est que c'est une fille absolument saine, normale, équilibrée. Elle ne peut donc pas être télépathe.

— Parce que les télépathes sont malsains, anormaux, déséquilibrés, hein ? C.Q.F.D. Parle pour toi, mon vieux.

— Le pouvoir fait basculer l'esprit. Il obscurcit l'âme.

— Le tien, peut-être. Pas le mien. »

Je pense qu'il avait raison sur ce point. La télépathie ne l'avait pas affecté comme moi. Peut-être que j'aurais eu les mêmes problèmes même sans mon pouvoir, après tout. Je ne peux pas le rendre responsable de tous mes ennuis. Et Dieu sait que les névrosés courent les rues, qui n'ont jamais lu de leur vie dans les pensées de qui que ce soit.

Syllogisme :

Certains télépathes ne sont pas névrosés.

Certains névrosés ne sont pas télépathes.

Par conséquent, la névrose et la télépathie ne sont pas forcément liées.

Corollaire :

Vous pouvez paraître normal comme l'as de pique, et avoir quand même le pouvoir.

Tout cela me laissait sceptique. Nyquist était d'accord avec moi pour dire que, si tu avais eu le pouvoir, je m'en serais aperçu tôt ou tard en raison des petits maniérismes inconscients qui ne sauraient échapper aux yeux d'un autre télépathe. Je n'avais naturellement décelé rien de tel. Il suggérait que l'on pouvait être télépathe latent, c'est-à-dire que l'on pouvait avoir le don, mais d'une manière cachée, non développée, utilisée seulement pour faire écran inconsciemment aux sondes mentales des autres télépathes. Ce n'était qu'une hypothèse, disait-il, mais cela éveilla en moi une tentation. « Supposons qu'elle possède ce pouvoir latent, demandai-je. Crois-tu qu'on puisse le développer ?

— Pourquoi pas ? » fit Nyquist.

J'étais prêt à le croire. Je te voyais déjà nantie d'une pleine capacité réceptrice, capable de capter une émission avec autant de facilité et de précision que Nyquist et moi. Comme notre amour serait intense, alors ! Nous serions tout ouverts l'un à l'autre, sans ces barrières et ces faux-semblants qui empêchent même les amants les plus sincères d'atteindre la véritable union des âmes. J'avais déjà un aperçu limité de cette sorte de communion avec Tom Nyquist, mais naturellement je n'éprouvais pas de l'amour pour lui, ni même une réelle affection, et c'était un gaspillage ironique, brutal, qu'un tel contact entre nos esprits. Mais toi ! Si seulement je pouvais faire surgir le don en toi, Kitty ! Et pourquoi pas ? J'en discutai sérieusement avec Nyquist. Il faut essayer scientifiquement, dit-il. Faire des expériences. Vous tenir la main en vous concentrant dans le noir, essayer de provoquer un courant d'énergie entre vous deux. Est-ce que ça ne vaut pas le coup d'essayer ? Bien sûr, disais-je, on ne perd rien à essayer.

Il y a tellement d'autres domaines où tu semblais avoir des possibilités latentes, Kitty. Tu étais un être humain en puissance plutôt qu'en réalité. Une atmosphère d'adolescence t'entourait. Tu paraissais bien plus jeune que tu ne l'étais, et si je n'avais pas su que tu avais achevé tes études à l'université, je t'aurais donné dix-huit ou dix-neuf ans. Ta culture ne dépassait pas ta sphère d'intérêt : les maths, les ordinateurs, la technologie. Et comme ça ne faisait pas partie de ma sphère, c'était comme si pour moi tu étais sans culture. Tu n'avais jamais voyagé. Ton univers était délimité par l'Atlantique et le Mississippi, et le grand voyage de ta vie avait été un été dans l'Illinois. Tu n'avais même pas eu d'expérience sexuelle importante. Trois hommes, je crois, l'année de tes vingt-deux ans, et une seule fois cela avait été sérieux. Je te voyais donc comme une matière brute attendant la main du sculpteur. J'allais être ton Pygmalion.

En septembre 1963, tu es venue vivre avec moi. Tu passais tellement de temps chez moi de toute façon que tu reconnaissais qu'il était stupide de continuer à faire la navette. J'avais l'impression d'être marié : des bas mouillés pendaient sur la tringle du rideau de douche, il y avait une brosse à dents de plus sur la tablette et de longs cheveux bruns dans le lavabo. Ta chaleur contre moi chaque nuit dans le lit, mon ventre contre ta croupe douce et fraîche. Le yang et le yin. Je te donnais des choses à lire : de la poésie, des romans, des essais. Avec quelle bonne grâce tu les dévorais ! Tu lisais Trilling dans le bus en te rendant à ton travail, Conrad dans les heures calmes de la soirée et Yeats le dimanche matin pendant que je descendais acheter le *Times*. Mais rien ne semblait vraiment adhérer à toi. J'ai l'impression que tu avais du mal à distinguer Lord Jim de Lucky Jim, Malcolm Lowry de Malcolm Cowley, James Joyce de Joyce Kilmer. Ton intelligence, si capable de maîtriser le COBOL et le FORTRAN, avait du mal à déchiffrer le langage de la poésie, et tu levais les yeux de *The Waste Land*, étonnée, pour poser une question naïve de collégienne qui me laissait ensuite irrité pour plusieurs heures. J'avais l'impression, parfois, que c'était sans espoir. Mais un jour où la Bourse était fermée, tu m'as emmené avec toi au centre d'informatique où tu étais employée, et tes explications sur les machines avec lesquelles tu travaillais étaient du sanscrit pour moi. Des mondes différents, des tournures d'esprit différentes. Et pourtant, j'avais toujours l'espoir d'arriver à créer un pont.

À certains moments stratégiquement synchronisés, je faisais devant toi une allusion prudente à ma passion pour les phénomènes extrasensoriels.

Je faisais comme si c'était un hobby pour moi, un sujet de curiosité désintéressée. J'étais fasciné, te disais-je, par la possibilité d'arriver à une communication directe entre deux esprits humains. Je prenais soin de ne pas me montrer passionné, de ne pas te faire trop l'article. Comme je ne pouvais réellement pas lire dans ta pensée, j'avais moins de mal à feindre une objectivité de chercheur avec toi qu'avec n'importe quelle autre personne. Et j'étais obligé de feindre. Il n'y avait pas de place dans ma stratégie pour des aveux purs et simples. Je ne voulais pas t'effrayer, Kitty. Je ne voulais pas t'éloigner de moi en te donnant une raison de penser que j'étais un monstre, ou, selon une réaction plus probable de ta part, un fou. Il fallait que ce soit un hobby. Rien de plus qu'un hobby.

Tu ne pouvais pas te résoudre à croire à la P.E.S. Si ça ne peut pas être mesuré avec un voltmètre ou visible sur l'électro-encéphalogramme, disais-tu, ça ne peut pas être réel. Un peu de tolérance, suppliais-je. La télépathie, ça existe. Je *sais* que ça existe. (Sois prudent, Duv !) Je ne pouvais pas faire état de tracés électro-encéphalographiques, je n'en avais jamais vu de ma vie et j'ignorais totalement si mon pouvoir serait enregistré. Je m'étais également interdit de vaincre ton scepticisme en faisant venir quelqu'un d'autre pour me livrer sur lui à des numéros de télépathe de music-hall. Mais j'avais d'autres arguments. Regarde les résultats obtenus par Rhine. Regarde toutes ces séries de lectures correctes des cartes de Zener. Comment les expliques-tu si tu rejettes la P.E.S. ? Et les preuves de l'existence de la télékinésie, la téléportation, la clairvoyance…

Tu restais sceptique, tu réfutais froidement tous les témoignages que je citais. Ta méthode de raisonnement était nette et serrée. Ton esprit n'avait rien de brumeux quand il évoluait dans ses propres eaux, la méthode scientifique. Rhine, disais-tu, trafique ses résultats en testant des groupes hétérogènes et en sélectionnant pour ses expériences suivantes uniquement des sujets qui ont connu des séries de chances extraordinaires. Et naturellement, il ne publie que les résultats qui vont dans le sens de sa théorie. C'est une anomalie statistique, et non extrasensorielle, qui explique ces résultats avec les cartes de Zener, insistais-tu. De plus, l'expérimentateur a un préjugé favorable en faveur de l'existence de la P.E.S., et cela l'amène sans doute à commettre toutes sortes de petites erreurs de procédure inconscientes qui faussent inévitablement les chiffres. Prudemment, je t'ai alors suggéré de tenter quelques expériences avec moi, en te laissant le soin de fixer la procédure à ta guise. Tu as répondu d'accord, principalement, je crois, parce que c'était quelque chose que nous pouvions faire ensemble et que — nous étions alors au début d'octobre — nous cherchions déjà avec un certain malaise un terrain commun, ton éducation littéraire étant devenue un fardeau désagréable pour tous les deux.

Nous convînmes — avec quels déploiements de subtilité ne réussis-je pas à faire passer cela pour ta propre idée ! — de nous concentrer sur la transmission d'images ou de concepts de l'un à l'autre. Et dès le départ, nous connûmes une réussite cruellement trompeuse. Nous assemblions des séries de photos ou d'images, et nous essayions de nous les transmettre mentalement. J'ai encore dans mes archives la teneur de ces expériences :

| *Sujet vu par moi :* | *Sujet deviné par toi :* |
|---|---|
| 1. Une barque à rames | 1. Des chênes |
| 2. Des soucis dans un pré | 2. Un bouquet de roses |
| 3. Un kangourou | 3. Le Président Kennedy |
| 4. Des bébés jumelles | 4. Une statue |
| 5. L'Empire State Building | 5. Le Pentagone |
| 6. Une montagne à la cime enneigée | 6. ? image confuse |
| 7. Visage d'un vieillard vu de profil | 7. Une paire de ciseaux |
| 8. Joueur de base-ball avec sa batte | 8. Un couteau à découper |
| 9. Un éléphant | 9. Un tracteur |
| 10. Une locomotive | 10. Un avion |

Aucune réponse directe, mais sur dix, quatre pouvaient être considérées comme des associations relativement proches la deuxième (fleurs), la cinquième (bâtiments), la neuvième (équipement lourd) et la dixième (moyens de transport). Assez pour nous donner de faux espoirs de véritable communication. Il y avait ensuite :

| *Sujet vu par toi :* | *Sujet deviné par moi :* |
|---|---|
| 1. Un papillon | 1. Un train |
| 2. Une pieuvre | 2. Des montagnes |
| 3. Scène de plage tropicale | 3. Paysage sous un soleil brûlant |
| 4. Jeune Noir | 4. Une automobile |
| 5. Carte de l'Amérique du Sud | 5. Vigne |
| 6. Le pont George Washington | 6. Le Washington Monu ment |
| 7. Coupe de pommes et de bananes | 7. Cours de la Bourse |
| 8. *Tolède*, du Gréco | 8. Un rayon de bibliothèque |
| 9. Une autoroute à l'heure de pointe | 9. Une ruche |
| 10. Un missile intercontinental | 10. Cary Grant |

Aucune réponse directe de moi non plus, mais trois associations sur dix : la troisième, la sixième et la neuvième. Disons que nous nous plaisions à y voir des associations au lieu de simples coïncidences. J'avoue que je tapais dans le noir à tous les coups, et que je ne croyais guère à un courant de pensées entre nous. Néanmoins, ces collisions d'images probablement dues au simple hasard éveillèrent ta curiosité : il doit y avoir quelque chose, admettais-tu. Et nous décidâmes de continuer.

Nous fîmes varier les conditions de la transmission de pensée. Nous essayâmes d'opérer dans l'obscurité absolue, et dans des pièces séparées. Nous essayâmes avec la lumière allumée, en nous tenant la main. Nous essayâmes en faisant l'amour : j'entrais en toi, et je me concentrais sur toi pendant que tu faisais de même. Nous essayâmes en état d'ivresse, à jeun, privés de sommeil, en nous forçant à rester éveillés vingt-quatre heures d'affilée avec l'espoir que nos cerveaux groggy n'auraient plus la force de maintenir la barrière mentale qui nous séparait. Nous aurions bien essayé sous l'influence du hach ou de l'acide, mais personne ne voyait ces drogues d'un très bon œil en 1963. Nous cherchâmes des douzaines d'autres manières de percer un canal de communication télépathique. Peut-être en as-tu encore les détails en mémoire. Pour ma part, j'ai honte de m'en souvenir. Je sais que nous avons lutté plus d'un mois, jour après jour, pour parvenir à de piètres résultats, tandis que ton intérêt grandissait pour atteindre son point culminant, puis redescendait tour à tour en une série de phases qui te menaient du scepticisme complet à un intérêt neutre et froid suivi d'un enthousiasme fasciné, puis d'un sentiment d'échec inévitable, d'impossibilité d'arriver à nos fins qui ouvrait la porte à la lassitude, à l'ennui et à l'irritation. Je ne me rendais compte de rien de tout cela. Je pensais que tu étais aussi passionnée que moi par ces recherches. Mais cela avait cessé d'être un jeu ou une simple expérience. C'était, comme tu le voyais pleinement, une obsession chez moi, et tu me demandas plusieurs fois en novembre si nous ne pouvions pas renoncer. Toute cette télépathie, disais-tu, te donnait d'horribles migraines. Mais comment voulais-tu que je renonce ? Je réfutais tes objections, et j'insistais pour que nous poursuivions. J'étais coincé, j'étais pris au piège. Je te forçai sans pitié à continuer, je te tyrannisai au nom de l'amour que je te portais, en ne voyant que la Kitty télépathe que je finirais par avoir. Chaque semaine qui passait m'apportait la lueur trompeuse d'un succès qui regonflait mon optimisme stupide. Nous allions y arriver. Nos esprits allaient se toucher. Comment abandonner, quand la victoire était si proche ? Mais en réalité, nous n'avancions pas.

Au début du mois de novembre, Nyquist organisa, comme il le faisait occasionnellement, un dîner, fourni par un restaurant de Chinatown qu'il aimait beaucoup. Ces soirées étaient toujours de brillants événements, et refuser son invitation eût été stupide. Ainsi, finalement j'allais être amené à t'exposer à lui. Depuis plus de trois mois, de manière plus ou moins consciente, je te dissimulais à lui, évitant le moment de la confrontation avec une lâcheté que je ne comprenais pas entièrement. Nous arrivâmes en retard : tu étais lente à te préparer. La soirée était bien avancée ; il y avait une vingtaine de personnes, dont plusieurs célébrités, mais qui ne signifiaient rien pour toi, car que savais-tu des poètes, compositeurs, romanciers ? Je te présentai à Nyquist. Il sourit et murmura un compliment suave tout en t'embrassant sur les deux joues de manière distraite et impersonnelle. Tu paraissais intimidée, effrayée presque par son assurance et ses manières doucereuses. Après un instant de bavardage futil, il s'éclipsa pour répondre à la porte d'entrée. Un peu plus tard, je lançai une pensée dans sa direction :

ALORS ? QU'EST-CE QUE TU PENSES D'ELLE ?

Mais il était trop occupé avec ses autres invités pour me sonder, et il ne reçut pas ma question. Je dus chercher moi-même mes réponses sous son crâne. Je m'insinuai en lui — il me lança un coup d'œil de l'autre côté de la pièce, réalisant ce que je faisais — et je partis à la recherche de l'information que je désirais. Plusieurs couches superficielles de banalités de maître de maison masquaient son activité cérébrale plus profonde. Il était en même temps occupé à servir à boire, à aiguiller une conversation, à faire signe que l'on apporte les rouleaux de printemps de la cuisine et à revoir intérieurement la liste de ses invités pour savoir qui il restait encore à arriver. Mais je coupai rapidement à travers tout cela, et il me fallut peu de temps pour localiser son foyer de pensées sur toi. Tout de suite, je sus ce que tu voulais et craignais en même temps. Oui, il te captait parfaitement. Pour lui, tu étais aussi transparente que n'importe qui. Il n'y a qu'à moi que tu étais opaque, pour des raisons que nous ignorions tous. Nyquist venait de te pénétrer, il t'avait évaluée, il s'était formé un jugement sur toi dont je n'avais qu'à prendre connaissance : il te voyait gauche, sans maturité, naïve, mais aussi séduisante et charmante. (Je ne te dis que la vérité. Je n'essaie pas, pour des raisons à moi ultérieures, de le faire paraître plus sévère envers toi qu'il ne l'était en réalité. Tu étais jeune et sans afféterie, et il s'en rendait compte.) Cette découverte me stupéfia. La jalousie me tournait le sang. Travailler si péniblement pendant des semaines pour essayer vainement de t'atteindre, alors qu'il pouvait te percer si aisément ! Je conçus aussitôt un soupçon. Nyquist et ses jeux stupides : est-ce que c'était encore une de ses mauvaises plaisanteries ? Pouvait-il vraiment lire dans ta pensée ? Comment pouvais-je avoir la certitude qu'il n'avait pas implanté une histoire imaginaire dans sa mémoire à mon intention ? Il capta cette pensée :

TU NE VEUX PAS ME CROIRE ? PUISQUE JE TE DIS QUE JE LA REÇOIS.

PEUT-ÊTRE.

TU VEUX QUE JE T'EN DONNE LA PREUVE ?

DE QUELLE MANIÈRE ?

REGARDE.

Sans interrompre un seul instant ses devoirs de maître de la maison, il pénétra dans ta pensée tandis que mon esprit demeurait solidaire du sien. C'est ainsi que grâce à lui je te vis intérieurement pour la première et unique fois. L'esprit de ma Kitty, relayé par celui de Tom Nyquist. Oh, si j'avais su, je n'aurais jamais accepté de tenter l'expérience. Je me vis à travers tes yeux, relayés par son esprit. Physiquement, mon aspect était nettement plus avantageux que celui que j'imaginais avoir. Mes épaules étaient plus larges, mon visage plus fin et mes traits plus réguliers que dans la réalité. Nul doute que tu réagissais favorablement à mon corps. Mais les associations mentales ! Tu me voyais comme un père rigide, un maître d'école intransigeant, un tyran acariâtre. Lis ceci, lis cela, élargis-toi l'esprit, ma fille ! Étudie pour être digne de moi ! Oh ! Et ce foyer ardent de ressentiment envers nos expériences de P.E.S. : pire qu'inutile à tes yeux, une source d'ennui monumentale, une excursion dans l'insensé, un poids lassant et oppressant. Soir après soir, satisfaire les lubies d'un monomaniaque. Même au lit, l'obsession du contact mental nous poursuivait. Comme tu étais écœurée de moi, Kitty ! Comme tu me trouvais mortellement ennuyeux !

Quelques secondes d'une révélation pareille étaient bien plus que suffisantes. Blessé, je me retirai vivement de l'esprit de Nyquist. Tu me regardas à ce moment-là avec un sursaut, je m'en souviens très bien, comme si tu savais à un niveau subliminal que des énergies mentales volaient dans la pièce, mettant à nu les secrets de ton âme. Tu battis des paupières et tes joues s'empourprèrent, puis tu plongeas vivement le nez dans ton cocktail. Nyquist me lança un sourire sardonique. Je n'avais pas le courage de croiser son regard. Mais même ainsi, je ne voulais pas croire ce qu'il m'avait montré. N'avais-je pas déjà été témoin d'étranges effets de réfraction dans des relais de ce genre ? Ne devais-je pas me défier de l'exactitude de cette image de moi vue par toi et retransmise à travers lui ? Ne la modifiait-il pas au passage ? N'y introduisait-il pas de subtiles distorsions de son cru ? Est-ce que je t'emmerdais tant que ça, Kitty, ou n'amplifiait-il pas une simple réaction d'irritation en un dégoût marqué ? Je préférais ne pas croire que je t'ennuyais tellement. Nous avons tendance à interpréter les événements selon la manière dont nous préférons les voir. Mais je me promis de moins peser sur toi à l'avenir.

Plus tard, après le repas, je te vis en train de discuter de façon animée avec Nyquist à l'extrémité opposée de la pièce. Tu étais gaie et provocante, comme avec moi le premier jour à l'agence de courtage. J'imaginais que vous parliez de moi, et pas de manière très flatteuse. J'essayai de saisir la conversation par l'intermédiaire de Nyquist, mais à ma première velléité de sondage il me foudroya :

FICHE LE CAMP DE MA TÊTE, VEUX-TU ?

J'obéis. J'entendis ton rire, trop fort, s'élever au-dessus du bourdonnement général. Je m'éloignai pour engager la conversation avec une frêle petite Japonaise qui faisait de la sculpture et dont la poitrine plate pointait de façon peu tentante sous un fourreau noir décolleté. Je la surpris en train de penser, en français, qu'elle aimerait bien que je la ramène chez moi. Mais c'est avec toi que je suis rentré, Kitty. Assis morose à côté de toi dans la rame vide du subway, je t'ai demandé de quoi tu avais discuté avec Tom Nyquist. « Oh, de tout et de rien, m'as-tu répondu. Nous avons plaisanté un peu. »

Deux semaines plus tard environ, par un après-midi d'automne clair et vif, la nouvelle se répandit qu'on avait assassiné le Président Kennedy à Dallas. La Bourse ferma de bonne heure après une dégringolade calamiteuse, et Martinson baissa le rideau et me renvoya, hébété, dans la rue. J'avais du mal à accepter la succession des événements. *Quelqu'un a tiré sur le Président… Quelqu'un a tiré sur le Président… Le Président a été atteint d'une balle dans la tête… Le Président est dans un état critique… Le Président vient d'être évacué d'urgence à l'hôpital de Parkland… Le Président a reçu l'extrême-onction… Le Président est mort.* Je ne me suis jamais particulièrement intéressé à la politique, mais la nouvelle avait sur moi un effet dévastateur. Kennedy était le seul candidat présidentiel pour qui j'aie jamais voté qui ait gagné ensuite, et maintenant ils l'assassinaient. L'histoire de ma vie comprimée en une parabole sanglante. Désormais, ce serait le Président Johnson. Pourrais-je m'adapter ? Je m'accroche aux zones de stabilité. Quand j'avais dix ans et que Roosevelt est mort, Roosevelt qui avait été Président toute ma vie, je retournai les syllabes peu familières de *Président Truman* sur le bout de ma langue pour voir si je pouvais m'accoutumer à elles. Mais je décidai de les rejeter aussitôt en me disant que je l'appellerais aussi Président Roosevelt, car j'étais habitué à donner ce nom au Président des États-Unis.

Cet après-midi de novembre, je captai des émanations de peur de tous les côtés en rentrant hâtivement chez moi. L'atmosphère de paranoïa était générale. Les gens rentraient les épaules en regardant les autres d'un air suspicieux. Des visages de femmes apparaissaient, livides, derrière les rideaux de leurs appartements, au-dessus des rues silencieuses. Les automobilistes regardaient prudemment dans toutes les directions aux carrefours, comme s'ils s'attendaient à voir les tanks envahir Broadway. (À ce moment-là, on croyait généralement que l'assassinat était le premier coup porté par les auteurs d'un putsch de droite.) Personne ne s'attardait dans la rue. Tout le monde courait s'abriter. N'importe quoi pouvait arriver maintenant. Des meutes de loups pouvaient déboucher dans Riverside Drive. Des patriotes excités pouvaient déclencher un pogrom. De mon appartement — le verrou mis et les volets bouclés — j'essayai de te téléphoner à ton centre d'informatique, pensant que tu n'avais peut-être pas appris la nouvelle, ou simplement poussé par le désir d'entendre ta voix dans ces circonstances traumatisantes. Les lignes téléphoniques étaient embouteillées. Je renonçai au bout de vingt minutes d'essais. Puis, errant désœuvré de la chambre au living et inversement, agrippé à mon transistor, tripotant le cadran pour essayer de trouver une station dont le commentateur m'annoncerait qu'il vivait encore malgré tout, je passai par la cuisine et je trouvai ton mot sur la table, où tu me disais que tu me quittais, que tu ne pouvais plus vivre avec moi. Le mot était daté de ce matin 10 h 30, avant l'assassinat, dans une ère différente. Je me précipitai vers le placard de la chambre et vis ce qui m'avait échappé jusqu'alors, que toutes tes affaires avaient disparu. Quand une femme me quitte, elle le fait toujours brusquement et furtivement, sans le moindre avertissement préalable.

Vers la fin de la soirée, je téléphonai à Nyquist. Cette fois-ci, les lignes étaient dégagées. « Est-ce que Kitty est là ? lui demandai-je de but en blanc. — Oui, me répondit-il. Une seconde. » Et il te passa l'appareil. Tu m'expliquas que tu allais vivre chez lui pendant quelque temps jusqu'à ce que tes idées soient remises en place. Il s'était montré très serviable. Non, tu ne m'en voulais pas, tu ne ressentais aucune amertume. Je te paraissais seulement... insensible, alors que lui avait cette compréhension instinctive, intuitive, de tes besoins émotionnels. Il était capable d'entrer dans ta tête, Kitty, et moi je ne le pouvais pas. Alors, tu étais allée vers lui chercher l'amour et le réconfort. Au revoir, disais-tu, et merci pour tout. Je balbutiai un au revoir, et je raccrochai l'appareil. Au cours de la nuit, le temps changea et ce fut sous un ciel noir et une pluie glacée qu'on enterra le Président. Je manquai tout : la bière exposée dans la rotonde, la veuve stoïque et les enfants courageux, l'assassinat d'Oswald et la procession funéraire, toutes ces pages d'Histoire instantanée. Le samedi et le dimanche, je me couchai tard, je pris une cuite et lus cinq livres sans en absorber un mot. Le lundi, jour de deuil national, je t'écrivis cette lettre incohérente, Kitty, où je t'expliquais tout, où je te racontais ce que j'avais essayé de faire de toi et pour quelle raison, où je te confessais mon pouvoir et les effets qu'il exerçait sur mon existence, et où je te mettais aussi en garde contre Nyquist, en l'expliquant ce qu'il était, qu'il avait le pouvoir également de lire dans tes pensées et que tu ne pourrais garder aucun secret pour lui. Qu'il ne fallait pas le prendre pour un être humain, qu'il n'était qu'une machine, autoprogrammée pour l'accomplissement maximum de soi-même, et que le pouvoir l'avait rendu froid et cruellement fort, tandis qu'il m'avait au contraire affaibli et rendu instable. J'insistais pour te faire savoir qu'essentiellement il était aussi malade que moi, qu'il se plaisait à manipuler les gens et était incapable de donner de l'amour, seulement de prendre. Je t'avertissais qu'il te ferait du mal si tu te rendais vulnérable à lui. Tu ne répondis pas. Je n'ai plus jamais entendu parler de toi depuis, je ne t'ai jamais revue et je ne l'ai jamais revu non plus. Treize ans. Je n'ai pas la plus petite idée de ce que vous avez pu devenir l'un et l'autre. Probable que je ne le saurai jamais. Mais écoutez. Écoute bien. Je t'aimais, Kitty. Je t'aime en ce moment. Et tu es perdue pour moi à jamais.

# XXV

Il se réveille raide, engourdi et endolori, dans un service d'hôpital lugubre et sombre. Visiblement, il se trouve à St. Luke, peut-être dans le pavillon des urgences. Sa lèvre inférieure est enflée, son œil gauche s'ouvre avec difficulté et son nez fait un bruit de sifflet inhabituel à chaque inspiration. Est-ce qu'ils l'ont transporté ici sur une civière, quand les joueurs de basket en ont eu fini avec lui ? Il essaie d'évaluer les dommages en regardant son corps, mais son cou, étrangement rigide et réticent, ne se plie que juste assez pour lui faire voir la blancheur douteuse d'une blouse d'hôpital. Chaque fois qu'il respire, il imagine qu'il sent les arêtes brisées de ses côtes qui se raclent. Il passe tant bien que mal une main sous la blouse pour tâter sa poitrine et ne découvre pas de pansement. Il ne sait pas s'il faut qu'il en soit soulagé ou inquiet.

Prudemment, il se met assis sur son lit. Un tourbillon d'impressions l'assaille. La salle d'hôpital est bruyante et pleine de monde. Les lits sont serrés les uns contre les autres. Ils sont munis de rideaux isolants, mais pas un seul rideau n'est tiré. La plupart des personnes alitées sont des Noirs, et plusieurs doivent être dans un état grave, à en juger d'après le nombre d'appareils qui les entourent. Coups de couteau ? Pare-brise éclaté ? Amis et parents se pressent autour de chaque lit, gesticulant, discutant et criant. C'est une atmosphère de kermesse. Impassibles, les infirmières circulent au milieu de tout cela, manifestant autant d'intérêt pour les malades qu'un gardien de musée pour les momies qu'il est chargé de surveiller. Personne ne prête attention à Selig excepté Selig, qui retourne à l'examen de sa personne. Du bout des doigts, il explore ses joues. Sans miroir, il ne peut pas dire à quel point son visage est endommagé, mais il y a beaucoup de points sensibles. Sa clavicule gauche est endolorie des suites d'une manchette de karaté fulgurante. Son genou droit est le siège d'élancements pénibles, comme s'il l'avait tordu dans sa chute. Dans l'ensemble, la douleur est moins forte qu'il ne l'aurait imaginé. On lui a sans doute fait une piqûre.

Son esprit est brumeux. Il reçoit des impulsions mentales de ses voisins de salle, mais tout est confus, indistinct. Il capte des auras, mais aucune concrétisation verbale intelligible. Il essaie de rassembler ses idées. Il demande par trois fois à des infirmières qui passent de lui dire l'heure qu'il est, car son bracelet-montre a disparu, mais elles ne font pas attention à lui. Finalement, une Noire massive et souriante vêtue d'une robe rose à froufrous se penche sur lui en disant : « Quatre heures moins le quart, mon poulet. » Du matin ? De l'après-midi ? Probablement de l'après-midi, décide-t-il. De l'autre côté de l'allée, deux infirmières ont commencé à ériger ce qui doit être un système d'alimentation intraveineuse, avec un tuyau en plastique qui pénètre dans le nez d'un énorme Noir inconscient emmitouflé de pansements. L'estomac de Selig ne lui lance pour l'instant aucun signal de faim. L'odeur de pharmacie qui flotte dans la salle lui donne la nausée. C'est à peine s'il est capable de saliver. Est-ce qu'on lui donnera à manger ce soir ? Est-ce qu'on va le garder longtemps ? Qui paiera ? Doit-il demander qu'on avertisse Judith ? Ses blessures sont-elles graves ?

Un interne s'avance dans l'allée. Un petit homme à la peau brune, aux os fins et saillants. Un Pakistanais, d'après son apparence. Il se déplace avec une souplesse précise. Sa poche de poitrine, cependant, s'orne d'une pochette sale et fripée qui gâche l'effet d'élégance de son uniforme blanc. Selig est étonné de le voir venir droit vers lui.

« Les radios n'indiquent pas de lésion, dit l'interne sans préambule d'une voix ferme et sonore. Vos seules blessures sont des écorchures et des contusions mineures, ainsi qu'une commotion sans gravité. Nous pouvons vous laisser partir. Veuillez me suivre.

— Une minute, protesta faiblement Selig. Je viens de reprendre mes sens. Je ne sais pas ce qui s'est passé. Qui m'a amené ici ? Combien de temps suis-je resté sans connaissance ? Qu'est-ce que…

— Je ne suis au courant de rien. Votre bon de

sortie a été signé, et nous avons besoin de ce lit. Levez-vous, je vous prie. Je suis très occupé.

— Une commotion ? Est-ce que vous ne devriez pas me garder pour la nuit, au moins, si j'ai eu une commotion ? Ou bien est-ce que j'ai déjà passé une nuit ici ? Quel jour sommes-nous ?

— On vous a amené ici vers midi aujourd'hui, fait l'interne avec une impatience grandissante. Vous avez été soigné dans la salle des urgences et examiné soigneusement après avoir été rossé sur les marches de la bibliothèque. » De nouveau, il lui intime, silencieusement cette fois, d'un geste de l'index, l'ordre de se lever. Selig sonde son esprit et le trouve grand ouvert, mais il n'y décèle rien d'autre que de l'impatience et de l'irritation. Lourdement, il descend du lit. On dirait que son corps a été réassemblé avec des bouts de fil de fer. Ses os grincent et s'entrechoquent. Il a encore la sensation que ses côtes brisées lui raclent la poitrine. Est-ce que les radios ont pu se tromper ? Il est sur le point de poser la question, mais c'est trop tard. L'interne continue sa ronde de lit en lit.

On lui amène ses vêtements. Il tire le rideau autour de son lit et s'habille. Oui, il y a des taches de sang sur sa chemise, comme il le redoutait, et aussi sur son pantalon. Un beau gâchis. Il vérifie ses affaires : tout est là. Portefeuille, bracelet-montre, peigne. Et maintenant ? Partir comme ça ? Sans rien signer ? Selig se dirige de manière hésitante vers la porte. Il arrive jusqu'au couloir sans que personne le remarque. Puis l'interne se matérialise devant lui comme une apparition et lui désigne une autre pièce au bout du hall en disant « Attendez ici jusqu'à ce que l'huissier vienne vous chercher. » L'huissier ? Quel huissier ?

Il y avait bien, comme il le craignait, des papiers à signer avant de pouvoir échapper aux griffes de l'hôpital. Juste au moment où il en finissait avec les paperasseries, un type âgé d'une soixantaine d'années, gros, le visage couleur de cendre, vêtu de l'uniforme du service d'ordre de l'université, entra dans la salle en soufflant un peu. « C'est vous, Selig ? demanda-t-il.

— Oui, fit Selig.

— Le Doyen désire vous voir. Vous pouvez marcher, ou voulez-vous un fauteuil roulant ?

— Je peux marcher. »

Ils sortent ensemble de l'hôpital, remontant Amsterdam Avenue jusqu'à la grille du Campus de la 115e Rue, et entrent par la section Van Am. L'huissier ne le quitte pas d'une semelle, sans rien dire. Peu de temps après, Selig se retrouve en train d'attendre dans l'antichambre du Doyen de l'Université de Columbia. L'huissier attend avec lui, les bras placidement croisés, enveloppé dans un cocon d'ennui. Selig commence à avoir l'impression qu'il est aux arrêts. Qu'est-ce que c'est que ça ? Quelle étrange pensée. Pourquoi aurait-il peur du Doyen ? Il sonde l'esprit engourdi de l'huissier, mais n'y trouve rien d'autre que des masses de brume floconneuse. Il se demande qui est le Doyen en ce moment. Il se rappelle très bien ceux de l'époque où il était étudiant : Lawrence Chamberlain, avec son nœud papillon et son beau sourire, était Doyen de l'Université, et Nicholas McKnight, membre de la fraternité Sigma Khi, aux manières très dix-neuvième siècle, était Doyen des Étudiants. Mais c'était il y a vingt ans. Chamberlain et McKnight ont certainement eu plusieurs successeurs. Selig n'en sait rien. Il n'a jamais été du genre à lire les bulletins de l'association des anciens élèves.

Une voix annonce de l'intérieur : « Le Doyen Cushing va vous recevoir. »

« Entrez », lui dit l'huissier.

Cushing ? Beau nom pour un Doyen. Qui est ce ? Selig s'avance en boitant, rendu maladroit par ses blessures, tracassé par son genou qui lui fait mal. Face à lui, derrière un bureau poli que n'encombre aucun papier, est assis un homme d'aspect jeune, large de carrure, les joues glabres, genre P.-D.G.. vêtu d'un complet sombre traditionnel. La première pensée de Selig concerne les mutations opérées par le passage du temps. I considérait jadis les doyens comme des symboles altiers d'autorité, nécessairement vieux ou au moins d'un âge moyen, mais le Doyen de l'Université devant lequel il se trouve a à peu près le même âge que lui. Il se rend compte alors qu'il connaît cet homme. Ted Cushing. Ils avaient les mêmes cours en 56. Cushing était déjà un personnage sur le campus. Président de sa classe, vedette de football et étudiant hors pair dans toutes les matières. Ils se sont fréquentés, au moins passagèrement. Cela cause toujours un choc à Selig, quand il réalise qu'il n'est plus jeune et qu'il appartient maintenant à une génération qui a le contrôle des mécanismes du pouvoir.

« Ted ? balbutie-t-il. C'est toi le Doyen, maintenant ? Jamais je n'aurais cru... Mais quand...

— Assieds-toi, Dave, fait Cushing poliment mais sans débordement d'amitié. Est-ce que tes blessures sont graves ?

— Ils disent qu'il n'y a rien de cassé. Mais j'ai l'impression d'avoir tous les os en miettes. » En se laissant tomber dans un fauteuil, il montre ses vêtements tachés de sang et son visage meurtri. Chaque parole nécessite un effort. Ses mâchoires grincent aux articulations. « Dis donc, Ted, ça fait un bout de temps ! Vingt ans qu'on ne s'est pas vus. Tu t'es souvenu de mon nom, ou est-ce que j'ai été identifié par mes papiers ?

— Nous avons pris toutes les dispositions utiles pour payer les frais d'hôpital, déclare Cushing sans paraître prêter attention aux paroles de Selig. S'il y a d'autres dépenses médicales, nous les prendrons en charge également. Je peux te le mettre par écrit, si tu le désires.

— Ton assurance verbale me suffit. Et au cas où tu aurais peur que je fasse un procès à l'Université, sois tranquille, je n'en ai pas l'intention. Il faut bien que jeunesse se passe, même si...

— L'idée que tu pourrais nous faire un procès ne nous tracasse pas beaucoup, David, fait Cushing tranquillement. À vrai dire, la question est de savoir si ce n'est pas nous qui allons t'en faire un.

— À moi ? Et pourquoi ? Parce que je me suis fait démolir par tes joueurs de basket ? Parce que j'ai abîmé leurs mains fragiles avec mon visage ? » Il tente un sourire pitoyable. Le visage de Cushing demeure grave. Il y a un moment de silence. Selig essaie désespérément de donner un sens à la phrase de Cushing. Ne trouvant aucune explication raisonnable, il décide de donner un coup de sonde. Mais il se heurte à un mur. Il est soudain trop timide pour se lancer, il a peur d'être incapable de percer. « Je ne comprends pas ce que tu veux dire, fait-il finalement. Me faire un procès pour quelle raison ?

— Pour ces raisons-là, David. » Pour la première fois, Selig remarque la pile de feuilles de copie dactylographiées sur le bureau du Doyen. Cushing les pousse vers lui. « Est-ce que tu reconnais ceci ? Tiens, regarde. »

Selig feuillette misérablement le paquet. Ce sont des dissertations, toutes de sa main. *Ulysse en tant que symbole de la société. Les romans de Kafka. Eschyle et la tragédie aristotélicienne. La résignation et l'acceptation dans la philosophie de Montaigne. Virgile en tant que source d'inspiration de Dante.* Certaines sont notées : A –, B +, A –, A, et portent des annotations dans la marge. D'autres feuillets sont intouchés, à l'exception de taches et de déchirures. Ce sont les dissertations qu'il allait remettre quand Lumumba lui est tombé dessus. Avec un soin méticuleux, il remet le paquet en ordre, alignant les copies bord à bord, puis les repousse dans la direction de Cushing.

« Très bien, dit-il. Vous m'avez coincé.

— Est-ce toi qui as écrit tout cela ?

— Oui.

— Contre rétribution ?

— Oui.

— C'est triste, David. Je trouve ça affreusement triste.

— J'avais besoin de gagner ma vie. On ne donne pas de bourses aux anciens élèves.

— Combien te payait-on pour faire ce travail ?

— Trois ou quatre dollars la page dactylographiée. »

Cushing hoche la tête d'un air navré. « Tu te débrouilles bien, je ne peux pas dire le contraire. Il doit y avoir ici huit ou dix types qui se livrent au même racket que toi, mais tu les bats aisément.

— Merci.

— Cependant, tu as eu un client mécontent, au moins. Nous avons demandé à Lumumba pourquoi il t'avait tabassé. Il nous a dit qu'il t'avait engagé pour écrire une dissertation à sa place, que tu lui avais saboté le travail et que tu avais refusé de le rembourser. D'accord, nous nous occupons de lui par ailleurs, mais il y a aussi ton cas à régler. Cela fait pas mal de temps que nous sommes sur ta piste, David.

— Vraiment ?

— Nous avons fait circuler des photocopies de tes œuvres dans une douzaine de sections, au cours des deux derniers semestres, en demandant à tout le monde de repérer ton style et les caractères de ta machine. À vrai dire, nous n'avons pas tellement eu de succès. Un grand nombre des membres de la faculté ne semblent pas se préoccuper de savoir si les devoirs qu'on leur remet sont authentiques ou non. Mais nous, nous n'étions pas indifférents, David. Pas du tout indifférents. » Le Doyen Cushing se penche en avant. Son regard, terriblement grave, cherche celui de Selig. Selig détourne les yeux. Il ne peut supporter une telle intensité. « Il y a déjà plusieurs semaines que nous t'avons découvert, poursuit Cushing. Nous avons coincé un certain nombre de tes clients, que nous avons menacés d'expulsion. Ils nous ont donné ton nom, mais ils ne connaissaient pas ton adresse et nous n'avions aucun moyen de te retrouver. Nous avons donc attendu. Nous savions que tu reviendrais faire tes livraisons et de nouvelles sollicitations. C'est alors que nous est parvenu un rapport sur une bagarre près de la bibliothèque. Des joueurs de basket étaient en train de rosser quelqu'un. Nous sommes allés voir et nous t'avons trouvé avec une pile de devoirs à remettre serrés sous ton bras. C'est tout. Tu as perdu ton job, David.

— Je devrais demander un avocat. Je ne devrais rien admettre devant toi. Il aurait fallu tout nier quand tu m'as montré ces devoirs.

— Inutile d'être si technique en ce qui concerne tes droits.

— Il le faudra bien quand tu me traîneras devant un tribunal, Ted.

— Il n'en est pas question, fait Cushing. Nous n'avons aucune intention de te poursuivre, sauf si nous te surprenons à récidiver. Nous n'avons aucun intérêt à te faire mettre en prison, et de toute façon je ne sais pas si ce que tu faisais est considéré comme un crime. Ce que nous voudrions sincèrement, David, c'est t'aider. Pour un homme aussi intelligent, aussi capable que toi, être tombé si bas, finir en fabriquant de faux devoirs pour les vendre à des étudiants, c'est navrant, David, c'est affreusement navrant. Nous avons discuté de ton cas dans cette pièce même, avec les Doyens Bellini et Tompkins, et nous avons conçu un programme de réhabilitation pour toi. Nous pourrions te trouver du travail sur le campus, comme assistant de recherches, par exemple. Il y a toujours des candidats au doctorat qui ont besoin d'un assistant, et nous avons quelques fonds dans lesquels nous pourrions puiser pour te procurer un salaire. Rien de bien élevé, mais au moins autant que ce que tu gagnais avec ces devoirs. Et nous pensons aussi que tu devrais consulter le service d'aide psychologique de l'Université. Il n'est ouvert en principe qu'aux étudiants, mais il n'y a pas de raison pour que nous soyons inflexibles là-dessus. Pour ma part, David, je dois dire que je trouve embarrassant qu'un homme de la classe 56 ait le genre d'ennuis que tu rencontres, et ne serait-ce que par esprit de loyauté envers ma classe, je suis prêt à faire tout mon possible pour t'aider à te ressaisir et à être digne des promesses dont tu faisais preuve quand... »

Cushing continue, reprenant et embellissant son thème, prodiguant sa pitié sans limite et promettant son aide à son compagnon de classe dans la souffrance. Selig écoute distraitement et s'aperçoit que l'esprit du Doyen est peu à peu en train de s'ouvrir à lui. La barrière qui tout à l'heure les séparait, et qui était peut-être le produit de la peur et de la fatigue, a commencé à se dissoudre et Selig est maintenant en mesure de capter une image générale de la personnalité de l'homme qui lui fait face. C'est une personnalité forte, énergique et capable, mais aussi conventionnelle et limitée. Un esprit républicain sans surprise, un représentant prosaïque de l'*Ivy League*. Sa préoccupation principale n'est pas Selig, mais plutôt sa complète autosatisfaction. L'éclat le plus intense émane de la conscience qu'il a de son heureuse situation dans la vie, agrémentée d'un duplex suburbain, d'une robuste et blonde épouse, de trois beaux enfants, d'un chien à longs poils et d'une Lincoln Continental flambant neuve. Poussant l'exploration un peu plus loin, Selig constate que l'intérêt de Cushing à son égard est factice. Derrière le regard et le sourire compatissants se dissimule un vif mépris. Cushing le considère avec dédain. Il le juge corrompu, dégradé, inutile. C'est la honte de l'humanité en général, de la classe 56 de l'Université de Columbia en particulier. Cushing le trouve physiquement et moralement répugnant. Il le voit crasseux et impur, peut-être syphilitique. Il le soupçonne d'homosexualité. Il a pour lui le mépris d'un rotarien envers un junkie. Il n'arrive pas à comprendre comment quelqu'un qui a eu la chance de recevoir l'éducation de Columbia a pu se laisser sombrer dans une telle déchéance. Selig frissonne en contemplant le dégoût de Cushing à son égard. Suis-je si méprisable ? se demande-t-il. Suis-je tombé si bas ?

Sa prise sur l'esprit de Cushing se prolonge et se

raffermit. Il cesse de s'occuper du mépris qui lui est porté. Il se laisse sombrer dans une espèce d'abstraction où il ne s'identifie plus à la misérable épave qui se trouve dans la conscience de Cushing. Que connaît Cushing de la réalité ? Est-il capable de pénétrer l'esprit des autres ? Est-il capable de sentir l'extase d'un vrai contact avec un être humain ? Oui, il y a de l'extase à se laisser porter comme un dieu par l'esprit de Cushing, à franchir ses défenses extérieures, l'orgueil mesquin et le snobisme, l'autosatisfaction béate, pour se retrouver au royaume des valeurs absolues, au pays du moi authentique. Le contact ! L'extase ! Le Cushing sûr de soi n'était qu'une coque de protection. Au-delà, il y a un Cushing que Cushing lui-même ne connaît pas. Mais Selig, oui.

Selig n'a pas connu un tel bonheur depuis des années. La lumière, sereine et dorée, envahit son âme. Une gaieté irrésistible le possède. Il court dans des bosquets brumeux à l'aube, il sent les fougères mouillées lui fouetter gentiment les mollets. Le soleil transperce la voûte de feuillage, et les petites perles de rosée brillent d'un feu intérieur glacé. Les oiseaux s'éveillent. Leur chant est tendre et doux, gazouillement lointain qui incite au sommeil. Il court dans la forêt, et il n'est pas seul car une main agrippe sa main. Il sait alors qu'il n'a jamais été seul, et qu'il ne le sera jamais. Le sol de la forêt est humide et spongieux sous ses pieds nus. Il court, d'un pas léger, accompagné d'un invisible chœur harmonieux qui chante une note et la tient, la tient puis la gonfle en un crescendo parfait, jusqu'à ce qu'il débouche dans une clairière inondée de soleil. La musique envahit alors le cosmos, et se réverbère en une plénitude magique. Il se lance alors à plat ventre, agrippant la terre, le visage contre l'odorant tapis d'herbe. Il sent de ses deux mains la courbure de la planète, et il a conscience du palpitement intérieur du monde. C'est cela, l'extase ! C'est cela, le contact ! D'autres esprits entourent le sien. Dans quelque direction qu'il se dirige, il sent leur présence, leur soutien. Viens, disent-ils. Viens avec nous, ne sois qu'un avec nous, abandonne les lambeaux déchirés de ton moi, laisse partir tout ce qui te sépare encore de nous. Oui, répond Selig. Oui, j'affirme l'extase de la vie, j'affirme la joie du contact. Je m'abandonne à vous. Ils le touchent. Il les touche. C'est pour cet instant, pense-t-il, que j'ai reçu le don, mon bienfait, mon pouvoir. Pour cet instant d'accomplissement et d'affirmation. Viens avec nous. Viens avec nous. Oui ! Les oiseaux ! Le chœur invisible ! La rosée ! La prairie ! Le soleil ! Il éclate de rire. Il se relève et se lance dans une danse d'extase. Il rejette la tête en arrière pour chanter, lui qui de toute sa vie n'a jamais osé chanter, et les sons qui sortent de ses lèvres sont riches et pleins, purs et parfaitement timbrés. Oh, oui ! L'union, l'extase, le toucher, la sensation de ne faire qu'un avec toute chose ! Il n'est plus David Selig. Il fait partie d'eux, et ils font partie de lui. Dans cette communion joyeuse, il connaît la perte du moi, il laisse derrière lui tout ce qui est usé et fatigué et aigri en lui, il laisse ses peurs et ses incertitudes, il laisse tout ce qui l'a séparé de lui-même pendant tant d'années Il émerge de l'autre côté. Il s'ouvre pleinement, et l'immense signal de l'univers s'engouffre librement en lui. Il reçoit. Il transmet. Il absorbe. Il irradie. Oui. Oui. Oui. Oui.

Il sait que cette extase durera toujours.

Mais à l'instant même où il réalise cela, il sent qu'elle est en train de lui échapper. Le chœur radieux s'éteint progressivement, le soleil décline vers l'horizon. La mer lointaine se retire, aspirant le rivage. Il lutte pour retenir la joie, mais plus il lutte, plus elle lui échappe. Empêcher l'océan de refluer ? Mais comment ? Retarder la tombée de la nuit ? Mais comment ? Mais comment ? Les chants d'oiseaux sont presque inaudibles maintenant. L'air est devenu froid. Tout s'éloigne vertigineusement de lui. Il reste seul dans l'obscurité qui s'assemble. Il se souvient de l'extase, il essaie de l'évoquer de nouveau, momentanément, de la revivre, car elle a déjà disparu et un terrible effort de volonté est nécessaire pour la recapturer. Disparue. Oui. Soudain, tout est devenu très calme. Il entend un dernier son, un instrument dont on pince les cordes au loin, un violoncelle, peut-être, joué pizzicato, laissant entendre un joli son mélancolique. *Dzong.* L'accord plaintif. *Dzing.* La corde qui casse. *Dzoung.* La lyre désaccordée. *Dzong Dzing. Dzoung.* Rien de plus. Le silence l'enveloppe. Un silence définitif, qui résonne dans les cavernes de son esprit, le silence qui fait suite à la rupture des cordes du violoncelle, le silence qui accompagne la mort de la musique. Il n'entend plus rien. Il ne sent plus rien. Il est seul. Il est seul.

Il est seul.

« Si calme, murmure-t-il. Si retiré C'est… si… retiré… ici.

— Selig ? interroge une voix profonde. Que t'arrive-t-il, Selig ?

— Je vais bien », répond Selig. Il essaie de se lever, mais plus rien n'est solide. Il s'écroule à travers le bureau du Doyen, à travers le sol de la pièce, à travers la planète elle-même. Il cherche et ne trouve pas une plate-forme solide. « Si calme ! Le silence, Ted ! Le silence ! » Des bras vigoureux se saisissent de lui. Il a conscience de plusieurs silhouettes qui s'agitent autour de lui. Quelqu'un appelle un docteur. Selig secoue la tête, protestant qu'il va bien, que tout est normal, excepté le silence qui est dans sa tête, excepté le silence, le silence.

Excepté le silence.

# XXVI

L'hiver est là. Le ciel et la chaussée forment une bande de gris sans couture, inexorable. Il y aura bientôt de la neige. Pour une raison quelconque, le quartier est privé de ramassage des poubelles depuis trois ou quatre jours, et les sacs en plastique gonflés d'ordures s'amoncellent devant chaque porte d'immeuble. Cependant, il n'y a pas d'odeur dans l'air. Même les odeurs ne peuvent pas vivre sous ces températures. Le froid emporte la puanteur, chasse les signes de la réalité organique. Seul le béton triomphe ici. Le silence règne. Des chats gris et noirs efflanqués, immobiles, simples statues d'eux-mêmes, passent la tête du fond des impasses. La circulation est légère. Je parcours rapidement les rues qui séparent la station de subway de l'appartement de Judith, en détournant les yeux des rares passants que je croise. Je me sens timide et gêné parmi eux, comme un ancien combattant qui vient de sortir du centre de réhabilitation et que ses mutilations embarrassent. Naturellement, je suis absolument incapable de dire ce que les gens pensent. Leurs esprits me sont hermétiques maintenant, et ils me narguent avec leur bouclier de glace. Ironiquement, j'ai l'illusion qu'ils ont tous accès à moi. Ils peuvent me transpercer de leur regard et me voir tel que je suis devenu. Voilà David Selig, doivent-ils se dire. Comme il a été insouciant ! Quel pauvre gardien pour un tel don ! Il a gâché sa vie, et il l'a laissé échapper, le crétin. Et je me sens coupable de leur causer une telle déception. Pourtant, ma culpabilité n'est pas aussi grande qu'elle pourrait l'être. Il y a un niveau ultime où je m'en fiche éperdument. C'est ce que je suis, me dis-je à moi-même. C'est ce que je serai désormais. Si tu n'es pas content, c'est du pareil au même. Essaie de m'accepter. Si tu ne peux pas t'y résigner, fais comme si je n'existais pas.

« De même que la société la plus authentique se rapproche toujours davantage de la solitude, de même le meilleur discours finit par retomber dans le silence. Le silence est audible à tous les hommes, en tous temps et dans tous les lieux. » Ainsi disait Thoreau en 1849, dans *Une semaine sur les fleuves Concord et Merrimack*. Évidemment, Thoreau était un inadapté et un névrosé. Quand il était jeune, juste après avoir quitté l'université, il tomba amoureux d'une fille nommée Ellen Sewall, mais elle le laissa tomber, et il ne se maria jamais. Je me demande même s'il eut jamais des relations physiques avec quelqu'un. Probablement non. Je ne peux pas vraiment imaginer Thoreau en train de baiser. Et vous ? Oh, peut-être qu'il n'est pas mort puceau, mais je parie que sa vie sexuelle se réduisait à peu de chose. Peut-être qu'il ne se masturbait même pas. Vous l'imaginez, assis à côté de sa mare, en train de se tirer sur la glande ? Moi non. Pauvre Thoreau. Le silence est audible, Henry.

J'imagine, tandis que j'approche de l'immeuble de Judith, que je rencontre Toni dans la rue. Je crois voir venir dans ma direction, de Riverside Drive, une haute silhouette sans chapeau, emmitouflée dans un volumineux manteau orange Quand nous ne sommes plus qu'à une dizaine de mètres, je la reconnais. Curieusement, je n'éprouve ni excitation ni appréhension devant cette rencontre inattendue Je suis calme, presque pas ému. En d'autres temps, j'aurais peut-être traversé la rue pour éviter une confrontation sans doute gênante. Mais pas maintenant. Froidement, je m'arrête sur son chemin Je souris et je lui tends la main. « Toni ? Tu ne me reconnais pas ? »

Elle me dévisage, fronce les sourcils, paraît un instant déroutée. Mais seulement un instant.

« David. Salut, David. »

Son visage paraît plus mince, ses pommettes plus hautes et plus pointues. Il y a quelques traces de gris dans ses cheveux. À l'époque où nous nous fréquentions, elle avait une mèche grise sur la tempe, une seule. Très curieux. Maintenant, il y a du gris partout. Il est vrai qu'elle a plus de trente-cinq ans aujourd'hui. Ce n'est plus une petite fille. Elle a l'âge, en réalité, que j'avais quand je l'ai rencontrée.

Mais en fait, je sais qu'elle n'a presque pas changé. Elle a seulement mûri un peu. Elle paraît aussi belle que jamais. Pourtant, le désir est absent de moi. La passion est éteinte, Selig. La passion est éteinte. Mystérieusement, je la sens également libre de tout émoi. Je me souviens de notre dernière rencontre, l'expression de douleur sur son visage, la montagne de mégots dans le cendrier. Maintenant, son expression est amicale et détachée. Nous avons tous les deux franchi la tempête.

« Tu as une mine ravissante, lui dis-je. Combien de temps cela fait-il ? Huit ans, neuf ans ? »

Je connais la réponse, mais je veux seulement la tester. Et elle réussit à l'épreuve en me répondant : « L'été 68. » Je suis soulagé qu'elle n'ait pas oublié. Je constitue donc toujours un chapitre de son autobiographie. « Comment vas-tu, David ?

— Pas mal. » Les inanités de la conversation. « Et toi qu'est-ce que tu deviens ?

— Je travaille chez Random House. Et toi ?

— Je bricole, dis-je. Ici et là. » Est-elle mariée ? Ses mains gantées ne me renseignent pas. Je n'ose pas demander. Je suis incapable de la sonder. Je lui fais un sourire forcé en me dandinant d'une jambe sur l'autre. Le silence qui s'est établi entre nous paraît soudain infranchissable. Avons-nous épuisé si vite tous les sujets abordables ? N'y a-t-il plus d'aires de contact entre nous à part les vieilles blessures trop douloureuses pour être rouvertes ?

« Tu as changé, dit-elle.

— Je suis plus vieux. Plus fatigué. Plus chauve.

— Ce n'est pas ça. Tu as changé quelque part à l'intérieur.

— Je suppose que tu as raison.

— Tu me mettais mal à l'aise. J'éprouvais une sorte de sentiment trouble que je ne ressens plus maintenant.

— Tu veux dire après le trip ?

— Avant et après, tous les deux.

— Tu t'es toujours sentie mal à l'aise en ma présence ?

— Toujours. Je n'ai jamais réussi à comprendre pourquoi. Même quand nous étions très proches l'un de l'autre, je ressentais… je ne sais pas, une insécurité, une gêne chaque fois que j'étais avec toi. Et maintenant, cela a disparu. Je ne le ressens plus du tout. Je me demande pourquoi.

— Le temps guérit toutes les blessures », lui dis-je. Sagesse d'oracle.

« Je suppose que tu as raison. Mon Dieu, qu'il fait froid ! Tu crois qu'il va neiger ?

— C'est sûr, d'ici peu de temps.

— J'ai horreur du froid. » Elle se serre dans son manteau. Je ne l'ai jamais connue avec le froid. Le printemps et l'été, et ensuite adieu, c'est fini, salut. Étrange, comme elle me laisse indifférent, maintenant. Si elle m'invitait chez elle, je répondrais probablement : Non, merci, je dois rendre visite à ma sœur. Bien sûr, elle est imaginaire. C'est peut-être ce qui explique la chose. Mais il y a aussi le fait qu'elle n'a plus d'aura. Elle n'émet plus, ou plutôt, je ne la reçois pas. Elle n'est qu'une statue d'elle-même, comme les chats dans l'impasse. Est-ce que je vais être incapable de sentiments, maintenant que je ne capte plus rien ? Elle me dit : « Je suis heureuse que nous nous soyons rencontrés, David. On devrait se voir, un de ces jours, tu ne crois pas ?

— Absolument. On ira boire un verre ensemble, en évoquant le bon vieux temps.

— Cela me ferait très plaisir.

— À moi aussi. Beaucoup.

— Porte-toi bien, David.

— Toi aussi, Toni. »

Nous échangeons un sourire. Je lui fais un petit salut ironique en guise d'adieu. Nous allons chacun de notre côté. Je continue en direction de l'ouest, et elle remonte la rue glacée vers Broadway. Cette rencontre m'a un peu réconforté. Elle s'est passée amicalement, froidement, d'une manière peu émotionnelle. Tout est mort, en fait. Toutes les passions sont éteintes. Je suis heureuse que nous nous soyons rencontrés, David. On devrait se voir, un de ces jours, tu ne crois pas ? Une fois au coin de la rue, je m'aperçois que j'ai oublié de lui demander son numéro de téléphone. Toni ? Toni ? Mais elle n'est plus en vue. Comme si elle n'avait jamais été là.

*C'est la petite fêlure dans le luth*
*Qui peu à peu fera taire la musique*
*Et en s'élargissant réduira lentement*
*Toute chose au silence.*

C'était de Tennyson. *Merlin et Viviane.* Vous avez déjà entendu ce vers sur la petite fêlure dans le luth, n'est-ce pas ? Mais vous n'auriez pas cru que c'était de Tennyson. Moi non plus. Mon luth est fendu. *Dzong. Dzing. Dzoung.* Encore une petite perle littéraire :

Tout son finira en silence, mais le silence ne meurt jamais.

C'est Samuel Miller Hageman qui écrivit cela en 1876, dans un poème appelé *Silence.* Jamais entendu parler de Samuel Miller Hageman ? Moi non plus. Tu étais un vieux malin, Sam, qui que tu aies été.

Un jour, quand j'avais huit ou neuf ans — c'était avant qu'ils adoptent Judith, de toute manière —, c'était l'été, et nous sommes allés avec mes parents dans une station des Catskills passer quelques semaines. Il y avait un camp pour les gosses, où on apprenait la natation, le tennis, le base-ball, les travaux d'artisanat et autres activités, pendant que nos parents s'adonnaient au gin rummy et à la boisson créatrice. Un après-midi, on organisa un tournoi de boxe. Je n'avais jamais porté de gants de boxe, et dans les bagarres d'écoliers je me sentais incompétent, de sorte que l'idée ne m'enthousiasmait guère. J'assistai aux cinq premiers matchs avec un désarroi grandissant. Tous ces coups ! Tous ces nez en train de saigner !

Puis vint mon tour. Mon adversaire était un garçon appelé Jimmy, de quelques mois plus jeune que moi mais plus grand et plus lourd, et beaucoup plus athlétique. Je pense que les moniteurs nous avaient mis ensemble délibérément, en espérant que Jimmy me tuerait. Je n'étais pas leur chouchou. Je commençai à trembler avant même qu'ils m'enfilent les gants. « Premier round ! » s'écria un moniteur, et nous nous rapprochâmes. J'entendis distinctement Jimmy penser qu'il allait me frapper au menton, et quand son gant arriva vers ma figure, je me baissai et le frappai au ventre. Ce qui le rendit furieux. Il conçut l'intention de me marteler la nuque, mais dès que je m'en aperçus j'esquivai et je le frappai dans le cou, près de sa pomme d'Adam. Il hoqueta et se tourna, presque en pleurs. Au bout d'un moment, il voulut attaquer de nouveau, mais je continuais à anticiper cnacun de ses mouvements, et il ne me toucha jamais. Pour la première fois de ma vie, je me sentais fort, adéquat, agressif. Tandis que je faisais pleuvoir les coups sur lui, je risquai un regard au-delà du ring improvisé et aperçus mon père, gonflé d'orgueil, à côté de celui de Jimmy, l'air perplexe et irrité. Fin du premier round. J'étais couvert de sueur, souriant, dans une forme épatante.

Deuxième round : Jimmy s'avança sur moi, décidé à me mettre en pièces. Roulant terriblement les épaules, visant toujours à la tête. Mais je m'arrangeai pour que ma tête ne soit jamais là où il espérait la trouver, et baiançant mes hanches, je le frappai de nouveau à l'estomac, très fort. Quand il se plia en deux, je lui lançai un crochet au nez et il tomba en pleurant. Le moniteur qui faisait office d'arbitre compta rapidement jusqu'à dix et me leva le poing. « Hé, Joe Louis ! hurla mon père. Hé, Willie Pep ! » Le moniteur me suggéra d'aller aider Jimmy à se relever et de lui serrer la main. Tandis qu'il se remettait debout, je détectai clairement son intention de me donner un coup de tête dans les dents, mais je fis semblant de ne pas m'en apercevoir jusqu'au moment où il chargea et où je fis froidement un pas de côté tout en abaissant mes deux poings sur son dos exposé. Cela eut raison de lui. « David triche ! David triche ! » s'écria-t-il en sanglotant. Comme ils me détestaient tous pour mon habileté ! Ce qu'ils interprétaient comme mon habileté, tout au moins. Cette façon que j'avais de toujours deviner ce qui allait se passer. Désormais, cela n'embêterait plus personne. Ils allaient m'aimer, maintenant. Et leur amour me réduirait en bouillie.

C'est Judith qui ouvre la porte. Elle est vêtue d'un vieux sweater gris et d'un blue-jean avec un trou au genou. Elle m'ouvre les bras et je la serre chaleureusement contre moi pendant une bonne demi-minute. J'entends de la musique à l'intérieur : *L'Idylle de Siegfried*, je pense. Musique de douceur, d'amour, d'acceptation.

« Est-ce qu'il neige ? fait-elle.

— Pas encore. Il fait gris et froid, c'est tout.

— Je vais te servir un verre. Entre dans le living. »

Je vais regarder par la fenêtre. Quelques flocons flottent dans l'air. Mon neveu apparaît et m'étudie, à une distance de dix mètres. À mon grand étonnement, il sourit. Il dit avec chaleur : « Bonjour, oncle David ! »

Judith a dû lui faire la leçon. Sois gentil avec oncle David. Il ne se porte pas très bien. Il vient d'avoir beaucoup d'ennuis. Et le gosse obéit. C'est la première fois qu'il me fait un sourire. Je ne l'ai jamais vu gazouiller et me faire des risettes de son berceau quand il était bébé. Bonjour, oncle David. Très bien, mon neveu. Je comprends.

« Salut, Pauly. Comment vas-tu ?

— Très bien », dit-il. Avec cela, ses grâces sociales sont épuisées. Il ne s'enquiert pas en retour de l'état de ma santé, mais ramasse un de ses jouets et s'absorbe dans ses complexités. De temps à autre, néanmoins, ses grands yeux noirs brillants m'examinent à la dérobée, et il ne semble pas y avoir d'animosité dans son regard.

Wagner est terminé. Je choisis un autre disque dans les casiers, je le mets sur le plateau. Schoenberg : *Verklaerte Nacht.* Musique d'angoisse tempétueuse suivie de calme et de résignation. De nouveau, le thème de l'acceptation. Parfait. Parfait. Les cordes tournoyantes m'enveloppent. Les accords riches et pulpeux. Judith revient avec un verre de rhum. Elle s'est servi quelque chose de doux, du sherry ou bien du vermouth. Elle n'a pas très bonne mine, mais elle semble amicale, ouverte.

« Santé, fait-elle.

— Santé.

— C'est une belle musique que tu as mise. Beaucoup de gens ne veulent pas croire que Schoenberg pouvait être tendre et sensuel. Naturellement, c'est le Schoenberg des débuts.

— Oui, dis-je. Le fluide romantique a tendance à se tarir à mesure qu'on devient vieux, n'est-ce pas ? Qu'as-tu fait ces temps-ci, Jude ?

— Pas grand-chose. Comme d'habitude.

— Comment va Karl ?

— Karl, je ne le vois plus.

— Ah.

— Je ne te l'avais pas dit ?

— Non. C'est la première fois.

— Je ne suis pas habituée à te *dire* les choses, Duv.

— Tu devrais commencer à t'y faire. Karl et toi…

— Il devenait très insistant pour que je l'épouse. Je lui ai répondu que c'était trop tôt, que nous ne nous connaissions pas assez, que j'avais peur de restructurer ma vie quand ce pouvait être la mauvaise structure pour moi. Il s'est vexé. Il a commencé à me faire des sermons sur l'engagement et le sens des responsabilités, sur les impulsions d'autodestruction et autres trucs du même genre. Je l'ai regardé pendant qu'il parlait, et il m'est apparu tout à coup comme une sorte de figure paternelle, tu sais : austère et pompeux, plus un professeur ou un mentor qu'un amant. Je ne voulais pas de cela. Je me suis mise à réfléchir sur ce à quoi il ressemblerait dans dix ou douze ans. Il aurait la soixantaine, et moi je serais encore jeune. Et j'ai compris soudain que nous ne pouvions pas avoir d'avenir ensemble. Je le lui ai expliqué aussi gentiment que possible. Cela fait dix jours qu'il n'est pas venu me voir. Je suppose qu'il ne viendra plus.

— Je suis navré.

— Pas la peine, Duv. J'ai eu raison d'agır ainsi. J'en suis sûre. Karl était gentil avec moi, maıs cela ne pouvait être permanent. La période Karl est finie. Une très bonne période. Seulement, il ne faut pas trop s'attarder sur les choses une fois qu'on a compris qu'elles sont terminées pour de bon.

— Oui, dis-je. C'est sûr.

— Tu veux encore un peu de rhum ?

— Dans un petit moment.

— Et toi ? fait-elle. Parle-moi de toi. Comment te débrouilles-tu, maintenant que… maintenant…

— Maintenant que ma période superman est terminée ?

— Oui. C'est vrai que c'est fini, alors ?

— Oh, oui. Tout est fini, il n'y a pas le moindre doute à avoir là-dessus.

— Alors, Duv ? Comment ça se passe pour toi ? »

La justice. On parle beaucoup de la justice. La justice de Dieu. Il protège le vertueux. Il traîne l'impie dans la fange. La justice. Où est la justice ? Où est Dieu, d'ailleurs ? Est-Il réellement mort, ou bien en vacances, ou bien simplement distrait ? Voyez Sa justice. Il envoie des crues sur le Pakistan. Hop, un million de morts, l'adultère et la vierge en même temps. La justice ? Peut-être. Peut-être que les prétendues innocentes victimes n'étaient pas si innocentes que ça après tout. Hop, la nonne dévouée attrape la lèpre à la léproserie, et ses lèvres tombent pendant la nuit. La justice. Hop, la cathédrale que la congrégation a mis deux cents ans à construire est réduite à un amas de pierres par un tremblement de terre la veille de Pâques. Hop. Hop. Dieu nous éclate de rire à la face. C'est ça la justice ? Où ça ? Comment ? Voyez mon cas. Je n'essaie pas de vous extorquer de la pitié maintenant. Je suis purement objectif. Écoutez-moi. Ce n'est pas moi qui ai demandé à être un superman. Cela m'a été donné au moment de ma conception. Par un incompréhensible caprice de Dieu. Un caprice qui m'a défini, façonné, malformé, disloqué, et qui était immérité, non désiré, totalement indésirable. À moins que vous n'interprétiez mon héritage comme le karma négatif de quelqu'un d'autre, ou des conneries comme ça. Juste une lubie au hasard. Dieu a dit : Que ce gamin soit un superman, et le jeune Selig est devenu un superman, au moins dans un sens restreint du mot. Et pour un temps, de toute manière. Dieu m'a mis là pour tout ce qui est arrivé : l'isolement, la souffrance, la solitude, même l'auto-apitoiement. La justice ? Où ça ? Le Seigneur donne, le diable sait pourquoi, et le Seigneur reprend. C'est ce qu'Il vient de faire. Le pouvoir a disparu. Je suis redevenu comme tout le monde, comme vous, et vous, et vous. Ne vous méprenez pas. J'accepte mon sort. J'y suis complètement résigné. Je ne vous demande pas d'avoir pitié de moi. Je voudrais simplement que tout cela ait un sens. Maintenant que le pouvoir n'est plus, qui suis-je donc ? Comment me définir ? J'ai perdu ma particularité, mon pouvoir, mon don, ma blessure, ma raison d'être à part. Tout ce qui me reste maintenant, c'est le souvenir d'avoir été différent. Les cicatrices. Que suis-je censé faire à présent ? Comment me définir par rapport à l'humanité, maintenant que la différence n'est plus et que je suis toujours ici ? Il est mort. Je survis. Quelle étrange chose tu m'as faite, Seigneur. Je ne proteste pas, comprends-moi bien. Je pose simplement la question, d'un ton raisonnable. Je cherche à m'enquérir de la nature de la justice divine. Je pense que le vieil harpiste de Goethe t'avait compris, Seigneur. Tu nous jettes dans l'existence, tu laisses le pauvre homme tomber dans le péché et tu l'abandonnes à sa misère. Car toute faute est vengée sur la terre. C'est une plainte raisonnable. Tu possèdes le pouvoir ultime, Seigneur, mais tu refuses de prendre tes responsabilités ultimes. Est-ce juste ? Je crois avoir une plainte raisonnable à formuler, moi aussi. Si la justice existe, pourquoi une si grande partie de l'existence semble-t-elle injuste ? Si tu es réellement de notre côté, Seigneur, pourquoi nous donnes-tu une existence de misère ? Où est la justice pour le bébé qui naît sans yeux ? Pour le bébé qui naît avec deux têtes ? Pour le bébé qui naît avec un pouvoir que les hommes ne devraient pas avoir ? Je demande, c'est tout, Seigneur. J'accepte tes décrets, crois-moi, je m'incline devant ta volonté, parce que je ne peux pas faire autrement, de toute façon. Mais j'ai le droit de demander. Non ?

Hé, Dieu ? Tu m'écoutes, Dieu ?

Je ne crois pas que tu m'écoutes. Je crois que tu t'en fous. Dieu, je crois que j'ai été baisé par toi.

Ti-la-li-la-lère. La musique est finie. Les harmonies célestes emplissent la pièce. Tout se fond dans l'unicité. Les flocons tourbillonnent derrière les carreaux. En avant, Schoenberg. Tu as compris, toi, au moins quand tu étais jeune. Tu as saisi la vérité et tu l'as mise sur le papier. J'entends ce que tu dis. Ne pose pas de questions Accepte. C'est la devise. Accepte. Quoi qu'il t'arrive, accepte.

Judith me dit : « Claude Guermantes m'a invitée à aller faire du ski avec lui en Suisse pendant les vacances de Noël. Je peux laisser le petit chez une amie dans le Connecticut. Mais si tu as besoin de moi, je n'irai pas, Duv. Ça va bien ? Tu te débrouilles ?

— Bien sûr, ça va. Je ne suis pas paralysé, Jude. Je n'ai pas perdu la vue. Tu peux aller en Suisse, si tu veux.

— Ce n'est que pour huit jours.

— Je survivrai, va.

— À mon retour, j'espère que tu quitteras cet immeuble municipal. Tu devrais venir t'installer plus près de moi. Il faudrait qu'on se voie plus souvent.

— Peut-être.

— Je te présenterai même quelques-unes de mes amies, si ça t'intéresse.

— Magnifique, Jude.

— Ça n'a pas l'air de t'enthousiasmer.

— Tu vas trop vite, lui dis-je. C'est trop à la fois. Laisse-moi le temps de me remettre les idées en place.

— Très bien. C'est comme si tu commençais une nouvelle existence, n'est-ce pas, Duv ?

— Une nouvelle existence. Oui. Une nouvelle existence. C'est à peu près ça, Jude. »

La tempête fait rage maintenant. Les voitures disparaissent sous les premières couches blanches. À l'heure du dîner, le bulletin météorologique a annoncé vingt à vingt-cinq centimètres avant demain matin. Judith m'a invité à passer la nuit ici, dans la chambre de bonne. Et pourquoi pas ? Ce n'est pas le moment de la repousser. Je resterai. Demain matin, nous conduirons Pauly dans le parc, avec sa luge, pour saluer la neige toute neuve. Ça tombe pour de bon, maintenant. C'est si beau, la neige. Cela recouvre tout, cela nettoie tout, cela purifie pour un temps la cité érodée et fatiguée et ses habitants érodés et fatigués. Je ne peux en détacher mon regard. Mon visage est presque collé au carreau. J'ai un verre de brandy à la main, mais j'oublie de le boire tant la neige me tient sous son charme hypnotique.

« *Bouh !* » fait quelqu'un derrière moi.

Je sursaute si violemment que le cognac jaillit

du verre et éclabousse le carreau. De terreur, je fais volte-face, ramassé sur moi-même, prêt à me défendre. Puis ma peur instinctive retombe, et je me mets à rire. Judith est en train de rire aussi.

« C'est la première fois que j'arrive à te surprendre, me dit-elle. En trente et un ans, c'est la première fois !

— Tu m'as fait une sacrée peur.

— Cela fait trois ou quatre minutes que je suis là derrière toi, en train de *penser* des choses à ton intention, pour voir si tu réagis. Mais non, rien. Tu regardais la neige comme si de rien n'était. Alors, je me suis avancée tout doucement et j'ai crié dans ton oreille. Tu as été réellement surpris, Duv. Tu ne feignais pas.

— Tu croyais que je t'avais menti sur ce qui m'est arrivé ?

— Non, bien sûr que non.

— Alors, pourquoi aurais-tu imaginé que je faisais semblant ?

— Je ne sais pas. Peut-être parce que j'avais un tout petit doute. Maintenant, je n'en ai plus du tout. Oh, Duv, que je suis triste pour toi !

— Je t'en prie, dis-je. Il ne faut pas, Jude. »

Elle pleure, tout doucement. Comme c'est drôle de voir Judith pleurer. Pour l'amour de moi, pas moins. Pour l'amour de moi.

Tout est tranquille maintenant.

Le monde est blanc à l'extérieur et gris à l'intérieur. J'accepte. Je pense que l'existence sera plus paisible. Le silence va devenir ma langue maternelle. Il y aura des découvertes et des révélations, mais pas de bouleversements. Peut-être que plus tard le monde retrouvera un peu de ses couleurs pour moi. Plus tard. Peut-être.

Vivants, nous nous tracassons ; morts, nous vivons. Je tâcherai de garder cela à l'esprit. Je serai de bonne humeur. *Dzong. Dzing. Dzoung.* Jusqu'à ce que je meure une deuxième fois, salut, salut, salut.

## DU MÊME AUTEUR

*Aux Éditions Gallimard*

UN JEU CRUEL (Folio Science-Fiction n° 281)

L'OREILLE INTERNE (Folio Science-Fiction n° 265)

EN UN AUTRE PAYS (Folio Science-Fiction n° 264)

NÉ AVEC LES MORTS (Folio Science-Fiction n° 250)

*Aux Éditions Denoël*

*En grand format*

LE GUERRIER

LE NAVIGATEUR

*Dans la collection* Présence du futur

LE NEZ DE CLÉOPÂTRE (Folio Science-Fiction n° 70)

LES ÉLÉPHANTS D'HANNIBAL (Folio Science-Fiction n° 63)

L'APPEL DES TÉNÈBRES

COMPAGNONS SECRETS

*Aux Éditions du Bélial'*

L'HOMME PROGRAMMÉ (Folio Science-Fiction n° 295)

*Aux Éditions l'Atalante*

GILGAMESH, ROI D'OUROUK

*Aux Éditions Robert Laffont*

ROMA ÆTERNA

*Aux Éditions Terre de Brume*

L'ENFANT DU TEMPS (*en collaboration avec Isaac Asimov*)

LE RETOUR DES TÉNÈBRES (*en collaboration avec Isaac Asimov*)

TOUT SAUF UN HOMME (*en collaboration avec Isaac Asimov*)

*Aux Éditions du Livre de poche*

LES MONADES URBAINES

TOM O'BEDLAM

LES MONTAGNES DE MAJIPOOR

CIEL BRÛLANT DE MINUIT

LES ROYAUMES DU MUR

LA FACE DES EAUX

LA REINE DU PRINTEMPS

À LA FIN DE L'HIVER

JUSQU'AUX PORTES DE LA VIE

SHADRAK DANS LA FOURNAISE

L'ÉTOILE DES GITANS

VALENTIN DE MAJIPOOR

LE TEMPS DES CHANGEMENTS

CHRONIQUES DE MAJIPOOR

LES DÉPORTÉS DU CAMBRIEN

LES DÉSERTEURS TEMPORELS

LES TEMPS PARALLÈLES

LE FILS DE L'HOMME

LE MAÎTRE DU HASARD (L'HOMME STOCHASTIQUE)

LE LIVRE DES CRÂNES

LE LONG CHEMIN DU RETOUR

LES MASQUES DU TEMPS

PRESTIMION LE CORONAL

LES PROFONDEURS DE LA TERRE

LE ROI DES RÊVES

LES SORCIERS DE MAJIPOOR

LA TOUR DE VERRE

*Aux Éditions J'ai lu*

STARBORNE

LES AILES DE LA NUIT

LETTRES DE L'ATLANTIDE

OPÉRATION PENDULE

L'HOMME DANS LE LABYRINTHE

THÈBES AUX CENT PORTES

LA SAISON DES MUTANTS (*en collaboration avec Karen Haber*)

LE CHÂTEAU DE LORD VALENTIN

LE CHEMIN DE L'ESPACE

LE CHEMIN DE LA NUIT

LES JEUX DU CAPRICORNE

PAVANE AU FIL DU TEMPS

MON NOM EST TITAN

VOILE VERS BYZANCE

LE GRAND SILENCE

*Aux Éditions Pocket*

LA PORTE DES MONDES

*Composition IGS.*
*Impression CPI – Firmin Didot*
*à Mesnil-sur-l'Estrée, le 4 février 2010.*
*Dépôt légal : février 2010.*
*1er dépôt légal : janvier 2007.*
*Numéro d'imprimeur : 98447*
ISBN 978-2-07-031937-4/Imprimé en France.

**173882**